POUR ENTRER CHEZ MARTHE

DU MÊME AUTEUR

THÉOLOGIE ET PHILOSOPHIE

- Le péché originel selon Jean-Paul II - E.D.E. Paris 1992
- Une Histoire de l'intelligence :
  Tome I : La soif de la Sagesse (grecque) - E.D.E. Paris - 2ème édition 1979
  Tome II : La Révélation (juive) de la Sagesse - E.D.E. Paris - 2ème édition 1987
- D'où jaillira l'aurore - E.D.E. Paris - 1976
- Le socialisme : dialogue avec Georges Montaron - Beauchesne Paris 1969
- Le communisme face à Dieu - N.E.L. Paris 2ème édition 1972
- Le Christ et la Révolution - E.D.E. Paris 1972
- Le sens de l'Histoire - N.E.L. Paris 1968
- Combat pour l'Espérance - E.D.E. Paris
  Tome I - 1975
  Tome II - 1978
- La technique appelle la mystique (communication faite le jeudi 25 mars 1991 à l'Académie des Sciences Morales et Politiques)

ECONOMIE SOCIALE

- Salaire et rendement - P.U.F. Paris 1947
- Réformes de structures dans l'entreprise - Université Laval - Québec 1949
- Introduction à la doctrine sociale de l'Eglise - Fides - Paris 1950
- L'économie sociale selon Pie XII (Thèse de doctorat - 2 vol.) - N.E.L. - Paris 1950
- Le chef d'entreprise - N.E.L. - Paris 1956
- La corporation professionnelle - N.E.L. Paris 1958
- Traité de formation sociale - (Ed. du Pélican - Québec 1961)
- Le travail (Librairie Académique Perrin. Paris 1962)

PSYCHOLOGIE

- La Joie d'aimer - Essai sur le mariage - N.E.L. - Paris 1954
- La femme et sa vocation - N.E.L. - Paris 2ème édition 1959
- Un seul cœur, une seule âme, une seule chair - E.D.E. Paris 2ème édition 1977

RAPPORTS AU GOUVERNEMENT

- Exploitation de la main-d'œuvre française par l'Allemagne - Rapport au gouvernement - Imprimerie Nationale - Paris 1948
- Evaluation des dommages subis par la France et l'Union Indochinoise - Part imputable au Japon - Institut de Conjoncture - Saïgon 1948

MARCEL CLÉMENT

POUR ENTRER CHEZ MARTHE

FAYARD

«...A tous les jours.»

.1.

L'intelligence lumineuse

POUR entrer dans la ferme aux volets clos, située sur un plateau vaste et plat, et de ce fait nommé “la Plaine”, il faut monter ... On dit couramment dans le pays: “monter à la Plaine”.

Pour entrer chez Marthe Robin, avant même de franchir le seuil de la petite maison d’où sa prière rayonnait sur la terre entière, il fallait monter...

Le mystère de Marthe

De la même façon, quoiqu’en un sens figuré, il ne semble guère imaginable de tenter d’entrer, aujourd’hui, dans ce que, faute d’un meilleur mot, on pourrait nommer “le mystère de Marthe”, sans monter. Il faut entreprendre, Dieu aidant, une ascension dans la Foi. Et dans l’Espérance. Et dans la Charité.

Je le dis par expérience. Je suis entré, physiquement, et j’ai prié au pied du lit de Marthe, pour la première fois, le 14 mars 1946. Elle est morte le 6 février 1981. Entre temps, j’ai fait exactement trente retraites de cinq jours ... c’est-à-dire d’une semaine, au "Foyer de Charité", fondé à sa demande, en haut du village de Châteauneuf de Galaure, dans la Drôme. A chacune de ces retraites, je l'ai rencontrée longuement. Par ailleurs, j'ai habité six mois par an pendant presque dix ans, de 1954 à 1963, à Beaumont-Monteux, à une demi-heure d'auto au sud de "la Plaine", puis au Château d'Anjou, à vingt minutes au nord. De ce fait, mes enfants ont pu faire leurs études, partielles ou totales, aux deux écoles de filles et de garçons du Foyer de Charité. J'ai, par occasion en 1957, remplacé quelques semaines le professeur de philosophie de l'école de filles - Elisabeth Chaine - qui était malade. J'ai donné, à cette même école, tout au long des années 70, des sessions de trois jours sur la doctrine sociale de l'Eglise et d'année en année, nombre de conférences aux réunions de parents. C'est donc fréquemment présent à Châteauneuf, que j'ai pu visiter, souvent deux ou trois heures, Marthe. Cent conversations, de 1946 à 1981, sont un minimum. (Je ne songeais alors vraiment pas à "compter mes visites" !).

Si j'ose aujourd'hui évoquer ces centaines d'heures passées auprès d'elle, douze ans après qu'elle nous ait quittés, c'est avant tout parce que je crois pouvoir dire, en vérité, que ces trente-cinq années d'amitié et d'intimité, je les comprends beaucoup mieux avec le recul du temps. Elles ont été un long itinéraire pour "entrer chez Marthe" ... Je n'ose dire pour "monter" chez elle car il serait plus opportun de découvrir qu'en la suivant , elle nous faisait descendre. Cette descente peut être, bien sûr, une "montée spirituelle", dans la mesure où elle accepte d'être une descente dans l'humilité... mais loin, si loin après elle?

Quelqu'image que l'on emploie, "pour entrer chez Marthe", je crois qu'il y fallait des dizaines d'années! Je ne songe pas à dire que cela suffisait à découvrir ce que j'ai appelé son mystère, et que l'on pourrait, sous un autre rapport, nommer son cœur. On ne peut contenir l'amour qu'à la proportion de notre propre capacité d'aimer. Sous ce rapport-là, on pourra pressentir que la flamme du cœur qui a alimenté les Foyers de Charité et tant d'autres prolongements aurait été intolérable pour tout autre que pour celle que Dieu avait choisie pour en brûler toujours de plus en plus.

Le mystère de Marthe, c'est donc d'abord le mystère de son amour. Nous avons, par dizaines de milliers, profité directement de sa lumière, de sa chaleur. Nous nous en sommes plus ou moins approchés. Ces pages ne peuvent être qu'un témoignage, et le témoin sait bien qu'il n'est, comme Jean le Baptiste, pas digne de délier les courroies des sandales de son Maître. Mais ce témoignage, je le crois, ne fera pas double emploi avec les centaines de pages déjà consacrées à la vie de Marthe Robin. Ce n'est point sa vie que j'ai pour propos de rapporter, sauf accidentellement. C'est ce que j'ai reçu d'elle, et aussi ce que, par le fait, j'ai pressenti de sa vocation. Car le mystère de Marthe, c'est *aussi* celui de sa vocation. En termes familiers, dans un style qu'elle n'aurait probablement point récusé: "Qu'est-ce donc qu'elle est venue faire sur terre, de 1902 à 1981, au long de près des quatre cinquièmes de notre vingtième siècle ?".

Ce n'est pas à cette question que je désire principalement répondre. Mais c'est la réponse, peu à peu dévoilée, à cette question qui peut nous aider à mieux gravir soit la grande route en lacet, soit le sentier couvert, abrupt et quasi vertical, qui permettaient, en montant du foyer de Charité, d'aboutir, en disant le chapelet, à cet étonnant pylone électrique duquel on découvrait, comme un vaste calice, la Plaine, secrètement habitée par l'hostie vivante dont on ne peut connaître que ce que l'Esprit d'Amour voudra bien nous en dévoiler.

Comprendre le vingtième siècle

La vocation de Marthe s'inscrit dans un *lieu* donné. Elle s'inscrit plus encore peut-être en un *temps* donné.

En un lieu! Certes, elle est fille de France. Certes, c'est une paysanne de la Drôme, avec ses légères inflexions de voix qui sont l'un des charmes de cette partie sud-ouest du Dauphiné. Certes, elle est née et elle est morte dans la ferme familiale et ne s'en est guère écartée, dans sa prime jeunesse, que pour traverser le Rhône et connaître un peu l'Ardèche. Certes, Châteauneuf, depuis l'épisode d'un petit train local, est loin d'une ligne de chemin de fer! Si l'on considère le lieu, il était géographiquement le moins apte à devenir le centre d'un rayonnement mondial. Il est vrai que ni Paray-le-Monial, ni Ars, ni Lourdes, ni Fatima ...

C'est vrai ! Pourtant, le lieu n'est pas sans importance. Comme ceux que je viens d'évoquer, il n'invite pas au détour! Loin des grands axes historiques de communication, pour s'y rendre, il faut le vouloir. Sans doute, l'univers de la voiture a modifié les choses. N'empêche: depuis Saint-Vallier, la route montante est sinueuse, ses quinze kilomètres, interminables. Depuis St Rambert d'Albon, les voies sont plus rectilignes... mais on se trompe facilement de route! Un jour de 1950 que je parlais au Père Finet - le Père spirituel de Marthe - de l'inconvénient des lieux écartés pour une telle fondation, il me répliqua : "*Vous savez, c'est un "test" ... Si ça rayonne, les gens viennent. Et si le rayonnement est durable ... il y a une bonne chance que ce soit sérieux.*"

C'est au désert que l'on trouve Dieu.

En outre, ce même lieu n'est pas sans importance historique. Les deux vallées qui descendent vers le Rhône - la vallée de la Galaure et la plaine de la Valloire - ont été naguère défendues par diverses places fortifiées. La Tour d'Albon en fait foi. Ce sont les ruines du "vieux château" de Châteauneuf qui abritèrent les premières retraites de 1936. Symboliquement, il s'agit à l'origine d'une place forte! Elle l'est devenue d'une autre manière: toute spirituelle, non moins réelle.

Mais enfin, "Châteauneuf", au vingtième siècle dans ses débuts, c'est un village perdu, largement déchristianisé, et l'on a peine, spontanément, à comprendre qu'il ait été ainsi appelé à jouer un rôle tout à fait exceptionnel - central en quelque sorte - au cœur d'un siècle sans analogue, humainement, techniquement, et sans doute aussi politiquement et économiquement.

Bon gré, malgré, on touche ici à l'une des matières les plus difficiles et les plus controversées des temps modernes! Je veux parler du "sens de l'Histoire" ou, pour dire plus noblement, de la philosophie de l'Histoire et plus adéquatement, de la "théologie de l'Histoire". Car si Marthe est née dans un lieu, elle a vécu en un temps.

Le vingtième siècle est celui d'une explosion démographique sans précédent: elle a fait passer l'humanité de moins d'un milliard d'hommes à près de six milliards. Ce siècle est celui du progrès scientifique et technique: sans cette manière de connaître scientifiquement l'infiniment petit et l'infiniment grand, l'homme n'aurait jamais mis le pied sur la lune. Ce siècle est celui des guerres les plus nombreuses, les plus affreuses, les plus meurtrières de l'Histoire. Il est celui de la fin de la suprématie militaire de l'Europe, et de la naissance et de la mort du premier empire athée militant de l'Histoire: l'empire soviétique. Le vingtième siècle est globalement celui de la conquête de l'espace et de la victoire sur le temps. On n'en finirait pas. Tout cela était sans doute quelque peu en gestation depuis Descartes et la géométrie analytique, depuis l'invention de la machine à vapeur! Mais c'est bien entre l'exposition de 1900, à Paris, et celle de 1967, à Montréal, que tout s'est développé, entre la Révolution de 1917 en Russie et l'effondrement du mur de Berlin en 1989 que le devenir de l'homme s'est joué, culturellement, et d'une manière spéciale, *spirituellement.*

Peut-on alors "comprendre le vingtième siècle"? Oui, si, faisant abstraction du contenu de quelques dizaines d'encyclopédies, on retient seulement que le nombre d'hommes a sextuplé sur cette terre et que leur puissance s'est développée de manière exponentielle. Simultanément, leur sagesse, loin de suivre, a semblé de plus en plus réduite, pauvre d'envergure, sourde aux appels les plus clairs. *"Je bénis la paix"* avait répondu Pie X aux envoyés d'un empereur guerrier en 1914. *"Rien n'est perdu avec la paix. Tout peut l'être avec la guerre"* avait clamé Pie XII le 24 août 1939. Et au plus terrible d'une déviation mondiale de la signification de l'amour humain: *"Les enfants sont le bien le plus excellent du mariage"* avait osé rappeler Paul VI le 25 juillet 1968 ...

Il suffit de mettre, face à face, le rappel de ce développement des connaissances scientifiques et des inventions techniques d'une part, et celui des destructions, des souffrances, des morts qui les ont accompagnées d'autre part, pour comprendre ce qu'a été la tragédie presqu'ininterrompue du vingtième siècle. Elle a été celle de l'ignorance croissante de la dignité humaine par la science, la technique, la culture et le pouvoir. Ce fut au moment même où la domination de l'homme sur la nature devenait, avec la fission atomique, la pollution irresponsable de l'univers et le viol des foules, un aveu cynique et radicalement impitoyable d'inhumanité.

L'application de la Rédemption

Dans chacune des trois fermes qui composaient le hameau des Moïlles, au cœur de “la Plaine”, et plus précisément dans la ferme où Marthe Robin était née le 13 mars 1902, que pouvait-on savoir, que pouvait-on comprendre au long de ces décennies de l'enjeu d'un tel siècle? De son enjeu temporel: la paix dans l'unité du monde, unité devenue techniquement possible après la seconde guerre mondiale! De son enjeu spirituel, indicible: l'application, en un temps de développement multiforme de l'orgueil humain, des mérites de la Rédemption.

Oui! Quel rapport? Entre le sang versé au Golgotha un vendredi 14 nisan - 8 avril 30 - par Jésus, fils de Marie, réalité du mystère de la Rédemption, et le sang offert par la petite paysanne de la Plaine? Quel rapport, en ce vingtième siècle, démesuré dans la puissance et dans la souffrance, dans l'ignorance et dans la révolte? Marthe Robin par ailleurs n'est pas la seule “mystique” stigmatisée de son temps! Parmi d'autres stigmatisés, dont l'Eglise n'a pas encore parlé, il en est que l'on peut considérer avec sérieux et confiance: le Père Pio, pour ne parler que de lui. Comment faire pour “situer”, si ce mot peut avoir un sens à la fois historique et spirituel, la vocation d'une Marthe Robin en ce point minuscule de la Drôme, dans le contexte humain total de ce long, de ce terrible, de ce redoutable vingtième siècle?

Au début de cette évocation, il est trop tôt pour tenter une réponse. Elle ne saurait, en aucune façon, être exhaustive. La question se pose pourtant, inéluctablement, à l'intelligence de la Foi. Si, par le mystère d'un décret divin, Marthe est née, a vécu, est morte en un siècle qu'elle a bien connu, à travers des événements pour lesquels elle a prié, souffert, offert, ce ne peut point être de façon isolée, marginale et comme radicalement séparée des membres de l'humanité en une période aussi énorme et aussi lourde. Cette période serait réellement écrasante pour qui la prendrait en charge dans l'invisible. Quel amour serait assez intelligent pour comprendre, jusqu'au bout de l'abîme du refus, ce qu'est l'immolation de la victime, configurée au Christ, en réparation du mal commis?

On pose peu cette question: qui pèsera le mal qui a été commis tout au long de ce siècle? Tenter une énumération serait vain. Victimes innocentes dans le sein maternel, centaines de millions de morts, de mutilés, de désespérés, martyrs du goulag, des camps de rééducation, de la "purification ethnique", folie de la drogue, désespoir des exclus, des battus, des enterrés vivants, des gazés, des femmes violées, la liste serait interminable. On songe bien sûr d'abord à ceux qui ont *subi* tout cela. Il est inévitable aussi de penser à ceux qui ont *"commis"* tout cela. La faute par "commission" doit reprendre tout son sens. Et la faute par "omission" aussi, d'ailleurs! Au repentir sincère de tous s'étend la Rédemption.

Dieu seul sait ce que Marthe a porté du mal commis dans ce siècle. Elle n'en a parlé que rarement, mais comme toujours, avec une précision, une présence, une netteté discrète qui suffit à suggérer qu'elle a contribué, dans une mesure inappréciable, (dans une mesure sans mesure), à l'application des mérites de la seule Rédemption et du seul Calvaire à des hommes de toutes les races, de tous les continents. Qui dira ce qu'elle a épargné, non à la France seulement, non à l'Europe seulement, mais à l'humanité entière? Qui dira ce qu'elle a obtenu pour les prêtres, pour les évêques, pour les papes qui se sont succédé, cependant qu'elle offrait ?

A cette question, il n'est aucune réponse possible. Mais dans un éclair, ceux qui ont lu le numéro spécial de "l'Alouette" (1) publié après la mort de Marthe ont pu découvrir une phrase qui, sans lever le voile, inspire le recueillement au creux duquel la réalité, si lointaine qu'elle soit, se laisse pressentir. Marthe a été, au début d'octobre 1930, marquée du Christ dans sa chair. Elle ne pourra plus ni manger, ni boire, ni dormir. Elle offrira, *"Jésus lui ayant dit que c'est elle qui serait la plus unie à sa Passion depuis la Sainte Vierge jusqu'à maintenant et que c'est elle qui vivrait le plus sa Passion jusqu'à la fin du monde"*. (loc. cit. p. 24)

J'ai bien conscience, pour l'avoir éprouvé la première fois que le Père Finet me l'a confiée, du poids presque insoutenable de ce qui n'est, bien entendu, qu'une révélation privée, et qui, publiée aujourd'hui, fut longtemps un secret entre Marthe et son Père spirituel. Mais c'est, peut-être, dans la mesure où l'on tente de mesurer la hauteur, la longueur, la largeur, la profondeur de ce que fut le sacrifice incessant, de jour et de nuit, de Marthe aux prises avec l'inspirateur du Mal dans le monde que l'on peut, sinon "croire" de façon ferme, au moins méditer simplement l'hypothèse, nullement absurde, de ce que peut signifier une telle vocation. Elle mettrait Marthe dans le sillage proche de Marie en tant qu'unie profondément au Christ dans son dépouillement. *"Au pied de la Croix, Marie participe par la foi au mystère bouleversant de ce dépouillement. C'est là, sans doute, la "kénose"* (le dépouillement intégral) *de la foi la plus*

---

(1) *L'Alouette est la revue qui assure le lien entre Châteauneuf, tous les autres Foyers et les amis des Foyers. Ce numéro spécial a été soumis, avant publication, à l'évêché de Valence.*

profonde dans l'histoire de l'humanité. Par la foi, la Mère participe à la mort de son Fils, à Sa mort rédemptrice" (Jean-Paul II: encyclique *"Redemptoris Mater"* du 25 mars 1987 n° 18).

Par la foi Marie, debout aux pieds de Jésus crucifié, a consenti à être dépouillée de tout, de TOUT! Le mot grec "kenôsis" implique une privation radicale. C'est donc non pas par l'extérieur des aspects extraordinaires (ou de la simplicité toute ordinaire) qu'il faut se préparer à entrer chez Marthe. C'est en la suivant comme elle a suivi Marie: par la foi. Je veux dire par là, non qu'il faut d'abord croire que Marthe est une sainte, mais la découvrir dans et par sa foi, non par son extérieur.

On doit, en effet, le reconnaître: il y a deux manières de pénétrer dans la chambre aux volets clos sans rien comprendre - ou en comprenant très imparfaitement - celle à qui l'on vient rendre visite. Il y a aussi une troisième manière: celle que Jean-Paul II nous indique en nous expliquant l'attitude de Marie, Mère de Jésus, au pied de la Croix . C'est elle qui rend l'intelligence lumineuse.

Au pied de la Croix

La première attitude qui obscurcit dès l'abord la vraie connaissance de Marthe, c'est celle de *l'intelligence curieuse*. La curiosité est un mot qui peut avoir un sens positif. Mais La Rochefoucauld ne se trompe pas qui l'identifie comme étant parfois le désir de savoir ce que les autres ignorent, ni Pascal qui estime, au même sens, que *"curiosité n'est que vanité. Le plus souvent, on ne veut savoir que pour en parler"*. Cette curiosité est déjà un premier degré de l'orgueil, qui s'arroge le droit de savoir, ou une compétence pour comprendre, alors que ce droit ne nous est pas concédé, ni cette compétence assurée. L'intelligence curieuse, par son essence même, exclut le regard de foi. Sans doute, c'est légitimement que des hommes de science peuvent considérer les aspects ordinaires ou extraordinaires de la vie de Marthe. Leur intelligence ne deviendrait curieuse qu'à partir du moment où ils voudraient expliquer par leur seule discipline ce que seule la foi peut rendre lumineux, parce que cela relève de son domaine.(2)

Il y a plus grave que l'intelligence curieuse: c'est *l'intelligence orgueilleuse*. Là où le curieux cherche à savoir pour sa propre gloire, l'orgueilleux cherche à savoir pour juger. Or, en un tel domaine, il est clair que le seul jugement appartient en propre à l'Eglise, à laquelle, d'avance, le croyant se soumet. Compte tenu de tout ce que l'on sait d'elle, il y aurait peut-être autant d'orgueil à décider, à la place de l'Eglise et sans attendre son jugement, que Marthe est une sainte qu'il y en aurait à juger qu'elle est une simulatrice ou le simple sujet d'étude d'une pathologie névrotique expliquant la totalité de sa vie et de son œuvre par l'hystérie ou quelque délire hallucinatoire.

C'est donc en demandant l'humilité que l'intelligence peut recevoir la lumière ... devenir lumineuse. Un tel désir, une telle prière, c'est vrai, peuvent eux-mêmes être inspirés par le détour de quelque subtil orgueil? Dans la mesure où l'on songe que c'est PAR LA FOI que la Vierge Marie a participé - et jusqu'à quelle identification - au mystère de la crucifixion et de la mort rédemptrice de son Fils, on peut, sous la motion de l'Esprit Saint, tenter de comprendre PAR

---

(2) *Une grille de lecture unilatéralement psycho-pathologique, voire psychanalytique, conduit donc nécessairement à des conclusions aberrantes.*

LA FOI ce que la méditation de la vocation, de la vie, des fruits portés par Marthe signifient, toujours et de tout cœur sous réserve du jugement de l'Eglise. C'est Dieu qui donne l'humilité à qui la désire.

Parlant de savants qui faisaient méthodiquement abstraction de la lumière de la foi en des domaines où celle-ci apporte sa clarté, Marthe me disait un jour: *"Ils creusent, ils creusent, mais ils n'emportent pas la lumière"*. Et je les voyais, intérieurement, s'enfoncer dans l'obscurité, sans aucune lampe ...

Tentons donc d'entrer auprès de Marthe, de la comprendre mais en recevant ce qu'elle dispensait sur cette terre, et je suppose, continue de dispenser du Ciel: la lumière de la Foi dans le Verbe éternel, Fils du Père, de la Foi dans le Verbe incarné, fils de Marie, Mère de Jésus, elle-même Epouse de Celui qui est l'Amour du Père et de Fils: Dieu le Saint Esprit.

Car l'intelligence lumineuse, c'est l'intelligence de cette foi-là.

.2.

La rencontre spirituelle

SI c'est en mai 1946 que je suis entré dans la chambre de Marthe pour la première fois, je dois à la vérité de dire qu'elle était, mystérieusement, entrée dans ma vie trois ans plus tôt.

Trop souvent, nous vivons selon nos habitudes. Si l'on nous parle de quelqu'un d'inconnu de nous, il peut arriver que nous n'ayons qu'une conscience floue qu'en fait, ce quelqu'un, désormais présent dans notre esprit, entre par le fait même dans notre vie. C'est ce qu'un ami très cher, aujourd'hui disparu, m'a évité le jour de l'automne 1943, où il m'a parlé de Marthe Robin pour la première fois.

C'était l'époque difficile où je devais changer assez souvent de domicile, ayant reçu convocations et télégrammes pour partir en Allemagne au titre du "Service de Travail Obligatoire", auquel j'ai pu me soustraire jusqu'à la Libération. Le genre de vie que je menais, le travail que je poursuivais pour établir le bilan des déportations de main-d'œuvre française en Allemagne, m'avaient mis en rapport avec le service de renseignements du Mouvement de Libération Nationale. Mon "contact" était précisément un certain Xavier Aubry R/KG 3352, - de son véritable nom, François de la Noë. C'est au cours d'une entrevue un peu plus longue que les autres que, pour la première fois, notre conversation, ordinairement politique et en rapport avec les renseignements que je lui apportais, s'étendit au domaine religieux.

Qui est-ce ?

“ – *Avez-vous déjà entendu parler de Marthe Robin?”* enchaîna-t-il soudain.

“ – *Qui est-ce ?”*

“ – *C’est une petite paysanne de la Drôme. Mais c’est en même temps une âme mystique. Chaque semaine, elle revit la Passion de Notre-Seigneur”.*

En 1943, j’avais une foi authentique, qui se traduisait par la messe dominicale et la communion aux grandes fêtes. Je ne faisais en cela que suivre le rythme de la vie qui était celle de notre famille. Je pensais sincèrement - dans le respect des commandements de Dieu et de l’Eglise - que c’était en cela que consistait la vie chrétienne. J’avais beaucoup lu, depuis une dizaine d’années, mais les vies de saints ne m’attiraient guère. En outre, je les reléguais, sans même m’en apercevoir, dans un passé lointain: Saint Louis, Jeanne d’Arc ... et puis quand même, au dix-neuvième siècle le curé d’Ars, Bernadette! Depuis...

Rien !

L’idée qu’il y eût encore, en notre temps, des saints vivants, n'avait donc jamais traversé mon esprit. Ni mes amitiés, ni les relations familiales, ni le milieu culturel de la Sorbonne et de la Faculté de Droit (du Panthéon!) ne m’inclinaient à une telle recherche, ni même à une simple hypothèse de ce genre.

Et voilà que mon ami, François de la Noë, mon aîné de vingt ans, homme aussi équilibré que cultivé - il avait été directeur de cabinet de Jean Chiappe lorsque celui-ci était préfet de police - me déclarait, sans préambule, et comme une chose toute naturelle qu'il y avait, vivant en notre temps, une femme qui portait dans son corps les plaies du Cruxifié, et qui revivait en extase les souffrances de la Passion.

Dans l'instant, se produisit en moi un état de conscience difficile à exprimer. Il y avait une distance, et c'est peu dire, entre ma foi dans le Christ, sa Résurrection, et la proximité quasi immédiate d'un témoin vivant de la Croix, en pleine moitié du vingtième siècle.

A travers beaucoup de questions, auxquelles mon ami ne sut pas toujours répondre, il y eut celle qui me paraissait la plus importante. Je n'osai pas la poser tout de suite:

" – Vous la connaissez ? Vous êtes allé la voir ?"

François de la Noë sourit et, comme pour me rassurer:

" – Oui ! Bien sûr ... Une seule fois. Mais vous savez, c'est tout simple ... Elle est alitée ... On n'y voit pas beaucoup quand on est assis auprès d'elle pour lui parler, car elle a les yeux très fragiles (en fait, Marthe était aveugle, complètement, depuis les premiers jours de la guerre, en septembre 1939). *De ce fait, on n'est pas tenté de la regarder!"*

Qu'est-ce qui est simple?

" – Mais alors, qu'est-ce qui est simple ?"

" – La conversation! Elle s'exprime avec son vocabulaire de paysanne, mais elle est tellement présente à ce qu'on lui dit qu'on pense qu'elle connaît la question aussi bien que vous !"

“ – Et de quoi lui parle-t-on ?”

“ – De ce que l’on veut ... ou de ce qu’elle désire. Ainsi, dès qu’elle a su que, malgré les Allemands, j’avais pu passer au Portugal et rencontrer Salazar il y a quelques mois, elle m’a immédiatement demandé ce qu’il pensait de l’évolution de la guerre.”

“ – Et vous le lui avez dit ?”

“ – Bien sûr! Je lui ai expliqué que l’effort de guerre des Américains, d’après le premier ministre portugais, dépassait tout ce que les Européens imaginaient et qu’il s’attendait, après le débarquement anglo-américain en Afrique du Nord en novembre de l’année précédente (1942) à un deuxième débarquement d’une ampleur incomparablement plus importante sur les côtes de France.”

“ – Elle vous a répondu ?”

“ – Elle a seulement dit: “Il est sûrement très bien renseigné.”

Je crois me rappeler que j’ai remarqué tout haut qu’elle était prudente dans ses réponses. A quoi mon ami, plus expérimenté que moi, répliqua que si elle avait voulu mettre en doute le jugement, explicitement optimiste de Salazar, elle aurait pu introduire, même très discrètement, un doute dans sa réponse.

La conversation, sur ce point, se termina, non sans que je lui dise: *“Vous estimez que parler avec elle, c’est tout simple ... mais les mots simples sont quand même lourds de sens”*.

Il sourit à nouveau: *“Les choses vraiment simples sont souvent simplement vraies”*.

Je dois l’avouer: à partir de ce jour de novembre 1943, il y eut, imperceptiblement, des choses qui se mirent à changer.

A parler de l'essentiel, je dirais que la foi prit plus de place dans ma vie. En fait, vivant avec de faux papiers, manipulant avec Jacques Dumontier des documents du genre des effectifs allemands stationnés en France (pour calculer le coût de l'occupation), des transcriptions d'écoute des diverses radios étrangères, j'avais, en me levant chaque matin, peur d'être arrêté. Cette angoisse, même rejetée dans l'arrière-plan de la conscience, m'habitait plus ou moins clairement...

Après avoir entendu parler de Marthe, je me mis à prier, à chaque fois que la peur revenait. Je me l'explique de façon simplement logique. Si la présence du Christ est sinon plus certaine, du moins *plus proche* que je ne l'avais jusqu'alors cru, il était normal de s'adresser à Lui davantage, de plus près, avec plus de confiance.

Mes lectures se modifièrent. Je m'imaginais que c'était dans la ligne de la curiosité qu'avait éveillée en moi la connaissance de la présence de Marthe Robin sur la terre. Car je ne savais trop si j'y croyais vraiment ou si j'avais envie d'y croire. La confiance que j'avais dans le témoignage de François de la Noë n'était pas en question. Je ne doutais pas de son jugement, ni de ses paroles. J'avais eu des centaines d'occasions de vérifier la véracité de ses dires, au long des événements quotidiens qu'il connaissait avant beaucoup d'autres. Je ne doutais pas de son jugement dans l'ordre des faits rapportés... Pourtant, je n'avais plus qu'une idée: aller à mon tour voir Marthe Robin. Mais j'en avais peur, tout en le désirant. Je contournais la difficulté en ébauchant - sans m'en douter - un début de culture religieuse.

C'est ainsi que, chaque matin, je me mis à lire une heure, parfois deux ! Et quoi, je vous le demande? Je commençai par le "Traité de théologie ascétique et mystique" de

Tanquerey, acheté par hasard en passant chez un bouquiniste. Puis ce fut le curé d'Ars, du chanoine Trochu.

Puis j'achetai - mais neuf, celui-là - l'Apocalypse: le commentaire du Père Ferret. Je n'avais, bien entendu, jamais lu le texte inspiré lui-même ! Mais cette lecture - au printemps 44 si mon souvenir est exact - constitue un événement intérieur qui m'a si profondément marqué que je l'éprouve, aujourd'hui encore, comme une étape capitale.

Sous un certain rapport, l'Apocalypse - "Révélation" - montre aux croyants le déroulement de l'histoire du point de vue de l'éternité. Elle est une lettre - sept lettres aux sept Eglises - pour encourager les chrétiens aux heures de persécution. Elle est une promesse aux martyrs. Mais plus fort que tout, elle donne la parole à Celui qui est mort et qui est ressuscité, à Celui dont la parole est signifiée par l'épée à deux tranchants qui sort de sa bouche.

De la foi pure

Ce fut l'instant d'une certitude! A un moment de ma lecture du livre du Père Ferret, il me sembla évident que Jésus était là, près de moi, invisible mais présent. Il était là pour moi, pour que je le sache, que je ne l'oublie plus jamais. J'étais dans un train: je lisais debout dans le couloir. Il était là dans le train. Présent, invisible, dans le couloir. Mais nettement au-dessus de moi. Ses pieds étaient un peu au-dessus de mes genoux.

Il va de soi que mes yeux n'ont rien vu. C'était de la foi pure. Dès ce moment, j'ai cru à Sa présence, proche, permanente, en tous lieux, pour chacun. Je ne pouvais me détacher de cette pensée. Ma lecture m'intéressait moins ...

Et lorsque plus tard, j'entrepris de lire l'Evangile de Matthieu en entier, la dernière phrase me noua la gorge: "Et voici que je suis avec vous, TOUS LES JOURS, jusqu'à la fin du monde". Ce en quoi j'avais foi - sur une phrase du Père Ferret, je pense - n'était autre que l'ultime promesse de Jésus.

Mai 1944 ... Le débarquement! Et la prière du Parisien que j'étais pour ceux qui donnaient leur vie pour la Libération. Mais aussi - toujours, me semblait-il, par simple nécessité "logique"- les heures où je me suis fait le raisonnement suivant.

Si Jésus est réellement présent dans l'Eucharistie, et s'Il est, sous cette forme, présent tous les jours, il est incohérent, puisque ça ne dépend que de moi, de ne pas Le recevoir tous les jours. De la présence invisible de Jésus ressuscité dans la foi, je passais comme par une simple évidence à la présence réelle, toujours dans la foi, mais reconnue dans l'hostie consacrée, et reçue dans une intimité indicible. Il y a des grâces difficiles à expliquer. Peut-être est-ce le sentiment d'un don que l'on remercie Dieu d'accepter dans le moment, et, au lieu même de la communion des personnes, où nous le recevons.

Je ne puis en dire plus, même si j'ai écrit, en ces jours-là, des textes qui, dans leur impuissance à exprimer les grâces reçues, n'ont pas leur place ici. Je les mentionne seulement pour indiquer que je n'évoque pas seulement des souvenirs. J'utilise des pages d'un journal que j'ai tenu, dans certains temps forts de ma vie, depuis le vendredi 13 août 1943.

Du mois de mai 1944 au 3 septembre 1945, je commençai donc à me lever plus tôt pour aller chaque matin à la messe de 7 h 30 à Notre-Dame de Grâce de Passy - ma paroisse en ces temps. J'habitais en contrebas de la rue Raynouard. Je découvris que François de la Noë, qui habitait rue Massenet, depuis débaptisée, y était lui-même tous les matins! Il ne m'en avait jamais rien dit, mais cela renforça notre intimité, non seulement spirituelle mais intellectuelle, car nous parlions souvent, en marchant après la messe, des hommes, des événements, de l'avenir!

Il serait hors de propos ici de faire autre chose que de mentionner que du 3 septembre 1945 à l'été 1946, je fus envoyé en mission à Calcutta, en Indochine, au Japon, puis appelé à Washington et à Paris pour y apporter le bilan, que j'avais établi, des dommages subis du fait du Japon par la France et l'Union indochinoise. Tout au plus me permettrai-je de signaler qu'au début de mon séjour, chaque matin, à la cathédrale de Saïgon, nous étions trois! Le général Leclerc, son officier d'ordonnance, le lieutenant de Valence, au bras droit arraché par un obus, et derrière eux, très humblement, un membre du cabinet de l'amiral d'Argenlieu: le capitaine Clément ...

Simplement: entendre parler...

J'ai néanmoins, au cours de ce tour du monde de quelques dix mois, commencé de comprendre que c'est à partir du jour où j'avais entendu parler de Marthe par François de la Noë que, sans nulle influence extérieure, sans nulle intention délibérée, à travers, je puis le dire aujourd'hui, des souffrances, des incompréhensions familiales, des critiques qui auraient pu me paralyser *pour de bonnes raisons* dans cet itinéraire spirituel, j'avais découvert la pierre précieuse de l'Evangile.

Pourquoi ne pas l'avouer? Je me demandai, souvent, en Indochine, au Japon, en traversant le Pacifique (trois jours et trois nuits en comptant les escales) de Tokyo à San Francisco, si le simple fait d'entendre parler de Marthe pouvait, à lui seul, avoir une aussi douce, longue, mais profonde - définitive, s'il plaît à Dieu - efficacité. Je n'avais qu'un moyen de comprendre ce qui m'était arrivé: aller voir Marthe.

Avant mon départ pour l'Indochine, c'est clair, je n'osais pas! J'avais eu vingt-cinq ans en cours de route: à Washington! En remettant les pieds à Paris, la maturité était venue.

C'est au cours d'un repas avec mon ami Jean Quesnel que, dans les premiers jours de mai 1946, nous avons décidé de nous y rendre ensemble. Nous recommandant de l'amitié commune de François de la Noë, j'écrivis au chanoine Finet, dont il m'avait donné l'adresse, pour lui demander de nous recevoir et d'être aussi reçus par Mademoiselle Robin.

La réponse fut assez décevante. Nous pouvions venir le 14 mai, et le chanoine Finet nous recevrait volontiers, mais il ne serait pas possible de nous entretenir avec Marthe, celle-ci n'ayant pas recouvré l'usage de la parole à la suite de souffrances particulièrement éprouvantes.

Cela ne nous découragea point! Le 13 mai au soir, nous prenions le train pour Saint-Vallier-sur-Rhône avec changement vers 5 heures du matin à Saint-Rambert-d'Albon. Nous avancions dans la foi.

Mais lorsque, le lendemain, je demandai au Père Finet: *"Pensez-vous qu'il suffise d'entendre parler de Marthe par quelqu'un qui est venu la voir pour que, même si elle n'en sait rien, elle puisse ainsi changer toute une vie?"*. Il me répondit:

"Votre ami la Noë vous a parlé avec foi. Vous l'avez écouté avec foi. Cela peut expliquer beaucoup! Mais je puis vous confier que vous n'êtes pas le premier à qui cela arrive. Parler de Marthe avec foi, c'est comme un signe sensible efficace ..."

Puis en riant de bon cœur: *"Surtout, ne me faites pas dire que Marthe est un sacrement!"*

.3.

La première visite

C' EST donc le 14 mai 1946 que Jean Quesnel et moi descendions du car qui faisait, très tôt le matin, le trajet de Saint-Vallier-sur-Rhône à Châteauneuf-de-Galaure. On nous indiqua que, pour rencontrer le chanoine Finet, il n'y avait qu'à monter jusqu'en haut du village. Le vieux château, où était installé le Foyer de Charité, jouxtait une grande construction moderne dont on n'avait pas encore posé les fenêtres, nommée alors “le grand Foyer”: nous ne pouvions pas nous tromper.

A mi-pente, nous passons à la hauteur de l'église. A tout hasard, nous poussons la porte: le prêtre célébrait l'offertoire. Nous étions heureux de commencer notre visite par une messe ... l'idée ne nous ayant pas traversés qu'au “Foyer” aussi, le Père Finet disait la messe!

Dans le vieux château, où était installée l'école de filles fondée par le curé de Châteauneuf à la demande de Marthe et où le Père Finet devait nous recevoir, nous sommes accueillis par une vieille demoiselle, une femme merveilleuse - Mademoiselle Martin. Elle incarnait la “vieille demoiselle” comme il y en avait encore à l'époque. Ses cheveux étaient blancs, ses vêtements noirs, sa gentillesse raffinée. Elle était tout à la fois la secrétaire de Marthe et celle du "Père", veillant à tout, souriant à tout. C'est de sa main que furent écrites et signées les premières lettres que je reçus, dictées par Marthe.

Le bureau du Père

Elle nous fit attendre quelques minutes, puis nous conduisit dans le bureau du Père, installé dans le vieux château. Livres et lettres y bataillaient sur la table. Il nous fit asseoir et après avoir lui-même rappelé que François de la Noë était l'ami commun qui avait encouragé notre visite, il nous interrogea brièvement sur nos activités. Il enchaîna: bien que Marthe n'ait pas retrouvé l'usage de la parole, nous allions monter jusque chez elle pour prier au pied de son lit et mettre toutes nos intentions dans sa prière.

Un peu gêné de faire cette demande, je tournais une phrase qui, s'il y consentait, priait le Père Finet de nous dire quelques mots sur Marthe.

Je dois le souligner. A la fin des retraites, au long des années, le Père prit l'habitude de parler longuement de Marthe, des étapes de sa vie spirituelle et des grâces extraordinaires qui avaient accompagné cet itinéraire. Ce jour-là, il prit des précautions de prudence qui m'ont frappé, plus tard.

– "*Il ne faut pas d'abord chercher auprès de Marthe l'extraordinaire*", nous dit-il en substance, "*même si c'est là un des aspects de sa vocation. L'important, - puisque vous voulez lui confier vos personnes et vos activités - c'est de comprendre, dans la foi, le "pourquoi" de sa grande mission*".

Nous écoutions ... un peu émus à la pensée que nous allions approcher celle dont le Père spirituel, discrètement, nous évoquait la vie.

Un récit très bref

– "*Marthe est née le 13 mars 1902*"... Ce siècle avait deux ans, me dis-je intérieurement... Elle a eu 44 ans, il y a deux mois... "*Elle a été marquée de Dieu dès son enfance. Dès sa communion privée - elle avait dix ans - Jésus l'a appelée à n'être qu'à Lui. Son enfance et son adolescence ont été marquées de maladies pénibles. Elle avait dix-neuf ans lorsque la Sainte Vierge lui apparut. Peu à peu, peu à peu, elle vécut, pratiquement sans se servir de ses jambes, assise dans un fauteuil, faisant de la broderie. En 1925, elle a écrit un acte d'offrande sans réserve à la volonté de Dieu.*

C'est par Sainte Thérèse que Marthe, très malade et presque à l'agonie, a su qu'elle avait le choix : d'aller au ciel tout de suite, ou d'accepter une mission d'expiation des péchés, mission de souffrances unies à celles du Christ pour un renouveau dans l'Eglise, un renouveau chrétien de la France."

Ces phrases du Père Finet me semblaient dures. Jamais je n'avais vraiment compris pourquoi la Croix manifeste un lien aussi étroit entre la souffrance et l'application des mérites de la Rédemption. Plus tard, j'ai osé interroger Marthe sur ce sujet. Ce jour-là, je posai seulement une question au Père :

– "*Mais les souffrances de Jésus, depuis l'agonie à Gethsémani et jusqu'à la mort sur le Golgotha, ne suffisent-elles pas ?*"

Il y avait, j'en avais le sentiment, un fond secret de révolte dans ma question. A la fois, je songeais que, s'il y a eu des stigmatisés tout au long de la vie de l'Eglise, - plusieurs centaines, nous dit le Père Finet, c'est que la Sagesse de

Dieu le voulait ainsi. Pour ma part, je n'en voyais pas la raison. Il me semblait me rappeler qu'il "ne manque rien à la Rédemption du Christ".

Ce qui "manque" à la Rédemption

– *"Les souffrances de Jésus"* reprit le Père, *"elles suffisent ! Le Christ est plénitude. Mais vous savez bien que, dans l'épître aux Colossiens, Saint Paul leur écrit qu'il se réjouit de souffrir pour eux..."*

Il prit une Bible sur sa table, la feuilleta ..., lut dans les Colossiens:

– *"Car, dit Saint Paul, je complète dans ma chair ce qui manque aux tribulations du Christ, pour son Corps, qui est l'Eglise".*

"Il ne manque rien, commenta le Père, *à la Passion du Christ dans l'ordre du* ***mérite****, et nul ne peut rien ajouter en ce domaine ... Mais dans l'ordre de l'****application*** *de ses mérites, les membres de Son Corps mystique sont appelés à laisser faire en eux ce qu'Il a fait, le premier, Lui, la Tête. Marthe souffre dans son corps et dans son âme pour ceux qui n'ouvrent pas leur cœur et refusent plus ou moins d'aimer, et donc de souffrir en Jésus. Aussi obtient-elle des approfondissements de vie, des conversions. C'est évidemment un mystère ... Mais vous connaissez le mot de Claudel: "Puissante est la souffrance, quand elle est aussi volontaire que le péché". Marthe souffre pour l'amour de ceux qui sont sans amour*".

En 1946, le Père Finet avait 48 ans. Il rayonnait de jeunesse, de force, de joie. Même si j'avais quelque peine à distinguer l'ordre du mérite de l'ordre de l'application, la citation de Saint Paul apportait, dans l'immédiat, une réponse de l'Ecriture à méditer ultérieurement.

La Père compléta ce qu'il pouvait nous dire de Marthe:

– "*Depuis 1928, elle est paralysée, ses deux jambes repliées sous elle. Depuis à peu près la même époque, elle ne prend plus aucune nourriture, aucun liquide. Depuis le début octobre 1930, Marthe a répondu "oui" à Jésus qui lui demandait : "Veux-tu être comme moi ?". Aux alentours de la fête de Sainte Thérèse* (le 3 octobre ?), *le Christ lui est apparu crucifié. Et des flèches de feu partant du coeur de Jésus reproduisirent en Marthe les douleurs et des marques de la Crucifixion. Depuis, Marthe ne dort plus, ni jour ni nuit.*"

– *"Mais elle reçoit la communion?"*

– "*Une fois par semaine, car elle entre en extase dès qu'elle a communié. Mais, comme elle ne peut plus avaler, c'est l'hostie qui, d'elle-même, quitte les mains du prêtre et est reçue par Marthe sans aucun mouvement de déglutition.*"

– *"Et vous la connaissez depuis quand?"*

– "*Je suis arrivé ici, la première fois, le 10 février 1936*".

Dix ans auparavant!

Une prophétie qui se donne pour telle

Visiblement, le Père Finet n'était pas pressé de nous faire monter chez Marthe. Il poursuivit la conversation, précisant surtout que c'est Jésus Lui-même qui avait demandé à Marthe de prier et d'offrir pour la réalisation du Foyer de

Charité en construction à quelques dizaines de mètres. "*Ce seront des sources de très grandes grâces pour ceux qui viendront y faire des retraites*". Les membres permanents de ces Foyers seront des laïcs. "*Ils ne feront pas de voeux mais ils vivront dans l'esprit des vœux*".

Et soudain: "*Retenez bien ce que je vous dis: le Seigneur a promis à Marthe qu'il y aurait des Foyers de Charité dans tous les continents. Il y en aura peu dans chaque pays, mais ils se répandront dans le monde entier.*"

Je puis assurer que ces phrases, qui se donnaient elles-mêmes pour prophétiques, ont été prononcées ainsi, ce 14 mai 1946 et que je les ai gravées dans ma mémoire. Le Père, orateur né, parlait avec une expressivité assez marquée. Il avait un pouvoir d'affirmation très fort. La phrase: "*ils se répandront dans le monde entier*" est encore dans cette mémoire auditive qui conserve et reproduit les moments forts qui passent par les oreilles. Comme on dit: je les entends encore. Depuis, j'ai vu, un à un, les foyers jaillir, il n'y a pas d'autre mot, en Afrique, en Amérique du Nord, du Sud, en Asie du Sud-Est, dans les îles de l'Océan Indien ...

Le Père continua, soulignant l'amour fraternel qui devait unir les membres du Foyer qui recevraient les mêmes grâces de dilection fraternelle que les premiers chrétiens dont on disait: "Voyez comme ils s'aiment!" et, ajouta-t-il:"... *de plus grandes encore*".

Il se leva, nous emmenant autour du "grand Foyer" inachevé (par opposition au "petit Foyer" installé, avec l'école, dans le vieux château). Ce "grand Foyer" ne comportait, à l'époque, que le seul corps de bâtiment longeant la route. "*Il y en a encore au moins pour un an de travaux*". Les fenêtres n'étaient pas encore posées... Puis le Père Finet nous prit dans sa voiture qui monta vers la Plaine à travers les méandres d'une grande boucle. Je me rappelle à droite, en montant, le cimetière de Châteauneuf. Quelques centaines de mètres plus haut, après la boucle, l'auto quitta la route pour un simple chemin de rocaille, puis par un second chemin en terre battue, parvint jusqu'à un hameau de trois fermes, et, ayant passé une barrière à deux battants, s'arrêta devant la porte de l'une d'elles.

– "*Voici la maison de Marthe.*"

La porte d'entrée donne directement sur la cuisine. Au fond, derrière le poële, une porte. Le poële grésillait, l'horloge battait, une jeune fille vaquait. Nous laissant attendre, assis dans la cuisine, le Père entra seul chez Marthe, disparaissant par la porte du fond.

L'instant que j'attendais depuis plus de deux ans allait donc arriver. Impatient? Non. Plutôt tendu, et sans état d'âme. Nous savions que Marthe ne parlerait pas, et le Père nous avait prévenus en montant que Marthe, devenue aveugle le jour de la déclaration de guerre, le 3 septembre 1939, - après avoir offert ses yeux - ne supportait pas la lumière sans souffrance. Nous la distinguerions, peu à peu, mais à travers une demi-obscurité.

J'en savais désormais plus que ce que j'avais appris par François de la Noë. C'était beaucoup ... Presque trop! Non que le côté miraculeux m'incitât à douter. Non! Mais tant de souffrance! ...

Au pied du lit de Marthe

Le Père réapparut et me fit entrer le premier. Derrière la porte, après la largeur d'un petit couloir, une deuxième porte. Nous sommes dans la chambre de Marthe.

Il y fait frais. L'obscurité règne. Ce n'est qu'au bout de quelques minutes que je distingue. Le Père me dit: "*Mettons-nous à genoux, nous allons prier*". Je distingue le lit, au pied duquel nous sommes agenouillés. Les draps et, au-dessus des draps, sur un oreiller, la tête de Marthe.

Pendant que nous nous recueillons en silence, j'entends la plainte rythmée qui s'échappe de la gorge de Marthe. Un léger gémissement, qui m'a semblé correspondre, de façon régulière dans sa répétition, au rythme des battements du cœur. De temps à autre, la plainte était plus longue, déchirante et pourtant discrète, puis reprenait son rythme régulier. Intérieurement, j'avais l'impression d'un agrandissement de mon esprit ... et rien dans le champ de conscience. J'écoutais, sans comprendre ni la cause, ni la signification, le gémissement régulier, douloureux, léger pourtant ... Je n'éprouvais aucune émotion. J'étais comme entièrement vide d'images, de pensées, et même la perception de la souffrance me laissait sans réaction affective.

Après que le Père m'eût proposé de dire avec lui une dizaine de chapelet (à mi-voix), il me demanda, dans ce silence que seule rompait la plainte :

– "*Avez-vous des intentions à confier à Marthe ?*"

Quelques semaines auparavant, j'étais à Saïgon. On se battait dans la "plaine des joncs". Il y avait dans la ville même un "périmètre de sécurité"! Je songeai à tous les camarades que j'avais laissés. Et je ne trouvai d'autre intention à formuler que de confier toute l'Indochine à la prière de Marthe, pour son avenir proche et lointain, pour son Eglise. N'était-elle pas la "fille aînée de l'Eglise en Extrême-Orient" ?

Plus tard, j'ai songé que l'idée ne m'avait même pas traversé de recommander des intentions personnelles, familiales: parents, amis ... Au pied du lit de Marthe, dans le vide de l'esprit, je n'avais trouvé qu'un pays entier à recommander. Sans le vouloir, je n'avais pas pu demander moins! Comme si une inconsciente évidence me portait à croire à la vocation mondiale de Marthe.

"Vous le lirez dans l'avion"

Le Père me fit sortir. Il me conseilla de redescendre à pied, jusqu'au Foyer, où nous devions prendre le repas de midi. Pendant ce temps, il introduirait mon ami.

Je marchais de la ferme, par le chemin de terre battue, jusqu'à la grand-route, facilement retrouvée. Mon esprit, étrangement, était toujours vide. Je ne pensais à rien. J'étais, sans le faire exprès, tout silence.

Puis, presque brutalement, comme en réaction, une émotion d'une violence que je n'avais jamais connue s'empara de moi. Je fus soudain secoué de sanglots, inondé de larmes, cependant qu'une joie indicible m'habitait tout entier. Seul, descendant la grand-route, je fus ainsi, dans la campagne du mois de mai, livré à un sentiment impossible à contenir: la joie. Sa signification: une vie nouvelle commençait pour moi.

Apaisé, heureux, j'arrivai au petit Foyer pour apprendre qu'on avait téléphoné de Paris: je devais partir immédiatement pour regagner Paris, la place que le quai d'Orsay avait demandée pour que je regagne les Etats-Unis était obtenue: départ le lendemain matin!

J'eus à peine le temps de prendre un peu de nourriture. Avant de monter dans le taxi pour rejoindre à Saint-Vallier le premier train pour Lyon, le Père Finet, redescendu avec Jean Quesnel de chez Marthe, me prit par le bras et me dit, presque solennellement:

– "*C'est d'ici que vous partez pour Washington !*"

Puis il me mit un livre dans les mains. C'était le "Traité de la vraie dévotion à la Sainte Vierge" de Grignon de Montfort.

– "*Vous le lirez dans l'avion.*"
Dans le taxi, je m'interrogeai: "Il s'est passé quelque chose! Mais quoi?"
Beaucoup plus tard, je pus répondre.
J'étais entré chez Marthe. Sans nulle parole. De toute mon âme. Et elle, m'avait reçu dans son cœur.

.4.

Quand Marthe priait, sans le dire

EN me mettant dans les mains le petit livre de Grignion de Montfort: “Traité de la vraie dévotion à la Sainte Vierge”, le Père Finet se référait évidemment à l’un des passages de la conversation qui avait précédé. Il avait, alors, rapporté que la Sainte Vierge avait déposé un résumé de cette petite somme mariale sur le lit de Marthe: "Le secret de Marie". A cette occasion, Notre Dame avait dit à Marthe: *“Voici le livre que je veux voir répandu dans le monde entier".*

Le Père Finet, rapportant ce propos, avait ajouté que lorsque lui-même, pénétrant quelques heures plus tard dans la chambre de Marthe, avait distingué l’objet sur le lit et, profondément étonné, - car personne n’était entré chez Marthe- avait demandé :

– *“Qu’est cela, mon enfant?*

– *“C’est la Maman, mon Père”.*

“Répandu dans le monde entier”

La “Maman”, pour Marthe, n’était pas un mot puéril, le reflet d’une sensibilité encore enfantine.Bien plutôt, je l’ai vérifié souvent, c'était le contraire. Sous une forme délibérément familière, familiale aussi, Marthe dissimulait une connaissance très profonde du rôle de Marie dans l'Eglise. Je fus confirmé dans cette conviction lors du Concile. J'y reviendrai. Dès maintenant, je crois pouvoir dire que l'on ne doit pas interpréter cette appellation, fréquente chez Marthe, comme on pourrait le faire légitimement s'il s'agissait de quelqu'autre. Il y avait entre Marthe et la Mère de Jésus une intimité invisible, des rencontres fréquentes. Et le nom que Marthe lui donnait exprimait en même temps une connaissance que l'on peut dire théologique du rôle de Marie dans le Corps mystique, et l'absence de toute distance entre elles: la Mère "chérie", et la fille tout autant "chérie"! Il y avait, lorsque Marthe murmurait, ou qu'elle articulait distinctement les deux syllabes du mot d'amour de l'enfant pour sa mère, une proportionnalité que l'on ne pouvait peut-être déchiffrer que peu à peu, proportionnalité qui rejoignait en pleine connaissance le commandement: *"Si vous ne redevenez comme ces petits enfants ..."* C'est un peu du mystère de l'esprit d'enfance, signe d'humilité de l'amour parfait, que l'on pressentait.

Marie, Mère de Dieu, avait donc déposé l'ouvrage de Grignion de Montfort sur le lit de Marthe.(1) Le Père Finet le possédait toujours. Il avait, en nous le disant, évoqué l'étonnante histoire de cette œuvre. Elle fut composée par le bienheureux Louis-Marie, vers 1712. A l'époque de la Révolution, le manuscrit fut enfermé dans un coffre, puis enterré, à Saint-Laurent-sur-Sèvres! Oublié jusqu'au milieu du XIXème siècle, on ne le retrouva qu'en 1842! Les éditions se succédèrent ...

---

(1) *Ce fait, parfois contesté, m'a été confirmé par l'une des plus anciennes et des plus intimes amies de Marthe.*

– *"Mais,* précisa le Père, *c'est un saint pour notre temps! Toutes mes retraites sont orientées vers la consécration à Jésus par Marie qui les clôture. C'est celle que Grignion de Montfort a rédigée de sa main. On m'a d'ailleurs assuré récemment que Pie XII allait le canoniser prochainement."*

J'insistai: *"Bientôt ?"*

– *"Je ne sais pas... un an ou deux, je crois".*

Ce fut exactement quatorze mois plus tard, le dimanche 20 juillet 1947! Pie XII, dans son homélie, confirmait en tous points le désir de Marie reçu par Marthe, et même il l'explicitait. Ce n'était pas seulement les membres des instituts montfortains qui étaient invités désormais à vivre de cette "vraie dévotion" à Jésus par Marie. Pie XII appelait *"TOUS LES CHRETIENS aussi, à l'époque actuelle surtout, alors que la foi catholique s'affaiblit, que les mœurs sont très relâchées ou même perdues et que les discordes s'élèvent de tous côtés (...). Plaise à Dieu que la figure si lumineuse et si douce de ce saint du Ciel réapparaisse devant les yeux et dans l'esprit de TOUS LES HOMMES...".*

Aujourd'hui, on le sait, un sceau historique a été posé sur cet itinéraire. Il part de la petite chambre de la Plaine, passe par les paroles de Pie XII en 1947, pour aboutir à l'élection de Jean-Paul II. Celui-ci ne terminait-il pas, le lendemain du jour de son élévation au trône pontifical, son *premier message au monde* par l'annonce de sa devise, *"Totus tuus"*, résumé de toute la doctrine de Montfort: *"Nous murmurons encore ces douces paroles que nous avons gravées il y a vingt ans dans notre cœur et dans nos armoiries, au moment de notre consécration épiscopale: "Nous sommes tout à toi".* (Doc Cath. 5.11.1978 p. 905).

Entre ciel et mer

Décollant d'Orly, le 15 mai, et portant avec moi le *"Traité de la vraie dévotion"*, je n'imaginais pas, bien sûr, que ce livre allait, dans la ligne des paroles de la Sainte Vierge à Marthe, amplifier ainsi son message, pour devenir la clef spirituelle de l'Avent du troisième millénaire de l'ère chrétienne. Loin des grandes perspectives historiques, à la lumière du hublot, au-dessus des nuages, je lus - je déchiffrai plutôt - pour la première fois, le texte du futur saint Louis-Marie.

Si, lors de ma première visite à Marthe, le Seigneur n'avait point permis que j'entendisse une seule parole d'elle, je puis assurer qu'en arrivant à Washington - au Cairo Hôtel - j'avais certainement plus appris sur elle qu'après des heures de conversation! Car j'avais découvert ce qu'était la "vraie dévotion" à Marie, mais je l'avais fait à travers le souvenir de la prière au pied de son lit, de l'insoutenable joie qui s'en était suivie, - et aussi du livre déposé par la Mère du Verbe Incarné dans la chambre de Marthe!

Il serait hors de propos d'évoquer ici ce que fut ma tâche à la "Commission de l'Extrême-Orient" où, expert auprès de l'ambassadeur de France Paul-Emile Naggiar, je m'employais aux négociations relatives à la défense des intérêts de la France à la suite des dommages subis en Extrême-Orient du fait du Japon. Comme rapporteur général pour les réparations japonaises (2), je devais y rester jusqu'à novembre 1947.

---

(2) *J.O. du 27 avril 1946, p. 3503.*

Ce qui seul importe ici, c'est le lien vivant que je conservais avec Châteauneuf, et (pratiquement) à travers Grignion de Montfort.

Une consécration "consciencieuse"

D'abord, je m'appliquais à le relire ... non plus dans le ciel, mais les pieds sur terre. J'avais, assez rapidement, loué à Washington une petite maison près de "Dupont Cercle", en un temps où ce quartier, aujourd'hui bruyant et encombré de tours, était verdoyant, planté d'arbres, orné de vastes gazons et habité d'écureuils ...

Relire et méditer! Je reviendrai sur le secret que livre Grignion de Montfort - et qui était certainement aussi, je le supposais légitimement, le secret de Marthe - mais, au risque de faire sourire, je dois avouer que je pris au sérieux le rythme que le Traité imprime à ceux qui veulent se consacrer à Jésus par Marie selon son esprit. Ils emploieront *"douze jours au moins à se vider de l'esprit du monde contraire à celui de Jésus-Christ"*, puis *"emploieront trois semaines à se remplir de Jésus-Christ par la Très Sainte Vierge"*. Je passe sur l'ensemble des oraisons et pratiques diverses qui m'occupèrent, matin et soir, pendant ces cinq semaines. Toutes étaient conseillées par mon auteur! Je ferai seulement remarquer qu'il n'est pas évident de se "vider de l'esprit du monde" dans un milieu où chaque ambassade donne une ou plusieurs réceptions chaque année, et où les soirées chez les uns et les autres font quasiment partie de l'état de vie.

Il est difficile de cerner ce que furent ces semaines, et les mois qui suivirent. Ils devaient réaliser un équilibre, à certains moments difficile, entre les exigences de la vie familiale, périodiquement distendue par six mille kilomètres, les impératifs d'une vie professionnelle à la fois technique et diplomatique, et l'attrait, le besoin plutôt, de silence contemplatif et d'adoration. Une chose demeure, aujourd'hui comme alors, évidente. C'était dans l'atmosphère de la présence spirituelle de Marthe que tout se passait.

Je dois l'avouer: je parlais d'elle! J'avais demandé au Père Finet s'il m'y autorisait. Il m'avait répondu, bien dans sa manière de former à la responsabilité:

– *" Vous le sentirez ! ..."*

Je fis de mon mieux. Au bout de quelques mois, nous étions trois ou quatre à aller à la messe quotidiennement. C'était pour moi facile: la cathédrale Saint-Matthieu était à quelques minutes à pied de chez moi.

Le "signe sensible efficace"

Ce petit groupe était uni par la prière en commun, mais aussi par l'affection. La situation nous permettait d'être prévenus d'avance de la venue de personnalités religieuses ou laïques qui passeraient par Washington. Ainsi, nous reçûmes un prêtre ouvrier, le Père Bouche, et aussi le Père Jean Courtois, un dominicain qui avait été visiteur général des prisons de France, d'autres encore... Ils vinrent dire la messe chez moi, et nous étions réunis pour ces célébrations jusqu'à quinze ou plus... en comptant deux secrétaires canadiennes françaises!

En fait, je ne le faisais pas exprès! Ma surprise fut totale quand l'un de nos amis, me remerciant de mon accueil, me parla de mon “apostolat”. Je n’en avais nulle conscience. Bien sûr, depuis Châteauneuf, j’usais de l’autorisation (souple) du Père Finet pour parler de Marthe! Et son évocation rapprochait du Seigneur!

Aujourd’hui, c’est avec une présence intacte que j’évoque ces années 1946-1947 à Washington. Elles furent la découverte “consciencieuse” de Grignion de Montfort, et le début, entièrement non prémédité de ce que j’entendis nommer -avec une espèce d’inquiétude- un “apostolat”! Ce mot évoquait pour moi une volonté délibérée d’action ... Or, je ne faisais rien en ce domaine de façon préméditée! Je parlais de ce dont mon cœur était plein. Bien entendu, je savais que jusqu’à mon entrée dans la chambre de Marthe, j’étais, sur ces mêmes sujets, muet comme une carpe. Mais ce changement me paraissait, à cette époque, le résultat normal d’une découverte et d’une certitude qui avaient changé ma vie. Je ne pressentais pas clairement, -peut-être même étais-je en défiance de mon imagination, -que de loin, à six mille kilomètres, et sans que nous ne nous soyons jamais parlé, la prière et l’offrande de Marthe pouvaient être, dans l’ordre surnaturel, une “cause”. La cause, à mon jugement spontané, était psychologique. Je disais ce que j’avais entendu, éprouvé, - et sans que j’ai même prié pour cela, des amitiés se nouaient, autour du Seigneur. Tout au plus le mot d’humour du Père Finet aurait-il pu m’éclairer: *“Surtout ne me faites pas dire que Marthe est un sacrement!”*.

N’empêche! Le simple fait du signe sensible que j’évoquais en parlant d’elle était efficace! J’en vins même à écrire au Père à la demande d’amis, pour lui recommander leurs intentions. Au début, je les trouvais relativement indiscrets. Je le faisais par “charité”. Finalement, j’y joignis mes propres intentions!

La première lettre

Jusqu'au jour de décembre 1946 - j'étais à Washington depuis la mi-mai - où je reçus une lettre manuscrite au cachet de Châteauneuf-de-Galaure.

Pourquoi le cacherais-je? J'avais vingt-cinq ans! J'attendais tout de Dieu, de la vie qu'Il voulait pour moi. Mes mains ont tremblé en déchirant -d'ailleurs maladroitement- l'enveloppe.

Et je lus :

L'Abbé G. FINET *+ 30 nov .1946*

CHATEAUNEUF-DE-GALAURE

(Drôme)

Téléphone 20 *C.C. Postaux LYON 68-68*

Cher Monsieur et Ami,

Marthe en ces jours a beaucoup prié pour vous et pour votre mission. D'ailleurs, depuis votre passage parmi nous, votre pensée ne nous avait pas quittés.

[Deux paragraphes personnels]

(...) Ici, nous restons dans notre vocation, suivant tous nos amis de nos prières, dans leurs tâches souvent bien lourdes. Nous restons confiants, mais l'avenir immédiat nous apparaît lourd d'incertitudes. Pendant que les égoïsmes s'affrontent, il est bon de penser qu'une "victime d'amour" accepte quotidiennement de les expier.

Vous, les vôtres, votre mission, restez fidèlement dans la prière de Marthe. Confiance.

Que la Sainte Vierge vous accompagne et vous permette un rayonnement français et chrétien.

Bien amicalement

GEORGES FINET

Telle fut la première lettre que je reçus du Père spirituel de Marthe. Indépendamment de l'affermissement dans la foi, et dans la joie, qu'elle m'apportait, et à ceux dont j'avais transmis les intentions, elle donne la tonalité de ce qu'était, à ce moment, -puis pendant de longues années- la paternité de "l'abbé Finet". Comme on peut le voir, l'en-tête n'est pas encore celui du "Foyer de Charité" ... et le Père ne dicte pas encore des lettres dactylographiées! Il écrit à la main et, depuis 1936 jusqu'à la mise en route du "Grand Foyer", il en sera ainsi.

Sans entrer dans trop de détails, cette lettre acheva de me décider, malgré la charge financière, d'aller passer à mes frais un mois d'été l'année suivante en France, et -ENFIN- de rencontrer Marthe, de l'entendre parler, de la connaître autrement que par ce qu'on en disait, ou par des moments passés au pied de son lit,... ou par ce qui me semblait, possiblement, des grâces reçues par l'efficacité de sa prière. La lettre du 30 novembre ne m'en avait-elle pas apporté l'assurance?

Une déception de plus

Après un peu plus d'un an dans la capitale américaine, je repris donc l'avion. J'avais écrit au Père Finet pour lui demander de me recevoir - et d'être reçu par Marthe- dans la semaine du 18 au 23 août 1947. J'avais donné mon adresse en France -à Rodez- pour savoir si cela pouvait convenir.

Le jour prévu pour mon départ de Rodez pour Châteauneuf arriva. Je n'avais toujours pas reçu de réponse...

Pestant contre les postes, je pris le train quand même! Les trains! Car le trajet n'était pas des plus simples. J'arrivai à Châteauneuf le mardi matin 19 août.

Hélas! C'était le moment même où une retraite commençait. Je n'étais pas venu pour cela. J'étais venu pour voir Marthe.

L'ampleur de ma déconvenue était grande. Je pus la mesurer lorsque, plusieurs jours après, je pris connaissance de la lettre réexpédiée ... qui me disait de ne pas venir cette semaine-là. La voici, tel que j'en ai l'original sous les yeux :

"Monsieur l'Abbé Finet me prie de vous dire combien Marthe et lui seront heureux de vous revoir.

Mais la semaine du 18 au 23, le Père est en pleine prédication de retraite. S'il vous était possible de venir la semaine suivante, le lundi, mardi ou mercredi, à la rigueur le jeudi, ce serait mieux.

Au cas où vous ne le pourriez pas, venez le mardi 19. Vous pourrez voir Marthe ce jour-là et le Père pendant son déjeuner que vous prendriez avec lui vers une heure. Le mercredi 20, vous ne pourriez pas voir Marthe.

Le Père et Marthe vous assurent de leur bien fidèle union en Jésus et Notre-Dame."

Il est clair que si j'avais reçu cette lettre à temps, j'aurais remis ma visite à la semaine suivante. Je ne devais reprendre l'avion que le 30 août pour les Etats-Unis.

Mais je ne l'avais pas reçue! A mon arrivée à Châteauneuf, il y avait une ou deux centaines de retraitants (la capacité du "Petit Foyer", en comprenant l'école de filles, libre l'été, était modeste) et lorsque je débarquai avec ma valise, je fus reçu avec le sourire ... et un peu de gêne. Mademoiselle Martin me consola en me disant que si je restais le lendemain, je pourrais voir Marthe et déjeuner avec le Père. "*En attendant*, ajouta-t-elle, *vous pourriez toujours suivre les conférences de la retraite. Le Père a commencé la première il y a moins de dix minutes*!".

Je me résignai à tout cela ... Ayant déposé mes bagages dans un coin je me retrouvai assis, peu de temps après mon arrivée, dans la salle où le Père prêchait la retraite.

Sans l'avoir voulu

La suite est simple.

A la fin de la première conférence, je réussis à joindre le Père Finet au moment où il passait dans la cour (de l'école!). M'étant fait reconnaître (on ne sait jamais!) et ayant expliqué que je n'avais pas reçu la lettre remettant ma venue, j'ajoutai :

"Mais, bien que je ne sois pas inscrit, est-ce que vous m'autoriseriez à faire la retraite ?"

Il éclata de rire. Sa phrase en disait long :

"C'est exactement ce que je pensais!".

Je commençai à comprendre. Mais où il n'y eut plus moyen de douter, ce fut, lorsque Marthe, en cours de conversation, me lança soudain, avec une allégresse mêlée d'humour, de sa voix si jeune :

"Alors! La Sainte Vierge vous a amené faire la retraite?"

Après avoir été "apôtre" sans le savoir, je me retrouvais "retraitant" sans le vouloir ...

Ou plutôt! Sans l'avoir voulu!

.5.

La première retraite

J'AVAIS entendu parler de Marthe, en 1943, sans l'avoir demandé. J'avais commencé de communier quotidiennement en 1944 sans lien conscient avec ce qu'avait pu être l'influence d'une conversation sur elle. J'avais nourri le désir de la connaître, certainement autant par curiosité que par besoin de certitude. J'étais allé la voir ... sans la voir et sans l'entendre parler. Je m'étais entendu dire, ensuite, que mon activité auprès de mes amis relevait de la catégorie "apostolat"! J'avais attendu une lettre de Châteauneuf pour me fixer un second rendez-vous, lettre qui ne m'était pas arrivée à temps ... Et je me retrouvais sans préméditation en train de commencer une retraite de cinq jours ... qui en durerait six et même sept en comptant les voyages.

Il fallait cinq jours...

Après la première conférence du Père Finet, tous les souvenirs évoqués ci-dessus avaient disparu. J'étais pris, saisi, au plus profond de mon intelligence et de mon cœur par ses paroles. J'avais hâte d'en savoir davantage. Je compris presqu' immédiatement que monter voir Marthe en contournant la retraite avait bien pu être, de ma part, un témoignage de suffisance. A plusieurs reprises, j'avais vaguement saisi que les retraites, prêchées au Foyer, étaient en rapport avec la prière de Marthe. Mais je l'avais accepté comme une réalité marginale. L'idée ne m'avait pas traversé que l'important n'était pas de pénétrer dans la chambre de Marthe, ni de parler avec elle, mais bien plutôt de recevoir pendant cinq jours, non point d'abord un enseignement mais -comment dire?- une grâce encore inconnue et ineffable, de lumière, de force, de joie. De là-haut, de la Plaine , elle priait, elle souffrait, elle aimait. En bas, le Père parlait, parlait -plus tard, on devait le surnommer "sine fine dicentes"-. Et les retraitants recevaient, prenaient des notes, riaient, ... ou riaient jaune! Et c'est dans l'âme, dans le coeur de Marie, que, jour après jour, ils entraient.

Beaucoup des exposés du Père Finet sont devenus, aujourd'hui, des "idées reçues", non seulement en France, mais dans l'Eglise universelle. A l'époque, au lendemain de la guerre, elles étaient, si j'ose dire, toutes neuves. Elles n'avaient pas été (plus ou moins) usées. La parole de Dieu est toujours neuve, aujourd'hui comme hier, à qui la reçoit dans l'humilité, et donc, c'est peut-être à tort que j'emploie le mot usé... Je le maintiens pourtant. Il en va des richesses de Châteauneuf comme du "Notre Père". On peut prononcer les mots sans en recevoir, comme une plante assoiffée, la plénitude qui change une âme et la renouvelle!

Le Père Finet avait assuré que c'était Notre Dame elle-même qui avait expliqué à Marthe qu'une retraite de trois jours, quoique traditionnelle, n'atteignait pas son but. Il fallait cinq jours pour régénérer une âme: trois jours pour "la vider du monde" et deux jours pour "la remplir de Dieu". Je pensais que Grignion de Montfort avait été plus exigeant avec moi! Mais ce "raccourci" devait être rendu possible par l'intercession de Marthe, son oblation pour les retraitants.

On ne raconte pas une retraite. Même si je me suis imposé d'en faire une chaque année je n'ai jamais pu saisir clairement ce qui en constitue l'expérience intérieure la plus intime. Finalement, c'est peut-être cette première retraite à Châteauneuf dont le souvenir se détache le plus nettement de toutes celles qui ont suivi. L'action du Saint- Esprit y fut comme "tangible".

La première chose qui m'a frappé, dès la conférence - saisie au vol - du début, ce fut l'extraordinaire liberté de parole du prédicateur. Je m'attendais à un style "religieux", marqué d'onction et de componction. Je fus secoué par une simplicité de vocabulaire, une familiarité des exemples, un bon sens des jugements qui nous mettaient - ou plutôt nous laissaient - dans la vie courante. Les dons oratoires du Père Finet y jouaient leur rôle. Mais, plus encore, c'était l'absence d'artifices, l'absence de trémolos, l'absence d'effets romantiques qui faisaient qu'on oubliait qu'on était là et que la chaise était dure. Le sérieux, l'humour, la tristesse, l'admiration, tous les sentiments humains s'inscrivaient dans le rythme de la parole, l'intonation de la voix. La spontanéité était absolue. Si, selon Pascal, la vraie éloquence se moque de l'éloquence, le Père Finet s'en moquait vraiment. Et si, selon Buffon, le style, c'est l'homme même, je songeais à retourner la phrase! Cet homme-là était tout entier dans son style, dans son rythme, dans sa conviction. Il devenait littéralement ce qu'il disait.

Le mystère de l'amour

Cette conviction! Mieux vaut tout de suite dire cette foi! Il passait des exemples de la vie quotidienne à l'exposé des mystères de la foi chrétienne comme de plain- pied. Une des premières conférences portait sur la Trinité. J'entends encore cette préparation: " *Il y a des pères parmi vous! Et des mères aussi: ils donnent de l'amour à leurs enfants. Un amour affectif, bien sûr, des signes de tendresse, des baisers. Mais un amour effectif aussi - et d'articuler: je dis bien EF-FEC-TIF! Vous les nourrissez, vous les habillez, vous leur apprenez à parler. Bref, vous, les parents, vous êtes de l'amour donné ... Mais par rapport à l'univers tout entier, vous êtes une goutte d'eau ... mettons un verre d'amour donné! Alors ... le PÈRE, dans la Trinité, c'est l'Amour donné. Mais comprenez-moi bien: c'est TOUT l'Amour donné ... Vous entendez bien! Un père sur la terre, c'est un peu d'amour donné. Le PÈRE, dans la Trinité, c'est TOUT l'Amour DONNÉ ...*"

Et peu à peu, nous apprenions qu'un fils, une fille, sur la terre, c'est un peu d'amour reçu; que LE FILS, le VERBE engendré de Dieu où le Père se dit, s'exprime, éternellement, c'est TOUT l'Amour REÇU.

Pour nous faire savourer le mystère de l'Esprit Saint: l'Amour dans le Dieu Amour, le Père Finet montrait l'un des aspects de la souffrance du Christ en Croix: l'Amour n'est pas aimé des hommes qu'Il vient sauver. Puis il évoquait Marie, debout, avec une foi intacte dans la signification rédemptrice du sacrifice de Jésus, et rendant, à son Fils, Amour pour Amour. Nous ne pouvons pas imaginer, même s'il est humain, ce que fut, en ces heures, l'Amour échangé dans la souffrance offerte en communion par le Fils et Sa Mère. Mais nous pouvons pressentir que, dans la Trinité, le Père, Amour DONNÉ, qui est génération éternelle du Fils et l'Amour REÇU, le Fils, rendu en action de grâce, en eucharistie parfaite au Père, spirent éternellement l'AMOUR ÉCHANGÉ DU PÈRE ET DU FILS, l'Esprit étant lui-même une personne comme le Père, une personne comme le Fils.

Multipliant les exemples simples qui montraient que, sur la terre, tout amour échangé, gratuit de part et d'autre, est toujours joie d'aimer, la conclusion s'imposait: LA JOIE DE L'AMOUR, C'EST LA JOIE DE L'ÉCHANGE. L'Esprit Saint est donc TOUT L'AMOUR ÉCHANGÉ DANS LA TRINITÉ, la joie éternelle de l'Amour dans le Dieu Amour, et depuis la Pentecôte, pour et dans l'Eglise, l'Esprit d'unité, l'Esprit d'Amour, l'Esprit de "consolation".

Je rédige ces lignes d'après mes notes de retraite de 1947. Mais tous ceux qui ont fait une retraite à Châteauneuf avec le Père Finet en ces années ont, je le sais, le même souvenir: une découverte qui nous laissait dans une joie indicible. (J'ose à peine évoquer qu'au catéchisme, on m'avait présenté la Trinité en m'expliquant que, comme un trèfle est un seul trèfle avec trois feuilles, de même il y avait un seul Dieu en Trois Personnes ... Même des lectures ultérieures - plus savantes - ne m'avaient pas complètement débarrassé du trèfle!).

Au fur et à mesure que j'entrais dans la synthèse vivante qui nous était offerte, j'expérimentais en moi le passage de la lettre qui tue, à l'Esprit, qui vivifie. La pédagogie du plan d'ensemble était simple: les trois premiers jours présentaient "Jésus-Lumière". La création par amour, la rupture par jalousie du démon, la re-création rédemptrice par amour et la liberté en Jésus du retour de l'Amour de l'homme vers Dieu.

Les deux derniers jours proposaient "Jésus-Route". Mais les grandes lignes de la morale apparaissaient comme autant d'occasions de vivre, par Marie, avec Marie, comme Marie, dans l'Amour du Dieu Amour. Jamais de ma vie je n'ai ainsi entendu le mot amour prononcé et simultanément comme infusé dans l'âme: non pas le mot ... le mystère. Et nos cœurs étaient tout chauds, comme celui des pèlerins d'Emmaüs.

Notes sur la tiédeur

Il faut dire que le Père spirituel de Marthe avait, un des premiers soirs, fait une conférence choc sur “notre grand péché: la tiédeur”, conférence dont nous étions sortis ... sans trop oser nous regarder. Le silence de la retraite protégeait bien heureusement les pensées secrètes de chacun.

Je ne crois pas inutile d’évoquer les sept caractères développés lors de cette soirée, pour “repérer” la tiédeur! Ils font peut-être comprendre le lien qu’il y avait entre la retraite et ce que l’on recevait chez Marthe:

1 - la prière devient ennuyeuse... parfois d’une difficulté insurmontable

2 - élimination de toute mortification!

3 - triomphe de l’amour-propre dans tout ce que l’on fait

4 - incapacité de supporter un concurrent ... morsure d’une jalousie où l’on se complaît

5 - on recherche la compagnie des moins fervents; on s’efforce de dire et de faire comme eux

6 - prédominance de l’esprit critique: on “sélectionne” pour faire grief! On ne raisonne plus du point de vue de Dieu

7 - on accepte une vie de pur formalisme religieux. Vidé de charité, on persécute, en se moquant de ceux qui vivent de leur foi.

Et pour conclure: la tiédeur, c’est le vieillissement de l’Amour!

Ce soir-là, j'étais décidé à voir longuement le Père Finet. J'attendis donc délibérément d'être le dernier à recevoir le sacrement de pénitence. Ce fut à une heure du matin ... et la conversation se poursuivit tard, ... bien plus tard.

Le jeudi soir, le Père Finet, à la fin de sa dernière causerie de la journée, indiqua qu'il avait fini de présenter "Jésus-Lumière". La lumière cependant n'est pas faite pour être regardée, mais pour éclairer le chemin où l'on progresse! Il nous présenterait donc les deux jours suivants "Jésus-Route". L'esprit du Christ devait remplacer en nous l'esprit du monde. Puis, avec une certaine solennité, il ajouta: *"Ce soir, Marthe entrera dans la Passion de Jésus. Le Père mettra sur elle tous nos péchés. Et, dans l'agonie, les souffrances de la Croix, elle les portera"*.

Dans le silence, nous regagnâmes nos chambres. Ces dernières paroles avaient éveillé en moi deux souvenirs. Je m'étais rappelé l'accès de joie sensible qui m'avait envahi, l'année précédente, en descendant de la Plaine. Et simultanément, j'avais évoqué la conversation - une "vraie" celle-là et la première - que j'avais eue avec Marthe l'après-midi et sur laquelle je reviendrai longuement. Car je l'avais vue le jeudi et cette fois, elle avait parlé. Espiègle, d'une jeunesse presque d'adolescente, faisant oublier sa souffrance, l'obscurité et même que ce n'était là que notre première vraie rencontre. Or, j'avais l'impression à la fin, de l'avoir toujours connue. En la quittant ce jeudi, mon cœur chantait!

Et voilà que par ses paroles du jeudi soir, le Père Finet, avec une intériorité assez bouleversante, nous remettait dans le mystère auquel la retraite nous associait. J'avais peine à comprendre cette alternance d'une Marthe joyeuse l'après-midi, et douloureuse, triste jusqu'à la mort, et la mort sur la Croix du Christ, le jeudi soir. C'était pourtant la première approche, encore lointaine, de ce que fut toute sa vie, et qu'au long des années, je devais constater de bien près et aussi partager, si j'ose employer ce mot, simplement pour dire que souvent j'ai ri avec elle, et aussi, une fois au moins, pleuré avec elle.

Le vendredi fut une journée de pénitence. Elle le fut vraiment à travers un sentiment de très discrète amertume qui habitait l'âme. Le chemin de croix, dehors, nous fit monter jusqu'à l'entrée du chemin pierreux d'où l'on aperçoit, de la lisière de la Plaine, le hameau des Moïlles. Je me demandais si nous approcherions de la maison. Mais non. La dernière station se disait à la lisière de la Plaine, mais à plusieurs centaines de mètres de la maison de Marthe.

L'amour fraternel vécu

Le samedi matin fut marqué par une conférence sur le second commandement. Jamais je n'avais éprouvé à ce point la force, l'exigence et la joie de l'amour fraternel. Le climat entre les retraitants - toujours en silence mais définitivement souriants - respirait une étonnante allégresse. Avant le dîner, on lut le passage des Actes des Apôtres disant que les chrétiens n'avaient "qu'un seul cœur et qu'une seule âme et que tout leur était commun". Puis l'usage de la parole nous fut rendu. "Deo gratias"!

La réaction de joie était naturelle: il est dur de se taire d'un mardi matin à un samedi soir. Mais elle était, de façon tangible, plus encore, surnaturelle. Aucun de nous ne connaissait ses voisins de table une semaine avant. Nul échange autre que celui des plats n'avait eu lieu entre nous au cours de la semaine. Or, notre joie, soudaine et contagieuse, était fondée sur une telle prévenance mutuelle, une telle absence des défensives habituelles à l'égard de personnes dont on ignore tout, que je découvris qu'il pouvait exister, au sens le plus fort des deux mots, un "bonheur commun" par le seul lien de la Foi vivante, dans le Seigneur ressuscité.

Certes, tous avaient reçu la même vision du plan divin, de sa rupture, de sa reprise. Tous ceux qui l'avaient demandée avaient reçu l'absolution. Tous ceux qui avaient désiré d'aller prier auprès de Marthe et de lui confier quelques intentions étaient montés à la Plaine le mercredi ou le jeudi, en manquant l'une ou l'autre des conférences. Tous avaient pu faire leur consécration selon Grignion de Montfort. Mais ces explications, j'en étais persuadé, ne suffisaient pas à donner les causes d'un tel amour fraternel, prévenant et éprouvé, entre tous les retraitants. J'y retrouvais la joie de ma première descente de la Plaine. Oui, c'était la même. Mais communautaire, douce, forte. Chacun se présentait à son voisin : de toutes régions, de toutes professions, de tous âges ... Et nulle réaction "sociale" ou "mondaine" n'était perceptible. En vérité, le Christ était tout en tous.

Le lendemain, après une messe solennelle puis une conférence sur l'initiation des enfants aux mystères de la transmission de la vie qui est *"pour l'amour"* et de l'amour qui est *"pour la vie"*, un repas final permit à quelques retraitants de dire publiquement un peu de ce qu'ils avaient vécu, et l'heure du départ arriva. Je reviendrai sur ces fins de retraites. Toutes témoignaient d'une évidence: chaque retraitant avait rajeuni. Beaucoup! Et non seulement de cœur! Aussi, de visage!

Le Père Finet, sachant que je m'apprêtais de nouveau à repartir pour Washington, me prit à part au moment de partir.

Il n'eut pas besoin de m'interroger! Je lui rappelai que *"je n'étais pas venu pour faire la retraite"* ... mais que Marthe m'avait dit, le jeudi: *"Alors ? La Sainte Vierge vous a amené faire la retraite!"*. Je le croyais sans peine car en l'absence d'une réponse me disant de venir, j'avais sérieusement hésité à partir malgré tout. J'avais été poussé! Par un si grand désir du cœur que ce cœur n'expliquait pas tout !

Le Père, dans la retraite, avait dit: *"Vous êtes ce qu'est votre désir"*. Mais d'où viennent nos désirs ?

Conversation inoubliable

Conversation vraiment inoubliable. Celle d'un père et d'un fils, commençant de tisser une amitié qui ne cessa jamais de s'exercer pendant plus de trente cinq-ans, jusqu'à la toute dernière messe à laquelle j'assistai, vers la fin, dans sa petite chapelle, avec deux membres du Foyer, et où il fallait déjà le soutenir.

Cette conversation de 1947, nous ne devions jamais l'oublier, ni l'un, ni l'autre; tentant de lui résumer toute ma retraite, je lui avais dit: *"Je ne m'étais jamais douté que l'Amour est un mystère"*. Et de m'expliquer: *"Je savais que Dieu est Amour. Je savais que Dieu est mystère. Mais jamais, jamais, je n'avais perçu que Son Amour est un mystère, que tout amour est un mystère."*

C'était le dimanche 24 août 1947. Quelques quinze mois plus tard, étant cette fois fixé au Canada, je recevais une longue lettre du Père, datée du 5 décembre 1948, où je pouvais lire:

"Quelle joie pour nous, chaque fois que le courrier est

illuminé par une lettre du Canada. Les huit jours d'amitié vécus à Châteauneuf revivent malgré l'éloignement et je vous entends me répéter: Savez-vous que vous m'avez bouleversé en me révélant que l'Amour est un mystère!"

Plus tard, je reparlais de sa lettre au Père. Et il me confia: *"Vous savez, quand vous m'avez dit cela, à la fin de votre retraite, vous m'avez fait comprendre que, moi aussi, je n'avais pas assez médité sur le fait que l'Amour est un mystère".*

Je profitai de l'occasion :

– *"Mais qu'est-ce qu'un mystère?*

– *"Ce n'est pas quelque chose d'obscur. C'est le contraire! C'est une super-lumière. Elle est trop intense pour que notre intelligence la reçoive en direct. Mais ce que nous ne pouvons pas regarder, l'Esprit Saint peut nous l'infuser. Si on le désire."*

Mais il me faut revenir en arrière et évoquer ce que fut la première conversation avec Marthe ... au cours de ma deuxième visite!

.6.

La première conversation

CETTE première retraite, non préméditée, avait été, par les événements, improvisée. Toutefois, elle modifia la première *"vraie"* conversation avec Marthe.

J'étais arrivé à Châteauneuf, le mardi matin, en visiteur. Je ne manquais, je crois, pour autant ni de respect, ni de capacité d'écoute. Mais, inévitablement, la curiosité m'habitait. Surtout, j'avais un *"projet"*. Il n'était pas d'abord un désir d'une vie intérieure plus fervente. Il était, dans une mesure plus ou moins consciente, d'acquérir une plus grande certitude sur le caractère miraculeux de ce que je savais de Marthe. Je me demandais aussi quelle pouvait être la *"psychologie"* d'une âme mystique. Comment se traduisait une intimité aussi profonde, et que j'imaginais mal -c'est-à-dire, dans un flou complet- de Marthe avec le Seigneur.

En outre, j'avais des confidences à faire. Des souffrances à avouer, difficiles à dire. Je désirais aussi me *"confier"*, mais dans un sens plus total: confier ma personne à sa prière. A tout cela, j'avais longuement pensé avant de prendre le train, et plus encore dans le train!

C'est ce *"visiteur"*-là qui était arrivé à Châteauneuf le mardi matin.

Ce n'était plus tout à fait lui qui, finalement, monta chez

Marthe l'après-midi du jeudi. Ce n'était plus le *"visiteur"*. C'était le *"retraitant"*.

Cela faisait toutes les différences du monde.

Dire que les deux jours et demi passés dans le silence, à écouter les conférences du Père Finet, à prier en présence du Seigneur comme je ne l'avais jamais fait, peut mettre sur le chemin de ce que je tente d'exprimer. En moi, la présence de Dieu avait pris plus de place, et la présence du monde, moins. Simultanément, les épreuves de vie qui étaient les miennes à l'époque avaient pris un relief spécial : une souffrance quasi physique du cœur, et une inclination comme spontanée à les offrir.

En donnant, dans l'âme, plus de place à Dieu, en me trouvant aussi plus proche du sacrifice de la Croix, c'est ma pensée sur Marthe qui, insensiblement, s'était modifiée. J'avais pressenti, à travers la lumière reçue dans l'intelligence et la grâce d'une plus étroite union à Dieu, le climat invisible qui pouvait bien être la présence spirituelle de la prière de Marthe au cœur de la retraite. Je songeais moins au caractère miraculeux du sang versé, et plus, beaucoup plus, à l'offrande incessante d'un cœur qui avait renoncé à tout mouvement volontaire, à la simple nécessité de manger, à la simple détente du sommeil. Je commençais à deviner - est-ce le mot juste? - ce que je n'avais en rien senti, consciemment du moins, lors de ma première visite.

Bref, le retraitant qui, avec trois autres personnes, en silence, montait vers la Plaine, n'entrait plus comme un homme en bonne santé allant voir une malade. Il n'entrait plus comme un esprit curieux, avide de certitude sur des faits miraculeux. Il entrait bien plutôt comme un malade qui va vers la santé, comme un pécheur qui va vers la sainteté d'une autre.

Premier contact

Nous arrivâmes dans la cour de la ferme, puis une jeune fille nous fit entrer dans la cuisine. Elle nous fit asseoir sur des chaises qu'on avait dû rempailler consciencieusement depuis leur fabrication ancienne.

Et ce fut l'attente. Plus longue pour moi, puisque cette fois-ci, je passais le dernier. Le rite était immuable. La jeune fille introduisait le retraitant chez Marthe. Elle fermait la porte de la cuisine avant d'ouvrir la porte de la chambre, juste en face. Dans la demi-obscurité, elle introduisait le visiteur ou la visiteuse jusqu'à une chaise placée à côté du lit de Marthe. Elle se retirait. Le retraitant devait se nommer, dire ses travaux, ses intentions de prières... La conversation commençait. Lorsque, dix minutes après, deux petits coups étaient frappés à la porte, il fallait s'apprêter à sortir, le plus souvent en disant une prière avec Marthe. En rentrant dans la cuisine, si la porte de la cour était ouverte, en plein mois d'août, les yeux étaient éblouis. Mais l'impression était nette que dix minutes chez Marthe, c'était une courte minute ailleurs.

Je me retrouvais le dernier à attendre. Ceux qui sortaient toutes les dix minutes redescendaient seuls. Lorsque la jeune fille se leva pour faire sortir la personne qui m'avait précédé, mon cœur battait la charge. La retraite avait donné une nouvelle dimension à Marthe. Je la connaissais davantage dans sa souffrance et dans son amour. Ma timidité s'en était accrue. Je sentais une distance spirituelle infranchissable entre elle et moi. Je repris mes esprits pour entrer, m'asseoir sans heurter le lit, comme on nous l'avait recommandé, et je m'apprêtai à prononcer la phrase prévue:

“ – Je m'appelle ..., je viens de..."

Mais je ne prononçai rien du tout! Je n'en eus strictement pas le temps. J'avais à peine commencé de discerner la tête de Marthe sur l'oreiller qu'une voix d'une jeunesse indicible, espiègle et quasi moqueuse, me parlant comme à quelqu'un que l'on connaît par cœur, me demanda sans aucun préambule et si familièrement ...

" – D'où sortez-vous?"

J'avais, faut-il le dire, *"préparé"* mon entretien. J'avais déterminé des *"sujets"* ...des questions... Mon premier point était, comme demandé, mon état-civil... En un éclair, tout volait en éclats. Une seconde de ma vie impossible à décrire: il fallait répondre, et vite, ... et vrai.

Bafouillant plus ou moins, je répondis:

" – De ... du ... du Foyer!"

Et Marthe, en direct:

" – Ah oui! La Sainte Vierge vous a amené faire la retraite!".

Au cœur du sujet

En deux phrases, on était au cœur du sujet! Reprenant mes esprits, je crois avoir expliqué que ... c'était la lettre du Foyer qui n'était pas arrivée! Marthe ne montra aucun intérêt à cette histoire. Je crois que c'est depuis cet instant que j'ai compris le *"poids"* d'une phrase de Marthe. Elle me disait QUI m'avait amené en retraite et je perdais mon temps à lui expliquer COMMENT, dans l'ordre des circonstances, j'y avais été amené.

Là-dessus, elle me demanda mes impressions sur la retraite. Je me rappelle lui avoir dit :

“ – *Point par point, je crois que je savais chaque chose ... Mais le tableau d'ensemble ... C'est prodigieux. Je me croyais savant* (N'avais-je pas lu Tanquerey ... et Garrigou-Lagrange!). *Or je n'avais rien vu dans l'unité. La retraite, c'est l'unité de vision dans l'intelligence ... chaque point de la Révélation à sa place, dans l'unité du plan de Dieu ...*”

Elle me laissa parler ... Puis elle conclut:

“ – *Oui ... Vous verrez ... C'est un point de départ!*”

Une fois nouvelle, j'éprouvai le sentiment de m'être trompé de sujet! Je faisais un panégyrique contemplatif de l'enseignement du Père Finet ... Marthe me répondait en me parlant de mon avenir!

Sans m'étendre trop, je voudrais dire que j'avais, jusque-là, publié trois volumes! Deux pour le gouvernement, l'un sur la déportation de main-d'œuvre en Allemagne, l'autre sur le bilan des dommages subis par la France en Extrême-Orient. Par ailleurs, François Perroux m'avait fait écrire et publier *“Salaire et Rendement”* aux Presses Universitaires de France...

A la suite de ma retraite, mes premières publications furent: *“Les encycliques sont-elles applicables?”* et “ *Introduction à la doctrine sociale de l'Eglise”*; ma thèse de doctorat: *“L'économie sociale selon Pie XII”*. Ces livres, et ceux qui ont suivi, ont été, au sens le plus strict, écrits dans la vision de l'unité du plan de Dieu, de sa rupture et de sa réunité par la Rédemption, telle que ma première retraite à Châteauneuf l'a scellée dans mon intelligence.

Avec quarante-cinq ans de recul, je peux dire que la phrase de Marthe contenait toute ma vocation. Ce que j'ai enseigné, ce que j'ai écrit depuis ce jour a eu pour *"point de départ"* la retraite à laquelle *"la Sainte Vierge m'avait conduit"*.

C'était fatal! Dix minutes!... On vint cogner discrètement deux petits coups à la porte. Obéissant, je dis à Marthe:

" – Il va falloir que je vous quitte..."

La réponse fut singulière:

" – En montant, vous avez vu mes chèvres?"

Je n'avais rien vu du tout, c'était bien simple. Ma pensée était ailleurs!... Mais je me bornai à répondre :

" – En montant chez vous? ... Non!"

" – Ah! ... Parce qu'elles me donnent du souci. J'ai fait venir le vétérinaire. Elles ont dû manger quelque chose ... Il dit que c'est le foie!"

Une fois encore, j'étais désorienté. Je m'étaits promis de quitter Marthe au premier appel ... De nouveaux retraitants devaient attendre. Le mal au foie des chèvres me semblait un sujet très mince ...Evidemment, Marthe était une vraie paysanne...

Mais l'espièglerie la reprit:

" – C'est comme ce pauvre Père. Il n'est pas bien en ce moment. Je pense que c'est comme mes chèvres ... C'est son foie!"

J'étais sans voix! Là, ce n'était plus la paysanne ...C'était ... comment dire ...c'était la moquerie gentille pour un malaise digestif du Père qui, évidemment, ne l'inquiétait pas. Mais mettre le foie du Père Finet dans la ligne du souci que donnaient les chèvres!...

Je tentais de retomber sur mes pieds:

" – Mais le Père ... ce n'est pas grave?"

" – Oh non ! Mais vous savez, quand il prêche, il se donne tellement! Le plus dur pour lui, ce sont les premiers jours! Vous verrez, dimanche, il sera guéri!"

Quelques années plus tard, cette histoire de chèvres laissait encore un point d'interrogation dans mon esprit. Mais j'étais beaucoup plus à l'aise avec Marthe:

" – Vous savez, Marthe, dans notre première conversation, il y a quelque chose que je n'ai jamais compris. C'est quand, tout d'un coup, vous m'avez parlé de vos chèvres, de leur foie, du vétérinaire...". Je n'ajoutai pas ... *"du foie du Père!"*

Mais Marthe:

" – Mais si vous vous étiez vu! Je n'arrivais pas à vous dégeler. J'avais l'impression d'un vrai saint dans une niche! Il fallait bien qu'on vous simplifie un peu!"

Je dois dire que le résultat avait été immédiat! Un deuxième appel discret à la porte n'avait pas eu plus de succès que le premier, Marthe me parlant alors de ce dont je tenais le plus à l'entretenir ... et que j'avais oublié:

A angle droit

" – Mais quand votre mission à Washington sera finie, qu'est-ce que vous allez faire?"

Ma réponse était prête depuis longtemps!

“ – Je voudrais rentrer en France, faire du journalisme. Il y a des tensions dans l’Eglise! Je voudrais travailler à l’unité des catholiques!”.

J’étais vraiment heureux, sûr que ce projet allait rencontrer l’adhésion de Marthe, - ... et donc du Ciel! Et je m’apprêtais à lui demander sa prière à cette intention lorsqu’elle rompit, une fois encore, ma trajectoire :

“ – Mais il n’y a plus moyen, pour vous, de rester en Amérique?”

“ – Oh si! On m’a offert un poste de professeur au Canada.”

“ – Moi, je croirais, plutôt!”

Je n’osais pas lui demander pourquoi. En fait, j’étais “percuté”. A aucun moment, je n’avais vraiment pris au sérieux l’invitation au Canada, qui pourtant m’avait beaucoup touché. Mais, absent de France depuis le 3 septembre 1945, je n’avais pas considéré sérieusement l’éventualité de prolonger mon absence encore plusieurs années - et combien? - avec tous les problèmes -familiaux d’abord- que cela posait.

Cette fois, c’est Marthe qui prit les devants:

“ – Il faut que je vous laisse partir ... sans ça, je vais me faire gronder”.

Je me mis à genoux pour dire un “Ave” avec Marthe. Elle reprit, au moment où j’allais ouvrir la porte:

Une demande de Marthe

“ – Monsieur! Est-ce que je peux vous demander quelque chose?”

“ – Oh oui ! Bien sûr!”

“ – Quand vous serez en Amérique, vous voudrez bien me donner de vos nouvelles?”

“ – Avec joie ... Marthe!” (Je m’enhardissais).

Et elle:

“ – Oh merci! Merci! Oh merci...”

Et puis:

“ – Au revoir, Monsieur!”

“ – Au revoir, Marthe”.

Avec soin, je refermai la porte, rentrai dans la cuisine où quatre personnes attendaient sagement ... Je demandai pardon à la jeune fille d’avoir dépassé mon temps!

J’eus droit à un charmant sourire. Complice?

Dehors, le mois d’août chantait. Sa lumière vers cinq heures du soir éclairait la Plaine, le chemin, la grande route, le Foyer.

Dans la lumière, aussi, la route de ma vie était tracée.

.7.

Le tournant d'une vie

LA principale difficulté de la rédaction de ces pages provient de leur finalité même. Elles n'ont pas pour but de répéter ce qui a été déjà dit de Marthe, et que plusieurs volumes, inégaux, ont déjà exposé. Elles ont pour but de rapporter ce que Marthe m'a dit, ce que j'ai perçu de son influence et que mes notes, puis, tout en écrivant, mes souvenirs à leur tour, peuvent attester. Toutefois, ce que Marthe m'a dit, ce qu'elle a fait, ou obtenu -et qui la révèle telle que je l'ai connue, et telle que je l'ai comprise- touche de très près à ma vie personnelle, à celle des miens, à celle d'amis proches, ou déjà partis la rejoindre...

Non point des mémoires

Or, je n'ai pas entrepris par ces lignes d'écrire mes mémoires! Je m'applique donc à ne laisser transparaître, des événements personnels, que ce qui permet de comprendre les mots, la façon de faire de Marthe. Je n'ai pas non plus entrepris, fut-ce de façon tronquée, imparfaite, d'écrire à ma façon une vie de Marthe, alors que je n'en ai reçu qu'un unique rayon sur la multitude de ceux qui partaient d'elle. Personne, d'ailleurs, ne le pourra jamais! Un jour que je demandais au Père Finet s'il gardait les lettres des retraitants, des visiteurs, de ceux qui demandaient des grâces ou -plus encore- qui remerciaient pour des grâces évidentes, il me répondit sans que j'ai pu finir ma phrase:

" – *Je brûle tout!*

" – *Vous brûlez tout? Mais pourquoi?*

" – *Parce que presque toutes ces lettres sont intimes. Même si la plupart ne touchent pas, comme telles, au secret de confession, toutes sont écrites à Marthe et à son Père. Elle et moi lisons tout. Ce que je ne lui lis pas moi-même, je le lui fais lire par l'un des membres du Foyer, qui répond, sur ses indications, à son courrier. Ensuite, tout est détruit*".

Je ne discutais jamais les paroles du Père. Celles-là expliquent qu'il se tenait aussi loin que possible d'une vocation d'archiviste! C'est uniquement dans la foi qu'il envisageait d'éventuelles décisions ultérieures que l'Église, sous l'inspiration de l'Esprit-Saint, pourrait prendre. Dans l'immédiat, son seul souci était celui de directeur d'âmes qui détruit toute trace de confidences, et du Père spirituel de Marthe qui ne confondait sous aucun prétexte les deux destinataires des lettres, -et la curiosité, même légitime, de la postérité...

J'en reviens à la difficulté de mon propos. Je n'avais pas du tout les mêmes raisons que le Père Finet de ne rien conserver de ce que je recevais de Châteauneuf. Mais je me heurte aujourd'hui à la réalité même qu'il avait formulée. Les paroles, les conseils de Marthe concernent, le plus souvent, des aspects personnels de vie. Je ne puis donc éviter -et je prie qu'on me le pardonne- ceux de ces aspects vécus sans lesquels les mots de Marthe n'apparaîtraient pas dans leur vraie lumière, ni dans l'épaisseur, au long du temps, de leur efficacité. On a pu comprendre, par les premières étapes des échanges avec elle déjà rapportés, qu'il en est vraiment ainsi. Je n'insiste sur ce point, maintenant -et une fois pour toutes- que parce qu'au long des années, tant avec Marthe qu'avec le Père Finet, c'est non seulement des événements de ma vie, mais celle de parents ou d'amis proches que je devrai évoquer, tout autant que la discrétion chrétienne semblera le permettre.

Des circonstances qui expliquent...

La dernière partie de la conversation, dans la chambre de Marthe, ce jeudi 21 août 1947, ne m'avait, sur le champ, posé aucun problème. Ma mission à Washington terminée (et plus tard heureusement conclue), il ne dépendait que de moi soit de rentrer en France où je ne manquais pas d'amitiés, soit d'écrire à Québec et à Montréal où le Doyen de la Faculté des Sciences Sociales de Laval et aussi le Directeur des Hautes Etudes Commerciales de Montréal m'avaient, l'un et l'autre, offert de me confier un enseignement. Lorsque Marthe m'avait posé la question sur mon avenir, j'avais répondu selon mon désir le plus profond... Je désirais faire du journalisme, et du journalisme catholique en France! (Je fus d'ailleurs exaucé... quinze ans plus tard! Sans l'avoir, à nouveau, demandé...)

Certes, mes études ne m'avaient pas préparé au journalisme. Je voulais être professeur, et professeur de philosophie. Licence en Sorbonne, avec option en psychopathologie, puis D.E.S dans la même maison, avec un mémoire sur Auguste Comte dirigé par Maurice Halbwachs, cours (obligatoire) d'ethnologie, avec Marcel Griaule au Trocadéro (Faculté des Sciences), condition *sine qua non* à l'époque pour se présenter à l'agrégation de philosophie! Après une année de Khâgne, j'avais dû renoncer à préparer la rue d'Ulm, mon père -qui m'aurait voulu Inspecteur des Finances- ayant exigé que je double mes études de licence de philo par une licence en droit, suivie elle-même d'un D.E.S en économie politique. J'en étais là de cette curieuse double formation lorsque le travail poursuivi, avec quelques risques, depuis 1943, sur les déportations de main-d'œuvre, eut pour conséquence d'arrêter mes études, et de me faire partir, le 3 septembre 1945, en mission d'abord en Inde, en Thaïlande, de demeurer en Indochine au cabinet de l'Amiral d'Argenlieu, de me rendre ensuite au Japon, tout cela pour établir le rapport sur les dommages subis du fait des hostilités dans le Sud Est asiatique, puis de me faire participer à dix huit mois de négociations à Washington sous les ordres de l'ambassadeur Naggiar. Ces négociations se terminèrent, au sein de la Commission de l'Extrême- Orient (onze nations) par la restitution, à la France, d'une cargaison d'or d'une valeur de 37 millions de dollars, embarqués à Yokohama en février 1950 sur l'aviso français “La Grandière”.

Nulle réaction de défense

Au moment de ma conversation avec Marthe, et sur cet arrière-plan, la seule chose certaine à mon esprit était que je me trouvais face à une option déterminante. Mon aspiration était d'enseigner la philosophie, et d'écrire au service de l'Eglise. Mais je n'avais travaillé, en Extrême-Orient et aux États-Unis, que sur des questions économiques! Paradoxe supplémentaire, j'avais déposé en 1945 à la Faculté dite aujourd'hui du Panthéon un sujet de thèse *"Salaire et Rendement"*, rédigée l'année précédente sous la direction de François Perroux, qui l'avait en mon absence publiée dans la collection “Pragma” aux P.U.F. en 1947! Et je comptais sur l'amitié de Fabrègue, de Cambois, de la Noë et de quelques autres amis pour réaliser mes aspirations universitaires et journalistiques.

Simultanément, deux voyages au Québec, entrepris depuis Washington, m'avaient permis de rencontrer quelques personnalités qui, verbalement, m'avaient ouvert la voie de l'enseignement dans leur pays. Ce qui me gênait, c'est qu'il s'agissait non seulement d'être quelque temps "visiting" professeur, mais, à plus long terme, de chaires stables... et d'un statut d'immigrant, nécessaire de ce fait.

La phrase de Marthe, mettant elle-même la conversation sur le sujet, intervenait donc au moment propice, et au coeur d'une option que je croyais plus ou moins décidée: je ne songeais pas à m'expatrier davantage, et surtout pas pour des années! Et voilà que, du creux de l'oreiller, la voix claire, précise, et si jeune de Marthe demandait:

"Mais il y n'y a plus moyen, pour vous, de rester en Amérique?".

Plus tard, il m'est arrivé de songer que si au lieu d'Amérique, Marthe avait dit "aux Etats-Unis", ma réponse eût été négative. Il avait bien été question, à Washington, que j'entre dans le corps des Attachés et Conseillers commerciaux, mais ayant un père qui était à l'époque Trésorier Payeur Général, je ne tenais pas à entrer à mon tour dans la fonction publique. Un contentieux, affectueux dans la forme mais sérieux dans le fond, entre lui et moi...

Mais Marthe avait dit: *"en Amérique!"* J'avais eu, à Washington, une secrétaire canadienne française, Jeannette Coté, qui m'avait parlé de son pays. C'est elle qui avait organisé les voyages que j'y avais faits. "Amérique" signifiait donc aussi spontanément le Canada que les États-Unis.

La réponse de Marthe était aussi nette que mystérieuse:

“ – Moi, je croirais, plutôt!”

J’étais entré chez Marthe avec timidité, mais ma confiance, au cœur de la retraite, était devenue totale. Cette phrase, qui en fait -je le vois beaucoup plus clairement aujourd’hui- orientait résolument toute ma vie, ne provoqua en moi aucune réaction de défense. Je crois pouvoir dire que mon “oui” fut instantané. Cette adhésion immédiate, cette docilité profonde à une opinion qui ne revêtait même pas la forme explicite d’un conseil me semblait correspondre, profondément, à une indication venant du Ciel.

Un point de la psychologie de Marthe

C’est la raison que je considère, aujourd’hui, comme la plus forte pour m’expliquer à moi-même que l’idée ne me soit pas venue de demander “pourquoi?”

Il y a là un point de la “psychologie de Marthe” sur lequel je crois devoir insister!

Ma propre forme d'esprit, je crois, devait m’inspirer de réagir immédiatement, et de le formuler, ce “pourquoi”! Or je ne le fis pas, parce que l’idée ne m’en vint pas!

A tort ou à raison, j’imaginais spontanément que ce n’était pas pour UNE seule et unique raison que Marthe orientait ainsi ma vie. Ce ne pouvait être que pour un ensemble de motifs que seule l’expérience révèlerait. Bref, j’acceptai de ne pas savoir où ce chemin mènerait, mais je crus immédiatement, comme elle et à cause de ses paroles, que ce chemin était le bon!

Il n'était pourtant donné qu'avec un étonnant mélange de clarté et de réserve. Marthe n'avait pas parlé de moi, mais d'elle! Elle ne m'avait pas dit de faire ou de ne pas faire. On ne pouvait être à la fois moins directive et plus sûre de soi!... *"Moi, je croirais plutôt..."* J'écris ici le *"croirais"* au conditionnel... et c'en était un. Mais c'était tout autant un futur! Le mien...

Pour décrire mon état d'esprit, j'évoquerai simplement la confidence, en fin d'une retraite, quelques années plus tard, d'un voisin de table, me rapportant une phrase de Marthe du même genre, et qui la commentait ainsi: *"Elle m'a donné son avis! Mais j'ai bien compris qu'elle me laissait libre de prendre ma décision!"*

Je ne pus m'empêcher de lui répondre:

" – Mais n'est-ce pas toujours ainsi que Dieu s'y prend avec nous? Il nous offre la lumière de Sa volonté. Parfois seulement un clair-obscur, pour laisser l'Esprit Saint nous affermir. Mais il ne contraint jamais notre liberté." Je n'ai jamais su la suite...

En fait, c'est cela que j'avais senti. La psychologie de Marthe -sauf peut-être à de très rares exceptions- était marquée de foi (*je "croirais"*) et de respect de la liberté (*plutôt!*). Lorsqu'elle ne voulait pas s'engager, soit en raison de la difficulté de la matière, soit en raison de la vulnérabilité de l'interlocuteur, elle disait simplement: *"Il faut en parler au Père"*. En certaines circonstances, elle renvoyait ainsi au prêtre. Lorsque l'interlocuteur était déjà formé à une vie d'intimité avec l'Esprit Saint, elle se bornait à dire: *"On va bien prier... Vous y verrez clair"*. Je puis confesser ici que dans les quinze dernières années de sa vie, il m'est arrivé d'entrer chez elle avec une liste de questions (graves!)... et de ressortir une heure ou plus après, en ayant parlé de tout, sauf de mes problèmes! Ainsi, un jour - vers

1974 - elle me parla longuement et uniquement des qualités et des difficultés d'une retraitante que je connaissais un peu. Malgré quelques tentatives, je ne pus rien aborder d'autre! Quelques mois plus tard, les circonstances furent telles que je compris que j'avais ce jour-là, sans même m'en douter, reçu une mission et que je pouvais aider, de plusieurs façons, la retraitante. Quant à mes problèmes, j'avais bien été conduit à "y voir clair" tout seul!... La mission, je pense, a été accomplie. La prière de Marthe aidant. Pour l'avenir d'une Maison entière.

Une lettre de "Châteauneuf"

J'ai évoqué la fin de la retraite, dans l'amour filial pour le Père du Ciel, l'amour fraternel entre tous ceux qui avaient cheminé spirituellement au long de la semaine. Pour moi, je conservais dans mon cœur les paroles de Marthe et je commençais à en évaluer les conséquences. En renonçant à rentrer en France, sur sa seule parole, j'amorçais un itinéraire vers l'inconnu.

Dès lors les événements se succédèrent assez vite. De retour à Washington, les dernières semaines, consacrées à clore les dossiers, furent laborieuses.

J'arrivais à Québec, où je devais résider. Mais je devenais professeur à la fois à l'Université Laval, et à l'Université de Montréal où Esdras Minville, directeur de l'Ecole des Hautes Etudes Commerciales m'avait aussi proposé une chaire. Un modus vivendi intervint: je me rendais à Montréal deux jours chaque quinzaine. Avec un peu de retard, je fis ma première expérience de l'enseignement tout au long de l'année universitaire 1947-1948.

Cette première année fut difficile, quoique adoucie par l'amitié de quelques familles québécoises qui me reçurent comme un véritable "cousin" de France. A toutes, je parlais de Marthe, et au cours des années suivantes, un groupe informel mais priant d'amis de Châteauneuf se réunit, à Québec d'abord, à Montréal ensuite.

Année difficile! Une première année d'enseignement universitaire est une épreuve. Des dizaines d'heures de préparation permettent de donner quelques heures de cours. Par ailleurs, ma famille, en raison de difficultés à la fois financières et administratives, n'arriva qu'en juillet 1948. Dans ma solitude, je priais et je lisais. C'est l'époque où je pus méditer, pour la première fois, chacun des Evangiles... exégèses à l'appui.

Naturellement, j'écrivais à Marthe, selon la promesse que j'avais faite en la quittant. Je disais mes difficultés, présentais mes amis canadiens, ne pouvant m'empêcher d'écrire que, lorsqu'on parlait de Marthe, des vies s'approfondissaient, parfois même se redressaient.

Je ne reçus aucune réponse, et d'ailleurs, n'en attendais pas vraiment. Les réponses, je les découvrais à travers des événements pour lesquels j'avais demandé des prières. Cela me suffisait... presque.

Jusqu'au jour où, fin 1948, me parvint une enveloppe timbrée à Châteauneuf de Galaure. A cette lettre, j'ai fait déjà une rapide allusion. La voici! Peut-être faut-il la lire en songeant à ce qu'était à l'époque la solitude du Père Finet, qui n'avait personne, alors, pour dactylographier!

Châteauneuf, 5 déc. 48

Bien Cher Ami,

Avouez que je ne comble pas mes amis de mes témoignages d'affection. Ils ne se laissent heureusement pas arrêter par mes longs silences et finissent un jour ou l'autre par avoir raison de mon mutisme. Et cependant, quelle joie pour nous chaque fois que le courrier est illuminé par une lettre du Canada. Les huit jours d'amitié vécus à Châteauneuf revivent malgré l'éloignement et je vous entends me répéter: savez-vous que vous m'avez bouleversé en me révélant que l'Amour est un mystère! Je sens à travers vos lettres que vous entraînez des âmes à votre suite dans l'approfondissement de ce mystère. Seule la révélation de l'Amour de Dieu pourra satisfaire le cœur humain et attirer les foules au Christ Jésus.

Ici, notre vie ne change pas: le Grand Foyer, quoiqu'inachevé, ouvre ses portes à tous. Les retraites s'y suivent et atteignent les âmes les plus variées. D'autres Foyers sont en organisation et déjà nous apercevons le jour où ces différentes communautés reliées les unes aux autres constitueront des foyers d'amour où le monde viendra s'embraser.

Je suis toujours très surmené, trop seul encore dans la tâche qui m'est confiée. D'où mes silences, même aux heures douloureuses pour votre foyer.

1949 va être une immense année mariale pour la France en préparation de l'année jubilaire 1950. Puissent vos efforts compter parmi les signes d'espérance quand tout s'écroule autour de nous.

Croyez, bien Cher Ami, à la fidélité de notre pensée, de notre prière et de notre affection in Christo et Matre.

GEORGES FINET

Même si, à mi-chemin du siècle, cette lettre fut pour moi l'occasion d'une joie profonde et d'un soutien spirituel, elle m'apparaît, en cette fin de siècle, comme l'authentification écrite de ce qu'a été la vocation de Marthe. J'avais connu, en 1946, le Grand Foyer sans fenêtres ! En 1948, il accueillait les retraitants... Le Seigneur avait promis à Marthe qu'il y aurait des foyers dans le monde entier ! Les premiers s'organisaient... Le Père Finet, toujours seul prêtre résidant au Foyer et écrivant ses lettres à la main, rayonnait d'espérance ! Il sentait venir l'écroulement (qui fut celui d'avril-mai 1958), mais avec Marthe, se montrait entièrement tendu vers l'année sainte 1950, sentant toutes choses avec l'Eglise, *"cum Ecclesia"*.

La lettre lue et relue, communiquée aux amis canadiens de Châteauneuf, je continuais, encouragé par tout ce qu'elle impliquait en plus de son texte, de vivre au rythme des battements du cœur du Seigneur, ce cœur présent en Marthe, présent partout.

.8.

Un nouveau philosophe

J'AVAIS bien entendu, lors de la conversation avec Marthe, parlé de chacun des membres de ma famille. Je l'avais entretenue, avec une insistance particulière, de mon frère cadet André. Ses dons, ses succès scolaires rassuraient et, tout autant, faisaient question. Notre père ayant finalement dû, après mes voyages, renoncer à me voir passer le concours de l'inspection des finances, avait transporté cette ambition sur son second fils, déplorant l'exemple que j'avais laissé en donnant définitivement ma préférence à la philosophie. Mais l'intelligence de mon frère était avide de sagesse, au sens où Aristote dit que "le propre du sage est d'ordonner". La philosophie n'est rien d'autre, au niveau de la seule raison humaine, que l'amour de cette sagesse.

Une vocation qui se cherchait

J'avais, comme on disait, "confié cette intention" à Marthe. C'était, je puis le dire, sans nulle arrière-pensée. Mon seul souci était que rien ne vienne entraver une vocation qui se cherchait, précisément au moment où la deuxième partie (à cette époque-là) du baccalauréat rendait le choix plus immédiat. En fait, mon frère André avait déjà choisi... et s'était inscrit pour une licence de philosophie dans un climat de relations familiales difficiles, mon père ne manquant pas d'autorité. La prière de Marthe ne serait pas superflue.

Repartant pour le Québec, j'avais laissé les choses "en l'état"! Au long des mois, je reçus au Canada nombre de lettres du "nouveau philosophe" (selon une ironie paternelle qui s'ignorait prophétique) où les questions de psychologie, de méthode scientifique, de métaphysique se succédaient, m'intimant de donner des réponses *"vraies et rapides"*.

Mon impression était qu'il s'agissait bien d'une authentique vocation! Mais l'obstruction paternelle m'ôtait un peu de liberté de pensée. En outre, je pouvais craindre, sinon d'être, à proprement parler, "contagieux", du moins d'être l'arbre qui risquait de cacher la forêt de bien d'autres débouchés possibles... Par ailleurs, la Faculté de Philosophie de l'Université Laval et son Doyen, Charles de Koninck avaient, à l'époque, une réputation largement internationale.

C'est dans cette incertitude que je crus prudent de suggérer à mon frère André d'aller à son tour faire une retraite à Châteauneuf et de demander conseil à Marthe et au Père Finet. En tout état de cause, ils étaient l'un et l'autre au courant de la tension que le choix successif des deux frères avait créée avec leur père, et je pensais que la grâce du Seigneur infléchirait soit le cœur du haut fonctionnaire des finances, soit les désirs de son "nouveau philosophe" de cadet!

Un deuxième "tournant de vie"

J'avais fait ma retraite au Foyer de Charité du 18 au 23 août 1947. Mon frère m'y succéda deux ans plus tard - en vue de savoir s'il devait continuer une licence de philosophie ou changer d'orientation - du 11 au 17 juillet 1949. J'avais, bien sûr, en paroles deux ans plus tôt, puis par lettres, expliqué ce qu'était "Châteauneuf". Avec discrétion, néanmoins. Je ne voulais en aucun cas imposer mon jugement, tout en conseillant une démarche qui me semblait, en une circonstance certainement difficile, la plus prudente. Je croyais que Marthe ne donnerait pas seulement un conseil mais que sa prière le rendrait réalisable. Mon frère savait que, s'il le désirait, je l'inviterais à poursuivre ses études de philosophie à Québec.

Le 12 juillet - le mardi - mon frère m'écrivait de Châteauneuf: "*J'ai vu le Père Finet. Juste vingt minutes. Nous avons beaucoup parlé de toi. Pour moi, après lui avoir exposé en bref la situation, il a estimé qu'il faut que j'aille au Canada, que c'est la main de Dieu qui m'y conduit...*". Le surlendemain, jeudi 14 juillet, nouvelle lettre: "*C'est aujourd'hui que j'ai vu Marthe, environ trois quarts d'heure. Nous sommes montés -à trois- vers la Plaine. Les deux autres personnes sont passées avant moi. Je suis entré dans sa chambre vers 14h10... Nous avons, naturellement, tout de suite parlé de toi, ta vie, puis les parents, ... et moi ! Elle a beaucoup parlé, m'a posé des questions nombreuses. Sa voix était forte, claire, rapide, douce. Je lui ai un peu tout expliqué... En ce qui me concerne elle m'a, un peu diversement, dit la même chose que le Père Finet: la main de Dieu.*"

Il ajoutait: "*Une chose m'a beaucoup étonné, c'est la rapidité avec laquelle elle comprend avant que tu aies fini de parler. Je m'attendais à devoir me perdre en explications, à devoir parler fort et distinctement. Point la peine. De plus, l'émotion me coupait la gorge, tu t'en doutes. M'habituant à l'obscurité, j'ai pu la discerner assez clairement... A la fin de l'entretien, que je te raconterai plus longuement de vive voix, tous les deux nous avons fait une prière pour nos intentions familiales. Je suis sorti vers trois heures moins dix, et suis redescendu en voiture. J'ai juste eu le temps de déjeuner avant la conférence de trois heures et demie, de laquelle je sors.*"

A propos de la retraite elle-même, je me borne à citer, parmi quelques dizaines d'autres, ces lignes: "*Les conférences sont de véritables trésors, des sources inépuisables (...) Je reste littéralement effaré, et à peu près incapable de définir ce que je ressens tant les "découvertes" de tous ordres se succèdent à une cadence accélérée*".

Une troisième lettre, datée du 21 juillet, achevait le récit de la retraite:" *Vendredi 15: journée de pénitence en offrande avec celle de Marthe. L'après-midi: chemin de croix. Pendant les repas, lecture à haute voix d'un livre que tu dois connaître: "Esquisses pour l'homme" de Marcel Clément ... (1) Samedi, dernier jour de retraite. Déjà! Incroyable que le temps ait passé si vite. Je vois la fin approcher avec chagrin. Le Père Finet, rayonnant, nous explique ce que c'est qu'un Foyer de Charité. C'est le remède à l'oeuvre de désunité qui travaille le monde. Ah! Si une telle foi pouvait se propager partout... Dimanche: depuis la veille au soir, le silence est rompu. Il règne une atmosphère inouïe de fraternité, un esprit de communauté qui dépasse tout ce que l'on pourrait imaginer.*"

---

(1) *J'avais publié la première édition d'"Esquisses pour l'homme" aux éditions Marquis, de Montmagny, au Québec, sorti le 17 novembre 1948 et adressé deux exemplaires à Marthe et au Père. (Une deuxième édition, corrigée et augmentée, a paru en 1984, à Paris, aux éditions de l'Escalade).*

Le Père Finet confirme

Si mon frère avait été ainsi orienté et “marqué” par son séjour à Châteauneuf, son passage avait inspiré au Père de me faire écrire, par la délicieuse et chère “Mademoiselle Martin” qui tenait une plume harmonieuse et ferme malgré son âge, une lettre que je ne puis résister à la joie de reproduire ici. Elle est, à sa manière, un témoignage parallèle. Non seulement les retraitants n'oubliaient pas Châteauneuf, mais Châteauneuf n'oubliait pas ses retraitants!

FOYER de CHARITE

CHATEAUNEUF-de-GALAURE

(Drôme)

14 Juillet 1949

Cher Monsieur,

Le Père avait gardé précieusement vos chères lettres et celles de vos amis avec le désir de vous consacrer les premières minutes de liberté qu'il pourrait trouver et, vous le voyez, il ne peut vous offrir que son désir et ses regrets, en me priant de vous exprimer aussi tous ses remerciements: Témoignages d'union et d'attachement si profonds - livres et revues... ces derniers appréciés non seulement du Foyer mais aussi de nombre de retraitants. Nous vous envoyons pour tout cela vœux et félicitations qui sont des prières bien ardentes pour un apostolat toujours plus fécond et plus profond. Si vous saviez combien le Père et Marthe - et le

Foyer aussi - sont émus par tout ce que vous faites et pensez, ainsi que vos amis du Canada. Dieu est bon! à l'infini - et Notre-Dame l'est si maternellement et excellemment - n'est-ce pas ?

Et nous venons d'accueillir votre jeune frère -avec joie. Il vous donnera des nouvelles du Foyer et même assez tôt de vive voix; nous nous réjouissons pour vous de la venue près de vous d'un jeune de cette "trempe" et pour nous d'un lien de plus.

Veuillez dire à vos amis combien nous les aimons et leur sommes particulièrement unis, Marthe tout particulièrement - et vous comprenez, n'est-ce-pas, jusqu'à quelle profondeur - ou du moins nous le soupçonnons! Le Père vous assure aussi de son fidèle et fervent souvenir au Saint Autel.

Merci encore pour tout.

Martin

Cette lettre, écrite le jour même où Marthe avait reçu mon frère André, avait dû être postée en même temps que celle qui me donnait le récit de l'entretien ! Mais, discrètement, elle m'annonçait de son côté que le Père et Marthe considéraient que le départ au Canada était décidé, si bien que mon "*jeune frère*" me donnerait des nouvelles du Foyer de Charité, "*et même assez tôt*" et , mieux encore, "*de vive voix*"! L'approbation morale était nette: "*Nous nous réjouissons tous pour vous*" de sa "*venue auprès de vous*".

Il va sans dire que ces lettres, me parvenant coup sur coup, et les deux lettres datées du 14 juillet m'arrivant le même jour - m'apportèrent la paix, et plus encore la joie. La paix, car j'y voyais clair! Ce n'était pas "mes" idées, mais "*la main de Dieu*". Et la joie! Indicible: celle de deux frères unis et réunis par et dans la prière de Marthe.

Il n'en fallait pas moins, sinon un miracle, du moins deux ou trois retournements du cœur d'un père! Il lui fallait accepter d'avoir un deuxième fils établi, -en 1949!- à quelque six mille kilomètres... Pire encore: pour y compléter des études de philosophie! Il lui fallait même se résigner à un voyage aérien transatlantique...

Je n'ai eu, des étapes qui suivirent, que des récits iréniques, plus tard. Ce qui est certain, c'est que le 2 septembre, le quasi-miracle avait eu lieu, et que mon frère André m'écrivait : *"Pour mon voyage, je crois bien que le principe du départ en avion est virtuellement admis. J'irai demain à Air France pour tous renseignements à cet effet"*.

Quelques semaines se passèrent dans l'attente... Enfin, le jour vint où j'accueillais à l'aéroport international de Dorval-Montréal le futur Doyen de la Faculté Libre de Philosophie Comparée de Paris. En fait, l'avenir s'est joué à cette heure-là. Je le pressentais. Je l'ignorais...

Le père et son cadet, aussi émus l'un que l'autre, s'étaient quittés dans l'unité retrouvée ; une unité que le sacrifice efficace et souriant de notre mère avait achetée, elle aussi dans la prière de Marthe. L'une avec l'autre: nimium caritatis.

Il serait hors de propos de rapporter ici ce que furent les années heureuses, et laborieuses, vécues ensemble à Québec. Le récit, peut-être, n'en serait pas fastidieux. Mais si forte que la présence de Marthe ait été et si nombreux aussi les signes des prières demandées et exaucées, cela sortirait du dessein de ces pages. J'en rapporterai, plus loin quelques épisodes significatifs.

Quand Marthe passe les examens

Quelques notations, simplement, au sujet de la vocation de mon frère, qui disent à leur manière la délicatesse, la simplicité, l'infinie gentillesse de Marthe.

Ce début de lettre, par exemple, de Mademoiselle Martin, datée du 22 mai 1951:

"*Le Père reçoit aujourd'hui une bonne lettre de votre frère André. Nous continuons à prier pour ses quatre examens restant à passer, remerciant à l'avance la Sainte Vierge pour le résultat - et pour les autres bonnes nouvelles annoncées*".

A l'avance!...

Une réplique de Marthe, encore, alors que, la visitant, à l'été 1951, je lui annonçais le sujet de la thèse choisi par André pour l'obtention de sa licence en philosophie: "*De l'immensité de Dieu*", attribut par lequel on traite de l'existence de Dieu dans les choses! Je me laissais aller à dire que j'avais craint que ce sujet fût quelque peu ambitieux, d'autant plus que j'étais témoin de l'effort intellectuel considérable et de l'envergure nerveuse qu'il exigeait. Et Marthe de trancher :

"*Laissez-le donc faire*! Il y *en a tant qui le ratatinent, Dieu! Pour une fois qu'on va nous le montrer tel qu'il est!*".

Je capitulai sans condition: André ne tomberait pas malade...

Après la licence, le doctorat. De passage en France en 1953, au cours d'une longue visite à Marthe, je lui rappelai le sujet de la nouvelle thèse - l'origine de la notion de hasard chez des philosophes contemporains - et... ajoutai, bien sûr, que nous lui demandions de prier pour le travail, la rédaction, la soutenance...

Elle me répondit, s'amusant franchement:

"*Mais vous savez! J'en passe... j'en passe! Des B.E.P.C., des bachots, des licences... Vous pensez, avec les filles de l'Ecole!*". (2)

Puis, plus sérieuse: "*Evidemment, un doctorat, c'est plus difficile!*".

Et d'ajouter, après un court silence: "*Mais c'est grand, un philosophe chrétien*".

En 1954, cinq ans après son arrivée, le "nouveau philosophe" selon l'humour paternel, dûment muni d'un doctorat canonique signé du Grand Chancelier de l'Université Laval, était devenu le "philosophe chrétien" de Marthe.

Il ne lui restait plus qu'à faire retour dans une université française, d'y retrouver un livret universitaire "national", dans l'espérance que cette université se souviendrait que l'étude du Stagyrite et de l'Aquinate était née sur les bords de Seine, aux flancs de la Montagne Sainte Geneviève.

La suite est davantage connue! Au moins des étudiants de l'"I.P.C.".

---

(2) *Les élèves de philo, - puis de terminale - de l'école fondée par Marthe étaient alors reçues dans une proportion qui était, si mes souvenirs sont exacts, la plus forte du département de la Drôme, et proche de 100 %.*

.9.

L'élan apostolique du laïcat

IL suffit de lire les "Actes des Apôtres" de Luc ou certains épisodes des épîtres de Paul pour constater que, dans les débuts, ceux que l'on nomme aujourd'hui les "laïcs" ont joué un rôle dès les premières décennies qui ont suivi la Résurrection. Il serait hors de propos ici d'évoquer, de Geneviève de Nanterre à Jeanne de Domrémy, de Jérôme de la Dauversière à Léon Harmel, la réalité d'un apostolat de certains "laïcs", évidemment suscité par l'Esprit Saint, et, les premières méfiances surmontées, l'accueil fait par les prêtres et les évêques à des missions souvent hors du commun.

Un catholicisme individualiste

Pourtant, même si, au dix-neuvième siècle, les laïcs ont joué, en plusieurs pays, un rôle déterminant dans le jaillissement de ce qu'on a appelé le "catholicisme social", il n'en demeure pas moins qu'au vingtième siècle, le catholicisme "courant" des familles était relativement statique. Sous l'influence des idéologies principalement, la capacité d'action des catholiques, en dehors d'initiatives telles que la Société de Saint Vincent de Paul, s'est portée davantage vers la politique temporelle que vers l'extension du Royaume de Dieu. Les "mouvements", après 1925, n'attiraient pas ceux qui craignaient d'être "enrégimentés" et une "masse" de croyants naviguait à vue!

En de nombreuses familles, où l'on recevait les sacrements et où l'on "pratiquait" la messe dominicale, la vie chrétienne était devenue un jardin secret qu'il eût été impoli de faire connaître. Dans la meilleure hypothèse, les baptêmes, les "premières communions", les mariages et les sépultures permettaient d'inviter à entrer, dans une église, des gens qui en avaient oublié le chemin. Une relative mondanité, entourant certaines cérémonies, achevait d'étouffer ce que l'occasion aurait pu réaliser d'action apostolique, même si ce que Claudel ou Frossard rapportent de leur conversion montre que pendant cette première moitié du vingtième siècle, la liberté de l'Esprit Saint présent dans la maison de Dieu a dû toucher, de façon moins éclatante, bien des chrétiens virtuels ou léthargiques.

Une chose demeure: comme je l'ai indiqué plus haut, lors de ma première visite à Châteauneuf, à ma vie chrétienne qui comportait la communion quotidienne ne s'ajoutait strictement aucun aspect que l'on pourrait dire "apostolique". Soucieux de me cultiver religieusement, je le faisais, sans m'en douter, dans un esprit individualiste. Pour tout arranger, la manière dont j'avais accentué la pratique eucharistique en mai 1944 avait fait courir, dans ma famille, le bruit que je faisais une "crise mystique". J'avais d'assez bonnes raisons de penser que ces attaques - dont certaines bien douloureuses pour moi - n'avaient aucun fondement! Je n'en demeurais pas moins meurtri, et simultanément un peu paralysé. Je dissimulais de mon mieux mes messes matinales et les lectures (spirituelles), symptômes évidents de la crise! Je n'avais pas encore suivi l'enseignement du Père Finet qui classe comme le signe ultime de la tiédeur la persécution, verbale ou autre, que l'on impose aux plus fervents que soi!

La première visite à Châteauneuf, où j'étais entré, sans qu'elle puisse parler, dans la chambre de Marthe, avait, sans que j'en aie nulle conscience, modifié sensiblement mon attitude. La certitude - dénuée de motif rationnel - qui avait grandi en moi après cette première et muette visite m'avait fait perdre tout respect humain. Evidemment, c'était principalement en parlant de Marthe que, simultanément, j'affirmais ma foi en Jésus-Christ. Mais, dès mon séjour à Washington, je l'ai dit, ma langue s'était déliée par la force de la foi que, sans le vouloir, sans le savoir, j'avais reçue. J'avais vu des amis se grouper pour prier, se communiquer des intentions, refaire, sans s'en douter - et au sein d'un milieu diplomatique, et donc "mondain" par obligation professionnelle - une amitié de confiance et d'intimité qui rappelait, je le sais aujourd'hui, ce qui avait été vécu par les premières communautés chrétiennes (Act. II, 42 ; IV, 32-36).

Le "laïc" est, comme tel, un "apôtre"

En fait, c'est au cours de ma première - et non préméditée! - retraite à Châteauneuf que la lumière s'est faite. J'ai mis plus haut l'accent sur ce qu'elle m'avait apporté, cette révélation incroyable: "L'Amour est un mystère". C'était, si je puis dire, la grande lumière nouvelle sur la pratique du premier commandement, l'Amour du Dieu Amour. Mais je dois maintenant insister sur la deuxième "révélation" - au sens discret du mot - de cette retraite. C'est que le chrétien, le baptisé-confirmé, bref le "laïc" devait être apôtre! Quand je parle de "révélation", je veux dire que le voile de toute cette partie de la vie normale du fils adoptif de Dieu s'était levé devant moi. J'avais, depuis mon premier passage dans la chambre de Marthe, commencé de vivre comme cela!...

Mais c'était alors à mes yeux une attitude inévitable: je ne pouvais pas m'empêcher de parler de Marthe, à propos et hors de propos (Paul dit, en connaissance de cause: "à temps et à contretemps"). Cependant, au risque de sembler innocent - et je l'étais sous un certain rapport - je ne voyais, dans ce changement de mon attitude extérieure, qu'une faiblesse: je ne pouvais pas m'en empêcher... et je me le reprochais. La situation - à Washington, puis à Québec - était d'ailleurs délicate. Certains amis me fréquentaient visiblement pour cela. Je les encourageais à écrire de ma part au Père, à Marthe, pour recommander leurs intentions. Simultanément, je retrouvais, mot pour mot, à Québec en 1949-1950, les critiques familiales de 1944: j'étais en "crise mystique" et la "stigmatisée de la Drôme" m'avait fait perdre mon équilibre. Même à la Faculté des Sciences Sociales de Québec, où j'enseignais, j'avais mes amis - à qui je faisais lire Grignion de Montfort - et des adversaires qui "faisaient campagne". J'en eus connaissance lorsque l'archevêque de Rimouski -un grand Canadien- Mgr Georges Courchesne, qui m'invita à plusieurs reprises à passer quelques jours dans son évêché avant sa mort le 14 novembre 1950 (1), me confia: "Ils disent que tu es un mystique dévié! Je leur ai demandé sur quoi ils fondaient leur jugement. Ils m'ont répondu que l'on t'avait surpris, seul, dans la cathédrale de Québec, à prier les bras en croix".

Et moi: "C'est arrivé rarement. J'avais une grande grâce à obtenir..."

Lui: "Je leur ai répondu que j'avais plus de chance que toi, parce que quand je prie les bras en croix dans ma chapelle privée, je suis à l'abri des regards malveillants".

---

(1) *Cf. l'article que j'ai publié dans "L'Action Catholique", quotidien de Québec, le 17 novembre 1950, sous le titre "Pèlerins vers le Ciel".*

Je ne rapporte ces incidents que pour mieux mettre en lumière deux réalités. D'une part, avant ma première retraite, et seulement pour avoir prié quelques minutes dans la chambre de Marthe, sans avoir abordé le sujet d'aucune façon, mon attitude chrétienne "dans le monde" avait radicalement changé. De chrétien individualiste je suis devenu - je le dis en vérité - intempérant en parole et, probablement, un peu casse-pieds à ramener plus ou moins toutes les questions à leurs racines religieuses. D'autre part, c'est la prédication du Père Finet qui m'a fait comprendre que chacun, chacune de nous, étions appelés à l'apostolat.

Guérir du "démon muet"

Je l'entends encore: "*Les chrétiens, aujourd'hui, sont trop souvent victimes du "démon muet". Ils n'osent pas témoigner de leur foi. Ils s'imaginent que c'est en baladant leur "présence de chrétien" dans l'escalier de l'immeuble qu'ils vont obtenir la conversion de leurs frères...Non, non et non! Aux voisins, il faut rendre service, leur sourire, les inviter chez vous... Il-faut-leur-par-ler! Vous comprenez bien! Vous pouvez même nous les envoyer en retraite... Remarquez: j'ai dû refuser près de deux cents retraitants cette fois-ci. Tâchez de les faire venir en hiver: souvent, on a encore quelques places.*"

Les retraitants riaient, riaient... Moi aussi! Mais, à l'époque, j'étais sensible aux critiques. Lors de ma retraite de l'été 1950, j'allai voir le Père Finet:

– "*Vous avez parlé de la tiédeur! Mais vous n'avez pas parlé de l'intempérance de la parole...*"

– *"Que voulez-vous dire?"*

– *"Que je dois m'y prendre tout de travers!"* Et je lui racontai mes mésaventures, la confidence de Mgr Courchesnes et la façon dont les uns me prenaient pour ami, et dont, sûrement, je devais y "aller trop fort" avec les autres...

Je n'oublierai jamais. Le Père me regarda. Il souriait intensément. Puis, après un silence: *"Ecoutez! Je vais vous dire une chose...* (nouveau silence) *... En Amour... on y va toujours trop fort!"*

Ma guérison définitive (du scrupule de parler à contretemps) date de ce moment.

Je pense aujourd'hui que, bien sûr, je n'avais pas, en 1950, une "prudence de la parole" très assurée ! Mais je sais bien aujourd'hui que si le Père Finet était allé dans mon sens et m'avait dit d'être moins moi-même, j'aurais obéi. Le résultat aurait été, inévitablement, de me mettre dans l'inquiétude permanente de dire, de ne pas dire, de dire sans dire...

Mais il m'a libéré. Il m'a fait comprendre que c'est l'abondance du cœur qui est, normalement, intempérante... Ensuite, c'est, bien sûr, l'Esprit Saint qui, à travers l'expérience m'a, non point "calmé" (du moins, je l'espère) mais suggéré, selon la circonstance, de mesurer, de proportionner mes propos! Le Québec, à cette époque, était l'endroit idéal pour acquérir la prudence de la parole. Les quinze années au cours desquelles j'y ai enseigné n'ont pas été de trop pour m'apprendre la vraie liberté, et une pudeur sans pusillanimité, dans la parole comme dans l'écriture ! Avec Marthe et le Père, dans les circonstances délicates, comme repères ultimes.

Marthe et l'apostolat des laics

De ce qui précède, une conclusion me semble pouvoir être, non seulement hasardée, mais présentée comme hypothèse sérieuse. La vocation de Marthe, très unie à la co-rédemption de Marie, ne serait-elle pas, à un degré éminent, ordonnée -mystiquement- à la grande nouveauté dans l'Eglise du vingtième siècle: l'apostolat des laïcs?

Je suis porté à croire que, dès le début des retraites en 1936, la prière de Marthe pour les premiers retraitants était particulièrement orientée dans ce sens. Dix ans plus tard, j'en ai fait l'expérience, sans m'y attendre, quasi sans le vouloir ! Dans toutes les retraites que j'ai faites avec le Père Finet, -et avec d'autres prédicateurs au Foyer de Châteauneuf- l'appel à l'apostolat laïc était, non une incidente, mais une toile de fond.

Un couple sans enfant, sortant d'une retraite, rentre dans son pays. Au terme d'une conversation sérieuse, ils décident d'aller voir leur curé. Après les politesses d'usage:

– *"Nous venons nous mettre à votre disposition.*

– *"A ma disposition?*

– *"Oui, à votre disposition*

– *"Mais... pour quoi faire?*

– *"Ce que vous voudrez...*

Le curé leur demanda d'où leur venait l'idée. En chœur, ils répondirent :

– *"De Châteauneuf!*

– *"Châteauneuf?... Qu'est-ce que c'est?*

Ils s'expliquèrent. L'enthousiasme qui les portait, l'allusion à la vocation de Marthe, le côté "nouveau converti" inquiétèrent le pasteur de la paroisse.Il les reçut gentiment, et leur dit que s'il avait besoin d'eux...

Le couple, mal satisfait, se répandit auprès des personnes connues d'eux, dans la paroisse. Ils distribuèrent généreusement des bulletins d'inscription aux retraites. Avec succès. Retour de Châteauneuf, sous des formes diverses, trois familles successivement allèrent voir le curé,... "se mettre à sa disposition".

Ce dernier fut pris de panique. Il eut le sentiment qu'une sorte de "secte" était en train de se constituer dans sa paroisse.Avec l'autorisation de son évêque, il s'inscrivit, puis se rendit à une retraite de Chateauneuf...

Le Père Finet, lorsqu'au cours de ses retraites il évoquait cette histoire, la transfigurait quelque peu! Il rapportait par le détail le retour de chaque couple, la conversation avec le curé - la même mot pour mot - et nous faisait rire aux larmes. Une fois, même, il rapporta la conversation que le curé en question avait eu avec lui en arrivant au Foyer:

– "*Je ne viens pas vraiment faire une retraite... Je viens enquêter*!

– "...?

– "*Oui, j'ai reçu la visite de plusieurs de ceux qui sont passés ici. Ils sont tous ... un peu exaltés. Vous semblez attirer beaucoup de monde... J'en ai parlé à mon évêque...*

Le Père Finet, comme on sait, était lyonnais... Il ne l'était pas à moitié! Il partagea l'inquiétude du curé... déplora la psychologie toujours survoltée des convertis récents... et obtint du curé qu'il profite "quand même" de l'occasion pour faire sa retraite annuelle!

Bien entendu, en partant, embrassant le Père Finet, le curé pleurait de joie. En boutade:

– "*Et maintenant , je vais rentrer dans ma paroisse! Mais le plus dur... ça va être le compte rendu à l'évêque! Il va penser que, moi aussi,... je suis dans une exaltation inquiétante*!"

Et le Père Finet:

– "*Ne vous inquiétez pas. Je vais demander à Marthe de prier spécialement pour votre entretien... Au fait, vous pourriez peut-être nous l'envoyer, votre évêque*!..."

Quand le Père racontait ses souvenirs, il était tout à fait impossible de savoir ce qui était la stricte vérité et ce que le talent, le sens de la parabole, le don du conteur, l'inspiration soudaine pouvaient y ajouter. Son but n'en était que plus marqué: façonner le cœur de ses retraitants à une soif d'apostolat,... à un courage de parler du Royaume de Dieu qu'il insinuait à travers les rires.

Les conversations avec Marthe étaient de tonalité toute différente. Elles aboutissaient au même résultat. Beaucoup de ceux qui, en retraite, montaient la voir, lui recommandaient un fils,... ou tous les enfants,... ou le mari qui s'étaient éloignés des sacrements!

Un jour que je lui parlais de la conversion d'un être cher à obtenir, conversion qui me tenait à cœur, je lui dis mon intention de "lui parler".

Elle fut nette:

– *"Oh! Ce n'est pas le moment! Il ne vous écouterait pas."*

Je me le tins pour dit.

Quelques mois plus tard, c'est d'elle-même qu'elle revint sur ce souci:

– *"Il faudrait aller le voir... lui parler!*

– *"Mais, Marthe, vous sembliez penser qu'il n'écouterait pas.*

– *"Oui... Mais depuis... il a retrouvé son cœur".*

Jamais je n'avais entendu un tel mot. Je fis ce que Marthe avait dit. Quelques mois plus tard, la personne en question venait en retraite et retrouvait l'intimité du Seigneur.

Il est impossible de faire un bilan! Ni, bien sûr, souhaitable. Les statistiques sont incapables de mesurer la "metanoia" comme aimait à dire Paul VI, le "retournement"' vers Dieu. Mais on peut penser, sans nulle exagération, que Châteauneuf d'abord, puis les autres Foyers de Charité ont contribué, sans nulle publicité, au pire moment de la crise de l'Eglise, à préparer une ouverture à l'Evangélisation dont nous ne faisons que pressentir l'existence.

De 1936 à 1981, de la petite maison de la Plaine, une offrande a préparé, spirituellement, ce que Pie XII, dans les congrès mondiaux de l'apostolat des laïcs (14 octobre 1951 et 5 octobre 1957) puis le Concile, par le décret *"Apostolicam actuositatem"* (18 novembre 1965) et Paul VI, dans *"Evangelii nuntiandi"* (8 décembre 1975) ont donné comme directive: l'apostolat est confié à tous les baptisés-confirmés. Cet apostolat n'est pas facultatif. L'Eglise a proclamé la grande ouverture, sous l'autorité de la hiérarchie, à l'apostolat des laïcs "tous azimuts".

Et Jean-Paul II a donné son nom, son style, sa portée historique à cet élan: la “Nouvelle Evangélisation”.

.10.

La prophétie du Concile

MARTHE, à ma connaissance, n'a jamais annoncé qu'un pape convoquerait un concile. Aucune parole d'elle, reçue directement ou indirectement, ne semble permettre d'en faire même l'hypothèse.

E pourtant, dès 1947, et peut-être de façon plus accentuée encore à partir de 1950, la liturgie, les thèmes développés, le souci de l'œcuménisme, l'ouverture au monde, l'ensemble de la vie du Foyer de Charité et la pédagogie des retraites, tout, peut-on dire aujourd'hui, était prophétie "en acte" du deuxième Concile du Vatican.

Si je suis amené à insister sur ce point, c'est qu'ayant eu, comme la plupart des chrétiens de ma génération, une formation traditionnelle -que la manie des étiquettes fait appeler aujourd'hui *"traditionnaliste"-*, je me suis trouvé, à Rome, comme journaliste pendant les sessions du Concile, sinon parfaitement à l'aise, du moins en plein accord avec ce que je croyais être l'orientation que l'Esprit Saint voulait donner à l'Eglise. Malgré les affrontements, j'en étais convaincu à l'époque. L'interprétation de Paul VI, puis de Jean-Paul II depuis plus d'un quart de siècle, a transformé cette opinion en certitude. Dans la ligne d'ensemble des textes du Concile, j'ai retrouvé l'esprit des retraites de Châteauneuf.

La Prophétie Liturgique

Je me réfère précisément à la retraite que j'ai faite au Foyer de Charité de Châteauneuf en 1950. La précédente avait été suivie au "Petit Foyer", et mes souvenirs en sont plus intérieurs. Trois ans de suite je suis resté au Québec sans revenir en Europe. Ce n'est qu'en 1950 que je vins passer en France -et à Rome, pour l'année sainte- une partie des mois d'été.

Cette fois, la retraite avait eu lieu au "Grand Foyer". Certains le trouvaient "trop luxueux"! Il y avait un ascenseur! Le Père dut un jour expliquer devant moi qu'il y avait, au Foyer comme parmi les retraitants, des personnes âgées, handicapées... ce que tout le monde pouvait constater! Mais surtout, l'organisation des cuisines, de la salle à manger, des fauteuils de conférence à tablette basculante (une innovation, à l'époque!), tout était fonctionnel. Pour quelqu'un qui venait des Etats-Unis et du Canada, il n'y avait rien de bien extraordinaire! Mais la "tradition" d'un certain côté moisi et mal entretenu semblait encore à l'époque faire partie, pour plusieurs, de la tradition évangélique! Moyennant quoi, le Père Finet laissait entendre que la construction, dans les détails, avait été pensée avec Marthe et, en tout état de cause, décidée en plein accord avec Monseigneur Pic, évêque de Valence, à l'époque de la mise en œuvre.

Au rythme même de ce côté moderne -il y avait, au-dessus du patio d'entrée, une terrasse donnant sur un panorama magnifique vers Saint Donat. La chapelle appelait une liturgie jamais vue. Elle a d'ailleurs évolué encore dans les années préconciliaires. Mais toujours dans la même direction!

L'autel était, non collé au mur, mais placé de telle façon que l'eucharistie soit célébrée par le prêtre face au peuple. En 1950 -et sauf pour quelques messes en plein air- je n'avais jamais vu ça. Le crucifix sur l'autel posait problème! Devait-il regarder le prêtre ou les retraitants? Descendant d'une famille d'orfèvres de Lyon, le Père Finet résolut la question: il fit faire un crucifix où deux sculptures du crucifié, dos à dos, permettaient au prêtre et aux fidèles de contempler le Sauveur face à eux, sur l'autel. Même liberté pour les lectures. Elles étaient faites en français, doublant le latin. Le baiser de paix n'était pas une simple accolade entre prêtres: un des célébrants donnait l'accolade à un homme de l'assistance, qui la transmettait à tous les hommes, cependant qu'un homme marié embrassant sa femme faisait d'elle le point de départ des accolades féminines. En fait, c'était très émouvant et quelque chose de l'"affectus" du deuxième commandement passait à travers ces instants pour la réalisation ordonnée de laquelle le Père donnait quelques indications, rigoureusement suivies.

Ultérieurement, ce qui était "révolutionnaire" mais à quoi consentit Mgr Urtasun, nouvel évêque de Valence, le Père fit placer le tabernacle encastré dans le mur, au-dessus d'un autel auxilaire, à droite du célébrant au maître-autel, et fit poser sur un lutrin de fer forgé à gauche de l'autel la Sainte Bible toujours ouverte. Ainsi, les actions que l'on nomme aujourd'hui couramment la liturgie de la Parole et la liturgie du Sacrement étaient-elles en quelque façon présentes de part et d'autre du maître-autel. Sans avoir fait nombre d'observations, à l'époque, je puis dire que c'était la première fois que je voyais réalisé ce qui est, aujourd'hui, d'une manière ou d'une autre, la messe face au peuple née des réformes consécutives au Concile (précisément, de la "messe normative" de Paul VI).

Je ne saurais dire si cette évolution liturgique des années cinquante a été initiée ailleurs. En ces années, je ne l'ai connue qu'à Châteauneuf. Fut-elle inspirée par Marthe? J'ai la conviction qu'elle ne fut pas conduite sans sa prière et son acquiescement. Le Père Finet nous présentait les choses en indiquant que, pour certains retraitants "encore très jeunes dans la vie chrétienne", les avantages pédagogiques de cette liturgie pour leur faire comprendre la messe étaient réels. Ce fut aussi, plus tard, l'un des motifs missionnaires qui poussa Paul VI à instituer la "messe normative"...

La Prophétie œcuménique

Pour moi, il était clair, compte tenu de la ferveur et de la perfection rares qui marquaient toutes les célébrations de Châteauneuf, qu'elles ne faisaient qu'un avec la doctrine enseignée tout au long des conférences du Père Finet. Les chants eux-mêmes -largement répandus depuis- étaient tous nouveaux pour l'immense majorité des retraitants. Je n'en retrouvais pas un seul de ceux de mon enfance!... Mais la découverte, en français, de "negro spirituals" chantés à plusieurs voix par les élèves de l'école des filles entrouvrait une autre sensibilité que celle de nos cantiques traditionnels, et la présence d'orthodoxes et de protestants dans les retraites inaugurait l'accueil œcuménique. Marthe parlait des frères séparés avec affection. Récemment, le récit de Frère Ephraïm, qui, entré chez Marthe pasteur protestant en sortit catholique et a publié un beau livre sur elle, témoigne de cette ouverture qui n'a jamais manqué.

L'œcuménisme de Marthe était frappé d'une note particulière. Ceux qu'elle recevait et qui "étaient loin" accédaient facilement jusqu'à elle, dès lors qu'ils manifestaient dans la droiture, soit leur incroyance, soit une autre religion (1). Il m'est arrivé de lui recommander une jeune fille protestante. Je ne saurai jamais -sur cette terre- ce que fut leur entretien. Mais ce dont je puis témoigner, c'est que la conversion de cette jeune fille se traduisit par ces mots:

"*Je ne renonce à rien. Mais je reçois tout ce que j'attendais*".

Dans un autre domaine, et dans ces mêmes années cinquante, il y avait plusieurs orthodoxes des pays de l'Est dans une retraite. Montant voir Marthe, elle me parla de quelques-uns des retraitants que je connaissais,... et des orthodoxes slaves, dont j'ignorais même la présence.

Marthe me parla longuement de la persécution religieuse dont ils étaient victimes, et qu'ils lui avaient rapportée en détail. Elle reprit leur récit avec une peine qui transparaissait dans sa voix. Elle n'eut pas un mot pour évoquer le problème de l'orthodoxie. Ne s'attachant qu'à l'évocation de leurs souffrances, auxquelles elle désirait visiblement m'associer, au moins en pensée, elle conclut:

"*Vous savez! Ce sont toutes ces souffrances-là qui obtiendront la conversion de la Russie*".

Elle dit cette phrase avec une telle force que ce fut l'un des motifs supplémentaires qui m'ont convaincu que les promesses de Notre Dame à Fatima finiraient par se réaliser. En dépit de toutes les modes intellectuelles, je puis dire que jamais je n'ai douté de la fin du communisme dans l'Europe de l'Est et du Centre. Je ne voyais pas "comment" cela

---

(1) *Ces lignes ne concernent pas les journalistes qui, se faisant passer parfois pour de simples retraitants, ne trompaient pas Marthe.*

pouvait être possible! J'avais lu, dès 1943, le livre du Chanoine Barthas. J'avais accompagné à plusieurs reprises l'Abbé Richard à Fatima. J'avais été reçu par le Cardinal Cerejeira, alors qu'il était primat du Portugal. Le Chanoine Barthas croyait aux promesses de la Sainte Vierge. L'abbé Richard aussi. Le Cardinal Cerejeira tout autant!

...Et Marthe! Je n'ai pas noté la date exacte du jour où elle m'a adressé la phrase ci-dessus, mais c'était bien avant la visite du Prince Ioussoupov à Châteauneuf, donc dans le début des années cinquante. Le ton simple et assuré avec lequel elle me dit que les souffrances des martyrs "obtiendraient" la conversion de la Russie m'interdisait évidemment de poser une question du genre "Vous y croyez vraiment?" Comme toujours avec Marthe, il fallait considérer que chaque mot était pesé, et qu'elle ne s'inquiétait pas que les événements lui donnent raison. Le temps existait-il pour elle? Oui, et terriblement, car chaque instant lui était une souffrance et simultanément, un acte d'offrande. Mais, sous un autre rapport, on pourrait répondre que non, car autant que j'ai pu le comprendre, le "temps" avait, dans son cœur, un sens qui n'était pas exactement celui du calendrier, ou de l'horloge.

Le "temps" pour Marthe

S'il est juste de dire que Marthe n'a point "prophétisé" le Concile, mais que Châteauneuf a contribué puissamment à sa préparation, peut-être faut-il souligner, en rapprochant certaines paroles de Marthe, ce que le "temps" signifiait pour elle.

Aujourd'hui, j'ai tendance à penser que, plus que tout autre, Marthe a contribué à préparer, par son sacrifice incessant, les grands événements que nous avons vécus tout au long de la deuxième moitié du vingtième siècle et, plus encore peut-être, ceux que prépare le Pontificat de Jean-Paul II. Mais jamais je ne l'ai entendue évoquer une date, proche ou lointaine. Tout au plus me dit-elle un jour, à propos d'une amitié récente: *"C'est important! Mais pour plus tard"*. Ce qui se vérifia!

J'ai rapporté, au début de ces souvenirs, la prière de Marthe: "Seigneur, renouvelez votre première Pentecôte", prière du 26 mai 1939. Jean XXIII ne reprendra le mot que pour formuler la finalité du Concile. Et c'est peu à peu, sous Paul VI, Jean-Paul II, que des signes discrets ou considérables, parfois éclatants (l'Evangile prêché aux nations, la fin du communisme à l'Est), ont constitué les témoignages du bien-fondé de la prière de Marthe.

Sa prière pour la "Nouvelle Pentecôte d'Amour" n'en était pas moins incessante. Chaque retraite au Foyer était une "Pentecôte". L'intention profonde de l'Esprit Saint à travers le Concile (1962-1965) en formula les fondations. Mais on ne peut éviter de penser que l'œuvre doctrinale de Paul VI, prolongeant et complétant celle de Pie XII, est pour l'Eglise, sous une forme encore insuffisamment étudiée, à sa manière une véritable Pentecôte, préparant puis poursuivant les travaux conciliaires. Et que dire du pontificat de Jean-Paul II, qui apparaît déjà comme celui de l'Evangile prêché à toutes les nations, de la mise en œuvre du Concile Vatican II en pleine harmonie avec la Tradition vivante de l'Eglise, du jaillissement des "nouveaux mouvements", et, de Compostelle à Czestochowa et à Denver, de la "Nouvelle Evangélisation"?

Alors? Le temps, pour Marthe? Elle le vivait, au présent dans la souffrance plus intensément que quiconque. Et pour ce qui est de la réalisation des desseins de Dieu, il semble que le problème ne se posait pas pour elle comme pour nous.

Plusieurs fois, je l'ai entendue dire - c'était une plainte:

" – On perd du temps!"

Le contexte indiquait suffisamment qu'il ne s'agissait pas de précipiter l'exécution de quelque œuvre humaine. Il s'agissait d'un manque de prière, d'un manque d'union à Dieu, et pour parler carrément, d'un manque de sainteté.

Celui qui aime Dieu de tout son cœur, de toute son âme, de tout son esprit, celui-là ou celle-là ne "perd" pas le temps qui lui est donné. Le présent est un présent, un présent divin. L'amour que nous y mettons en fait du temps gagné. La tiédeur ou l'éloignement plus grave de Dieu en fait du temps perdu.

Ce sens du temps, chez Marthe, rejoignait intimement la manière dont l'Ecriture s'exprime: en Marc: "*Le temps est accompli*" (1,15). En Luc: "*jusqu'à ce que soient accomplis les temps des païens*" (21,24). En Jean: "*Mon temps n'est pas encore venu*" (7,6). On retrouve la même façon de considérer l'heure: "*Voici toute proche l'heure*" (Mt 26,45), "*Mais l'heure vient - et c'est maintenant*" (Jn 4,23). Et enfin: "*Père, l'heure est venue*" (Jn 17,1). Marthe commença de m'éclairer en me disant, un jour que je voulais hâter les délais, que le temps mûrit les événements, parfois très lentement: "*Il y a un temps pour chaque chose comme il y a un âge pour chaque chose*".

Evoquant une autre fois le sujet, elle éclaira tout, d'un seul coup - me sembla-t-il - en me disant: "*Le Bon Dieu n'improvise jamais rien*". Le contexte signifiait qu'Il avait préparé la Rédemption pendant des milliers d'années, et que les temps sont accomplis lorsque la préparation qui vient de Dieu est, comme la moisson, mûre. Ne dit-on pas de la femme qui attend pour donner la vie que son "heure" approche. Ainsi, Dieu prend son temps, et l'heure peut arriver au bout de neuf mois, ou de quarante ans, ou de deux mille ans! C'est, je crois, en ce sens que le temps n'existait pas pour Marthe au sens où il existe pour nous, et que ce que le Seigneur réalise, et qu'Il a annoncé, risque de n'être pas compris des hommes. La prophétie de Notre Dame à Fatima a été faite en 1917. Le communisme "intrinsèquement pervers" condamné par Pie XI en 1937 a été déstabilisé à partir de l'automne 1989. Le jeudi 24 août 1991, le Patriarche de toutes les Russies, Alexis II, proclamait que "Dieu a sauvé la Russie" et annonçait l'excommunication immédiate de tous les auteurs du coup d'Etat! Mais qui a cru que c'était la promesse de la Mère de Dieu qui se réalisait! Les orthodoxes, qui "savaient", en certains cas, plus que les catholiques.

Mais -si j'ai bien compris- au XXème siècle on a "perdu du temps"! Beaucoup de temps. La Sainte Vierge avait appelé à la conversion en 1917. Elle avait annoncé, -si l'on ne se convertissait pas- un second cataclysme mondial qui permettrait, et qui a permis, à la Russie de "*répandre ses erreurs à travers le monde*". L'heure de Dieu, le "temps" de la délivrance de l'Europe chrétienne de l'Est serait venu plus tôt si l'on avait "perdu" moins de ferveur à la prière, la pénitence, l'union à Dieu, au lieu de flatter les communistes, ou d'analyser dans l'abstrait leur stratégie, sans parler de l'efficacité des "armes de lumière".

Marthe et l'ouverture au monde

Tous ceux qui ont suivi une retraite à Châteauneuf -ou dans les premiers Foyers de Charité- avaient, en repartant, une impression intérieure identique: ils avaient été libérés du Dieu-Vautour et de la Religion-Carcan! Mais ils n'étaient point, comme symétriquement, devenus laxistes! A l'inverse! Ils avaient découvert qu'habités par l'Amour, réellement capables de donner en vérité le nom de "Père" à Dieu, ils étaient ses fils et ils avaient, dans l'adoption divine, reçu réellement Sa Vie. Leur cœur, comme celui des pèlerins d'Emmaüs, était tout chaud. La communion fraternelle des deux derniers jours de retraite ne devait plus les quitter! Ils devaient aller la replanter -non sans tribulations- qui dans sa famille, qui dans son atelier, qui dans son bureau, son université,... qui dans son ministère!

L'un des cantiques les plus fréquents invitait à l'ouverture au monde: "*Envoie tes messagers, Seigneur, dans le monde entier*". L'un des thèmes du Père était que "*le monde moderne est trop séduisant pour qu'on explique aux chrétiens qu'il faut y renoncer. Si vous mettez un mur entre eux et le monde: ils sauteront le mur*" (Et d'évoquer son temps de caserne où, pour échapper à la sentinelle, on "sautait le mur!" "*Les murs sont faits pour être sautés...*")

"*Mais alors, vous allez vous perdre dans le monde? Vous allez prendre les manières, les habitudes, les pensées du monde? Ses vices, peut-être? C'est que vous n'aurez rien compris!*"

"*Le monde est séduisant! Il faut que vous soyez, en chrétiens profondément unis à Dieu, plus séduisants que le monde! Vous êtes des sauvés? Ayez donc des têtes de sauvés. Si Notre Dame vous guide et si Jésus est en vous, votre joie sera complète. Elle rayonnera. Au lieu que vous alliez vers le monde, c'est le monde qui viendra vers vous!*"

Ce n'était point des mots. Non seulement l'Esprit Saint -l'Esprit de joie- habitait la communauté des retraitants, mais chaque visite à Marthe, même brève, marquait une vie. D'un mot, elle redressait un jugement... un cœur.

Si l'on ajoute à tout cela l'évocation déjà faite de l'élan apostolique donné à tout baptisé- confirmé pour qu'il ne soit plus seulement un "sauvé" mais pour qu'il prenne conscience de sa mission de "sauveur", c'est-à-dire d'apôtre laïque, on est bien amené à conclure que, de 1936 -première retraite prêchée à Châteauneuf- jusqu'en 1962 -première session du Concile-, les retraitants ont reçu en pratique tout ce qui devait naître de Vatican II: l'ouverture au monde, une réforme liturgique adaptée, le souci œcuménique, l'esprit d'Eglise répandu dans le peuple de Dieu, le sens de la communion sous l'autorité des évêques unis au Pape, et l'espérance, en dehors du temps du calendrier et invisiblement en marche, d'une nouvelle Pentecôte ouvrant aux laïcs comme tels les chemins de l'annonce du salut, par la mort et la Résurrection du Seigneur. La présence invisible et rayonnante de Marthe agissait, par delà Châteauneuf, par delà la Drôme et la France, par delà les océans...

.11.

Assumpta est Maria in caelum

COMME on a pu le constater, j'ai tenté jusqu'ici, en utilisant documents, notes et souvenirs de l'époque, de faire partager la façon simple, progressive, de l'accueil qu'a bien voulu me faire Marthe. Dès 1943, date où François de la Noë me parla d'elle pour la première fois, jusqu'à 1981, je l'ai connue dans une simplicité et une confiance d'où l'extraordinaire est largement absent. Elle m'a donné des conseils et je les ai suivis. Mon frère André en a fait autant. D'autres proches aussi...

Les retraites du Père Finet, pendant ces années, apportent une fresque doctrinale puissante. La vision du monde qu'il donne permet de tout mettre en place. Le climat de sa prédication, l'élan donné à l'apostolat laïc, une liturgie rénovée avec l'autorisation de l'Evêque de Valence, sans doute aussi beaucoup d'approfondissements spirituels, sont les seules réalités perceptibles de cette époque.

Durant ces années, je n'ai jamais *vu* Marthe, sinon comme une tête posée sur un oreiller dans une pénombre proche de l'obscurité. Mais j'ai entendu sa voix jeune, joyeuse, ses questions précises, le bon sens "inspiré" de ses réponses,... ses gentilles moqueries parfois. Je *croyais* ce que disait d'elle le Père Finet et que j'ai évoqué au début de ces souvenirs. Je croyais, non par amour du miracle -ma formation sorbonnarde ne m'y disposait pas- mais *d'abord* parce que les fruits des retraites que j'ai faites en 1947 et 1950, à travers les témoignages des retraitants attestaient, à la fin du dernier repas pris en commun, que sur trois cents personnes (en été), toutes, sans exception avaient, soit retrouvé le Dieu d'Amour, ou le sacrement de Réconciliation, ou la ferveur, ou le renouveau d'un amour conjugal, ou une connaissance devenue vivante d'un catéchisme vieilli, et souvent tout cela! Je croyais aussi à cause de la présence continue en moi, pendant des mois, des paroles de Marthe. Je croyais enfin... parmi bien d'autres signes... par la manière discrète, presque cachée, dont les prières qu'on lui demandait de faire étaient exaucées.

Mais l'année 1950, proclamée par Pie XII "Année Sainte", allait , par un ensemble d'événements à la fois extraordinaires et bouleversants, me mettre en situation de découvrir un peu plus que la tête mal discernable de Marthe sur un oreiller, sa conversation céleste, mais simple, les conversions innombrables des retraitants. Ces événements de 1950 devaient ouvrir pour moi une deuxième approche, plus profonde, de l'intimité de Marthe et de sa prière. Je la raconte telle qu'elle s'est passée.

Je rappelle que, sur une phrase de Marthe, j'avais accepté un enseignement au Québec (à Laval et à Montréal).

J'étais donc au Canada (demeurant à Québec) et, en cet été 1949, je fus invité par mes amis Paul et Françoise Legendre, à faire en auto, avec eux, le tour de la Gaspésie. Paul était alors réalisateur au poste de radio (C.B.V.) de la région de Québec, où je devais animer un forum hebdomadaire pendant l'année 1950, et cette perspective, demandée par l'épiscopat du Québec, nous avait rapprochés. Ce voyage, dans ce qui est - proportions gardées - un peu l'équivalent de notre Bretagne fut aussi nourrissant pour l'esprit que pour le cœur.

Nous revînmes par la côte sud du Saint Laurent. A Rivière du Loup, l'idée vint à Paul et Françoise de passer visiter la tante et l'oncle de celle-ci, Madame et Monsieur Vanier -des cousins du futur gouverneur général du Canada- dans leur maison d'été. Pour cela, il fallait traverser le Saint-Laurent, en empruntant - avec la voiture - la "traverse" (ferry en anglais) dite de Saint Siméon, paroisse située en face, sur la côte nord du fleuve. Je ne me doutais pas, en assistant à la splendeur de la fin du jour depuis le milieu du fleuve, que ce détour allait avoir des conséquences aussi considérables... pour me faire mieux connaître Marthe.

Un filleul de Marthe à Montréal

Madame Vanier était la tante de Françoise Legendre. Nous n'étions -évidemment- pas attendus! Mais aux liens de la parenté s'ajoutait l'extraordinaire tradition de l'hospitalité canadienne. Nous fûmes remerciés de notre visite avec une chaleur qui ne trompait pas.

Je me croyais, évidemment, parfaitement inconnu de nos hôtes. Et voici que, les présentations à peine formulées, Madame Vanier me demande: *"C'est bien vous, l'ami de Marthe ?"*.

Sur ma réponse affirmative, et sans transition: *"Est-ce que vous connaissez le filleul de Marthe au Canada ?"*

Je ne le connaissais pas. J'ignorais son nom. Mais je savais son existence car, à Châteauneuf, deux ans auparavant, le père Finet, me raccompagnant en voiture à la gare de Saint-Vallier alors que j'allais reprendre l'avion pour le Canada m'avait, sans détail, annoncé: "*Vous savez, on vient de nous écrire du Canada pour demander à Marthe d'être la marraine d'un petit enfant de Montréal*".

L'histoire sainte du petit Georges-Michel a commencé pour moi ce jour-là. J'appris de Madame Vanier que ce petit garçon était né handicapé, -il était atteint de trisomie 21, le "mongolisme" disait-on alors- et les parents, bien qu'alertés par divers symptômes, et surtout par la difficulté de lui faire absorber de la nourriture- n'en avaient eu la certitude médicale qu'avec un certain retard. Ils n'avaient, de ce fait, écrit à Marthe que son filleul était atteint d'une maladie génétique, que quelques mois après la naissance. Marthe avait répondu sur le champ une lettre bouleversante, que les parents avaient précieusement conservée et dont il sera question plus loin. Le filleul de Marthe à Montréal était, comme elle, marqué de la Croix.

Les vacances terminées, les semaines passèrent. J'habitais alors Québec, la "vieille capitale", et faisais régulièrement le voyage vers la métropole. Un soir, à Montréal, je donnai, fin 1949, une conférence à l'Eglise Saint-Viateur d'Outremont. A l'issue de cette causerie, un des auditeurs s'approcha de moi et se présenta.

Il était le père du petit Georges-Michel. Les Vanier lui avaient parlé de notre visite. Il habitait à deux cents mètres de cette paroisse qui était sienne. Sur le champ, à son invitation, je l'accompagnai pour faire connaissance de la maman, des autres enfants, puis du "petit Georges" qui dormait tranquillement et que je contemplai pour la première fois, paisible dans son sommeil, la respiration égale, la tête sagement reposée sur l'oreiller.

Une première rencontre

Les événements se précipitèrent. En 1950, les parents n'avaient pas quitté le Canada depuis la guerre. C'est donc sans être jamais allés à Châteauneuf dont ils avaient seulement entendu parler, sans avoir rencontré le père Finet ni Marthe, qu'ils avaient écrit, sous l'inspiration de la foi, pour demander à celle-ci d'être la marraine du futur nouveau-né. Aussi la soirée se prolongea-t-elle fort tard. On m'interrogea beaucoup. J'avais rencontré la sainte marraine(1) déjà plusieurs fois, parfois longuement, depuis ma première visite, le 14 mai 1946, et j'eus, je pense, de la peine à limiter mes réponses aux seules choses que je savais. Mais c'était déjà beaucoup. J'avais alors fait plusieurs visites, et suivi deux retraites au Foyer J'avais eu plusieurs conversations avec le père Finet. J'avais été témoin de centaines de conversions en fin de retraites... Et puis, j'avais en mémoire quelques questions de Marthe... quelques réponses d'elle...

J'habitais donc Québec, et venais régulièrement donner mes cours aux H.E.C. de Montréal et au Grand Séminaire du 2065 Sherbrooke Ouest. J'y étais le jeune collègue de celui qui devait devenir le grand cardinal Gagnon, et aussi du cher M. Roland Dorris, p.s.s., qui, en 1990, a bien voulu faire l'homélie de la messe d'action de grâce dite à Montréal à l'occasion du numéro 1000 de l'*"Homme Nouveau"*.

Le fait est qu'à l'époque, le Supérieur du Grand Séminaire m'avait offert de loger dans la grande bâtisse avec les

---

(1) *Il va de soi qu'ici et ailleurs, je n'emploie ce mot que conformément aux règles édictées par le Pape Urbain VIII, sans préjuger des conclusions du jugement en cours de l'Eglise.*

professeurs et les séminaristes... ce qui me valait de me lever à 5h20 du matin lors de mes jours montréalais! J'eus l'imprudence de le dire - était-ce une plainte de la voix - devant les parents du petit Georges-Michel. Instantanément, ils m'expliquèrent qu'il y avait derrière leur cuisine, une minuscule chambre de "bonne" (comme on disait encore) et que si j'acceptais l'hospitalité qu'ils m'offraient... je dormirais une heure et demie de plus avant d'aller donner mes cours. Quant à la messe, le curé Sénécal, de Saint-Viateur d'Outremont - et je crois bien, déjà souvent le père Auger(2) - en disait une à 7 h 30 à Saint-Viateur d'Outremont.

C'est ainsi que dans l'année qui précéda les jours de la proclamation du dogme de l'Assomption de la Sainte Vierge au Ciel (le 1er novembre 1950), je vécus, deux nuits par quinzaine, sous le même toit que le petit filleul de Marthe.

Le dogme de l'Assomption

Cette proclamation du dogme de l'Assomption était, de plusieurs manières, inattendue. Dans les milieux ecclésiastiques de Québec et de Montréal, le bruit avait couru que le Saint-Père Pie XII avait écrit à tous les évêques du monde pour leur demander, non seulement leur propre opinion sur le sujet, mais aussi la pensée et le désir de leur clergé et du peuple de Dieu de leur diocèse.

---

(2) *Le Père Auger est demeuré jusqu'à son départ pour le Ciel, en 1990, l'un de nos plus intimes amis.*

Je savais que le doyen Charles de Koninck, dès 1947, avait été invité par l'Archevêque de Québec à préparer une étude sur la définibilité du privilège de l'Assomption. (3)

Simultanément, je dois avouer que j'eus, à l'époque, des discussions difficiles avec quelques théologiens, hostiles à la proclamation d'un dogme infaillible. Certains s'y opposaient pour des raisons théologiques. D'autres, sans nier la définibilité estimaient que le projet risquait de compromettre les rapprochements de l'œcuménisme. Pour moi, j'avais constaté que les messieurs de Saint Sulpice, professeurs au Grand Séminaire, ne doutaient point de la définibilité, et qu'en majorité, ils étaient favorables à une décision positive du Pape. Je pensais, pour ma part, que l'Année Sainte 1950 serait une heureuse occasion, et profondément, m'en remettais à la sagesse de l'Eglise. Sur le fond, la Tradition était si ancienne, la Liturgie si solidement établie (lex orandi, lex credendi) que le doute n'était guère convenable. Mais en toute prudence, le Pape était le seul à pouvoir juger de l'opportunité, selon l'Esprit Saint.

"Le hasard n'existe pas..."

J'en reviens, car les deux sujets sont liés, au petit filleul de Marthe. Il y avait, à cette époque, un "train de nuit" avec couchette entre Québec et Montréal. Je l'empruntais souvent le dimanche soir, mes cours à Montréal étant fixés au lundi

(3) *L'ensemble des travaux de Charles de Koninck sur l'Assomption -sauf le texte sur la compassion- est rassemblé dans un livre d'accès peut-être difficile, mais aussi profond que précis et convaincant: "La piété du Fils" aux "Presses Universitaires Laval" Québec 1954.*

et au mardi. Depuis 1949, je bénéficiais de l'hospitalité des parents du petit Georges-Michel. Le train me déposait très tôt à la gare Jean Talon (pour les anglophones: Park avenue), et j'arrivais chez mes amis moins d'une demi-heure après. Nous partions à la messe et revenions prendre le petit-déjeuner avant de partir donner nos cours car le père du filleul de Marthe était aussi professeur.

Le lundi 23 octobre 1950, sortant de la gare vers six heures et demie du matin, j'arrivais dans la maison où je croyais que dormait le filleul de Marthe, vers sept heures. La porte ouverte - elle n'était jamais fermée à clef - et la lumière allumée, je me trouve en face du père du petit Georges. Il était debout, grave, immobile, dans l'entrée. Interdit de cet accueil, je n'ai pas le temps de poser une question. J'entends seulement deux lèvres murmurer:

"Nous sommes très inquiets... Le petit Georges est très mal... Ma femme est partie avec lui hier à l'hôpital..."

Ces faits sont rigoureusement exacts. La phrase n'était pas finie que le téléphone sonnait. Sans réfléchir à l'indiscrétion, le cœur serré, je suivis mon ami jusqu'à l'appareil dans une autre pièce. Et après un très court silence, il dit ces simples mots:

"C'est la grande épreuve".

Puis je le pris dans mes bras. Sans un autre mot, je savais que le petit Georges-Michel, le filleul de Marthe, était monté au Ciel quelques minutes auparavant. Il avait trois ans et deux jours. La Sainte Vierge, je pense, avait permis que j'arrive pour qu'un cœur d'homme partage, au moment exact où le cœur du père était transpercé, l'indicible moment de la mort du fils.

Un pressentiment de Marthe

Malgré la peine, je parvins à donner mes cours le lundi 23 octobre 1950. Vers 17 h 30, j'étais de retour dans la maison de la grande épreuve. Les parents veillaient leur enfant dans son lit. Dans la salle à manger contiguë, un petit cercueil capitonné de blanc était ouvert.

Alors que nous priions près du lit, la maman me demanda si je pouvais leur lire la lettre que Marthe leur avait adressée, au jour même de la fête de Marthe, sa sainte patronne, le 29 juillet 1948, après qu'elle eut reçu la lettre des parents qui lui apprenait que son petit filleul était "mongolien".

Ai-je besoin de dire que je n'oublierai jamais la lecture que je fis, la voix étranglée, aux parents en larmes, de cette lettre qui disait avec quelle peine Marthe avait appris la maladie de son filleul. Elle écrivait: *"J'avais l'intuition que mon cher petit filleul était marqué pour l'épreuve, sans penser qu'elle fut ce que vous dites... Ce que vous dites dépasse ce que le Bon Dieu m'avait laissé connaître. J'avais pensé qu'il serait sourd-muet. Et c'est pourquoi, après vous avoir fait écrire que je prierai pour lui mais sans être pour autant sa marraine, je m'étais ravisée et vous avais fait écrire de nouveau que, finalement, j'acceptais de l'être, car je n'aurais pas voulu que vous puissiez croire que c'était à cause de cela que je n'aurais pas voulu être sa marraine".*

Marthe ajoutait, dans cette lettre antérieure de plus de deux ans à ce 23 octobre 1950, qu'elle partageait bien, par sa prière, l'espérance des chers parents qui désiraient tant la guérison de leur petit, qu'ils auraient voulu voir devenir prêtre, mais qu'elle *"ne pouvait s'empêcher de penser qu'il ne leur avait été donné par le Père que pour qu'il Lui soit offert".*

Elle écrivait aussi:

"Comme je suis heureuse d'être sa marraine, et de partager avec vous cette croix que je voudrais tant pouvoir vous alléger par mon affection et par ma prière. Je demande au Bon Dieu et à notre Maman du Ciel de vous aider, vous ses parents chéris, à être vaillants et généreux dans cette souffrance chaque jour renouvelée, puisqu'ainsi est Sa Volonté d'Amour".

Par la prière d'une sainte

Je ne sais comment, entre les deux parents, penchés sur le petit, j'ai pu lire cette lettre, prophétique, jusqu'à la fin. Ces instants sont parmi les plus profondément inscrits dans mon être, ma mémoire, mon cœur. La lecture faite, nous reprîmes le chapelet.

Puis, après un certain temps - combien?- je vis le père se lever. La maman en fit autant. J'en fis autant. Et l'ineffable offrande eut lieu. En ce soir du 23 octobre 1950, le père, au-dessus du petit lit comme au-dessus du Calvaire, prit son fils sous le cou et la tête dans la main gauche, le bas du corps et les jambes dans sa main droite, et avec une dignité, une majesté humble, sacerdotale, à pas lents, porta sans défaillir le filleul de Marthe dans le petit cercueil ouvert dans la pièce voisine et l'y déposa avec une tendresse, une force aussi, que les mots ne peuvent traduire. Ce n'était plus des larmes. C'était la communion dans l'offrande . Derrière les parents, dans le même silence qu'eux, plus ou moins persuadé que c'est la prière de Marthe qui m'avait permis d'être là, en ces moments-là, ce jour-là, je tentai, devant le mystère de la mort et de l'amour, d'ouvrir mon cœur un peu, sinon autant que ces admirables parents qui m'ont découvert, ce soir-là, l'image du père offrant son fils, et de la mère debout au pied de la croix.

La soirée fut calme, pacifiée, comme si un ange emplissait la maison. Le lendemain, le petit Georges était déposé dans le cimetière de Notre-Dame des-Neiges sur le Mont-Royal.

Le lendemain soir, mes cours à nouveau donnés, je regagnai Québec.

Méditation sur un sacrifice

Il est difficile de dire ce que furent les heures, les jours qui suivirent. Depuis l'annonce, par le père Finet, à Saint-Vallier, du fait que Marthe avait un petit filleul au Canada, jusqu'à l'ultime moment de sa montée au Ciel, ces nouveaux mois de communion avec Marthe n'avaient cessé d'être plus intenses. J'avais été frappé de la coïncidence du détour -improvisé- de mon voyage avec les Legendre qui avait permis de connaître l'identité du petit Georges-Michel. J'avais été touché de la démarche des parents m'offrant de vivre sous leur toit à chacun de mes voyages à Montréal. J'avais été bouleversé par le récit que m'avait fait la maman de la manière -certainement rude sinon brutale- avec laquelle le médecin qui avait examiné l'enfant avait rendu son diagnostic, précisant que les chances du survie ne dépasseraient pas quelques années. J'avais -surtout- compris que ceux qui portaient une croix particulièrement lourde étaient conduits vers le cœur de Marthe, et qu'elle priait pour soutenir toutes les souffrances.

Elle me le dit, d'ailleurs, plus tard, alors que j'évoquais une autre famille terriblement frappée dont j'avais entendu parler et que je constatais, en lui parlant, qu'elle en savait, sur ce sujet, beaucoup plus que moi! Elle ajouta, comme une évidence: *"Ils souffraient tous tellement! Il fallait bien que la Sainte Vierge me les amène!"*

Phrase dont le contexte était clair: elle priait, elle offrait, elle souffrait, elle prenait une part, sa part, pour que ni le désespoir, ni la révolte ne viennent à ternir l'âme de ceux dont, dans ses desseins insondables, Dieu avait permis l'épreuve.

Dès lors, je pris conscience qu'être proche de Marthe, ce n'était pas un privilège facile. J'en avais, sur des sujets que je n'ai pas évoqués dans ces lignes, fait l'expérience personnelle. Mais dès lors, je la vis au centre de notre monde, crucifiée avec tous les crucifiés, souffrant de toutes les souffrances, et par le miracle renouvelé de son holocauste agréé du Seigneur, rayonnant la paix plus forte que le désespoir, l'espérance plus forte que la révolte.

Je songeais à tous ceux que je connaissais, aux foyers brisés, aux enfants abandonnés, aux parents blessés des petits enfants handicapés, aux prêtres aussi, que la solitude avait affaiblis, et je pris, un peu davantage, conscience que Marthe... c'était plus fardeau que gloire. Croire en sa mission ne risquait pas seulement de faire critiquer par les sceptiques quelque crédulité, quelque appétit mystique déréglé! C'était aussi se trouver uni, chaque année, chaque mois, chaque semaine, à la Croix de Jésus, portée par elle en notre temps.

Le retour à Montréal

Le petit Georges-Michel était monté au Ciel le 23 octobre 1950. La semaine suivante était celle de la Toussaint. En ce

1er novembre 1950, Pie XII, place Saint-Pierre, devant une foule innombrable, proclama le dogme de l'Assomption de Marie. En ce jour, où sont célébrés tous les saints, c'était marquer que la première créature, présente en son corps au Ciel, ouvrait la voie à tous les élus.

Je retournai, le dogme proclamé, donner mes cours à Montréal deux semaines plus tard.

C'est ainsi que j'arrivai, le dimanche soir 12 novembre 1950, chez les parents du petit Georges-Michel. Je dus sortir de la gare Jean Talon vers 22 heures 30. Vers 23 heures, j'arrivai chez mes amis, entrai selon la coutume, sans sonner. Entendant la conversation au premier étage, je les y rejoignis. Ils s'y trouvaient, avec tous leurs autres enfants, dans la salle de séjour. Les parents s'entretenaient. Les aînés les écoutaient. Les plus jeunes jouaient. Je les embrassai. On me fit asseoir. Puis la maman, visiblement émue me dit: *"Nous avons reçu une lettre du père Finet. Lisez l'original. Mais il y parle de vous. Je vous en donne aussi une copie"*.

Ici, je ne puis qu'arrêter mon récit. Voici le texte de cette lettre du père Finet au père du petit Georges-Michel. Je souligne simplement qu'en ce dimanche 12 novembre 1950, j'en ai eu l'original -enveloppe timbrée comprise- entre les mains, et que la copie qui suit -sauf deux lignes de points de suspension que j'ai cru devoir, par discrétion, y introduire - est entre mes mains depuis...

Je crois que ce texte est à lire dans le contexte qui précède. Car l'agencement des événements non moins que le pressentiment que Marthe avait eu de la maladie et du dessein de Dieu sur son filleul ne sauraient être détachés du témoignage, écrit en sortant de chez Marthe, par le père Finet, dans la lettre du 6 novembre 1950, et adressé au père du filleul de Marthe.

Un document à méditer

Ce 6 novembre 1950,

Cher Monsieur,

Marthe et moi-même, nous sommes profondément bouleversés, car ce matin même nous avons lu votre lettre du 24 octobre. Le récit des circonstances qui ont entouré cette lecture est plus éloquent que tous les commentaires que je pourrais faire.

Le vendredi ou le samedi, 27 ou 28 octobre, nous est parvenue votre lettre que j'ai posée dans la chambre de Marthe. Sans l'ouvrir, celle-ci ne parlant pas en ces journées de passion.

Le lundi matin, très pressé, j'ai annoncé à Marthe l'arrivée de votre lettre, mais n'ai pu l'ouvrir, devant partir au début de l'après-midi pour Rome. Et le même jour, 30 octobre, vers 13 h 30, j'apportai le Bon Dieu à Marthe et fermai ensuite sa porte à clé, devant la laisser dans la prière et la souffrance pendant mon pèlerinage jubilaire dans la Ville sainte. Le soir même à 21 h, je partais en avion de Genève pour arriver à Rome à 23 h et participer le mercredi matin à la cérémonie de l'Assomption sur la place Saint-Pierre. C'est Marthe qui m'avait envoyé à Rome car je n'ai pas l'habitude de la laisser. Cette proclamation du dogme de l'Assomption marque un point culminant de la mission de Marthe qui, depuis des années, priait et souffrait pour obtenir cette grâce.

Dès le jeudi 2 novembre, au soir, j'étais de retour à Châteauneuf et retrouvais Marthe dans les souffrances de la passion, incapable de prononcer une seule parole ni même de prendre conscience de ma présence.

Et ce n'est que ce matin, après ces huit jours de silence, dans la joie de l'Assomption et la douleur de la passion, que Marthe a pu retrouver l'usage de la parole.

J'étais donc vers onze heures du matin auprès d'elle lorsqu'elle put me dire:

– Mon Père, mon cœur est dans la joie, mais comme j'ai du chagrin.

– La joie de l'Assomption, mon enfant, mais quel chagrin?

– Mon Père, tous ces petits enfants que le Bon Dieu a pris à leurs parents depuis quelque temps, j'avais pensé qu'il les prenait pour l'Année Sainte.

– Oui, mon enfant, vous me l'avez dit souvent au cours de cette année.

– Mon Père, je me suis trompée: ce n'est pas pour l'Année Sainte, mais pour l'Assomption qu'ils ont été pris. Jésus a eu entre 30 et 40 petits innocents, pas plus, pour accompagner sa naissance. Mais la Sainte Vierge, notre maman, Elle est plus exigeante: que de petits, que de petits pour préparer et escorter son Assomption! Pauvres Mamans qui pleurent! Mon Père, que j'ai du chagrin.

– C'est un grand mystère divin que ce sacrifice de tout ces petits.

– Oui, mon Père, et j'en ai reconnu beaucoup, beaucoup, j'ai vu autour de la Sainte Vierge notre petit Pierre (Pierre Morel, d'Oran, dont Marthe était marraine et moi-même parrain). Mais, Père, je ne vous ai pas tout dit: Il y en a un autre! Il y en a un autre! Père que j'ai du chagrin! (Marthe

sanglotait sans arrêt).

– Mais, mon enfant, parlez, parlez vite: je suis moi-même bouleversé.

– Mais, vous savez, Père?

– Mais, non, mon enfant.

– Mon petit Georges-Michel (immenses sanglots).

– Votre petit filleul?

– Oui, Père, la Sainte Vierge est venue le chercher pour son Assomption. Je l'ai vu avec Elle. Père, il est mort, mon petit.

Et Marthe de continuer: "Pauvres mamans, pauvres papas de tous ces petits. Mais ils recevront tous des grâces très spéciales de la Sainte Vierge qui leur a pris leurs petits. Père, lorsque vous m'avez parlé lundi matin de la lettre de M. et Mme (...), j'ai eu un coup au cœur. J'ai voulu dans mon angoisse vous demander de l'ouvrir immédiatement, mais je n'ai pas pu. Le Bon Dieu ne l'a pas permis, mais Père, il faut maintenant ouvrir cette lettre car elle est là, dans mon courrier qui attend".

– Je vais la chercher mon enfant. Ah! la voici.

Et moi, avec une émotion intense de l'ouvrir.

Et d'en commencer la lecture à Marthe:

– Ma chère Marthe. Notre doux petit Georges-Michel, votre filleul, est monté hier au Ciel...

Que de larmes unies aux vôtres, dans la paix du cœur, la reconnaissance de ce mystère d'Assomption où tous les détails sont bouleversants: le petit vêtement bleu, le manteau blanc de Notre-Dame des Neiges, symbole de la virginité, les petits bras tendus... et le sacrifice de la maman offrant le petit pour le Foyer et pour son Père.

– Mon Père, vous me relirez la lettre: je suis tellement émue que je n'ai pu l'entendre entièrement. Mon Père, je n'aurais pas voulu être marraine de ce petit Georges-Michel sans que vous en soyez le parrain. Et vous le recevez du ciel, par l'offrande de sa maman, pour votre ministère.

Comme nous allons le prier ce petit Georges-Michel... Sa maman l'a vu, son petit. Elle pouvait bien, je l'ai bien vu, moi, autour de la Sainte Vierge. Mon Père, il était le préféré de son papa, ce petit. Comme il doit avoir du chagrin; pendant la retraite de sa maman, son papa allait le voir deux fois par semaine... Mon Père, il va protéger son parrain(...)

Mais, mon Père, permettez-moi de vite aller au ciel: je veux m'occuper de tous ces petits autour de la Sainte Vierge. Mais que de petits: il faut que j'aille les soigner. Mon Père, ils ne se tiennent pas qu'aux pieds de la Sainte Vierge: il y en a partout, autour d'elle. Comme ils sont beaux, comme il est beau, notre petit Georges-Michel.

Mon Père, je vous avais dit que ce petit n'était pas pour la terre, mais pour le ciel. Je l'avais fait écrire à sa maman, qui priait pour sa guérison et en faire un prêtre.

Et nous avons médité ensemble les dates du sacrifice: 4 octobre, les stigmates de Saint François - 15 octobre, montée de la fièvre, jour anniversaire du don total de Marthe, le 15 octobre 1925 - 23 octobre: fête du Saint Rédempteur - 24 octobre, Saint Raphaël, l'Archange Viateur et pour moi, date de la mort de mon parrain tué à Verdun le 24 octobre 1916: il m'envoie un protecteur pour mon ministère qui porte les deux noms des deux pères de Marthe: le père spirituel, Georges - le père selon la nature, Michel Robin.

Et lorsque votre femme parle à Marthe et lui dit: "Mon cœur ne se trompe pas", elle annonce en cette phrase tout ce que Marthe a vécu en ces jours: non, son cœur ne l'a pas trompée.

Aussi, avec vous, sentons-nous tomber abondantes les grâces du Ciel: et pour vos chers défunts et pour votre foyer et pour notre Foyer.

De ces grâces, j'en ai eu les prémices sur la place Saint-Pierre, à la définition du dogme. Avec les petits innocents, nous sommes entrés dans la première réalisation de la conception de Dieu: Dieu parmi nous par l'Incarnation. Avec la multitude de nos petits innocents de 1950, de l'Année Sainte, nous entrons dans la seconde partie de la réalisation de la conception de Dieu: l'humanité fait son grand retour en Dieu, l'humanité en Assomption à la suite de Jésus et de Marie. C'est la défaite du communisme, du laïcisme, de l'athéisme, du matérialisme, qui tous nient le grand retour et l'espérance théologale pour nous proposer un but uniquement à la hauteur de l'homme, une humanité désacrée qui ne fait pas retour en Dieu et dont le bonheur n'est que terrestre.

Et voici qu'une fois de plus Marie triomphe de l'erreur, écrase la tête du serpent et rouvre la route qui fait renaître l'humanité en Dieu par son Assomption pour le bonheur éternel dans la Jérusalem céleste.

Et notre saint innocent, Georges-Michel, gambade de joie autour de sa reine, qu'il sert comme un petit page.

Heureux parents qui, dans votre sacrifice, avez de telles certitudes divines.

De quelles grâces votre route sera comblée: notre ami Marcel Clément saura bien vous en apprendre la distribution pour le profit de la grande chrétienté du Canada et de la plus grande chrétienté: l'Eglise.

Quant à moi, je vous remercie car désormais le petit page de Notre-Dame m'introduira jusqu'à son cœur.

"Assumpta est Maria in caelum".

Tous saints.

Georges Finet

De telles lignes, en ma possession depuis ce début novembre 1950, constituent un témoignage unique. On déplore parfois que le Père Finet n'ait pas pris de notes au long de la vie de Marthe. Ceux qui l'ont vu vivre de près savent que le temps ne lui en était peut-être pas accordé.

Pourtant, une fois - au moins - il a écrit. Cette lettre, jetée au courant de la plume, sous le coup de l'événement, est d'une authenticité absolue. Dans l'espace, les deux extrémités de cet événement étaient éloignées de 6000 km.

Lorsque j'ai cru qu'il était de mon devoir de publier cette lettre, j'ai reçu, par retour de courrier, quelques lignes du père du petit filleul de Marthe. Je crois ne pouvoir mieux faire que d'en publier, comme conclusion, tout ce qui n'y revêt pas un caractère trop intime:

"Mon cher Marcel,

Le 2 février 1991

Votre lettre du 28 janvier et l'extrait du livre de vos souvenirs personnels sur Marthe -encore inachevé- publié dans l'Homme Nouveau, *nous sont arrivés hier.*

Vous y rapportez "les heures inoubliables du départ de notre petit Georges pour le ciel" *que vous avez vécues avec nous il y a quarante ans. Oui, heures inoubliables; inoubliées et toujours saignantes... Vous nous révélez ce que vous avez ressenti alors; nous vous en remercions. Que d'amitiés nous ont entourés, qui se sont continuées au cours des années nombreuses qui nous ont été accordées.*

Mais surtout combien reste présent ce petit enfant devenu notre intercesseur et rejoint maintenant par Marthe et le père Finet. Nous gardons tout cela dans notre cœur.

Et lors de la rédaction définitive du présent récit:

Le 25 septembre 1992

Notre petit Georges-Michel, toujours si présent pour nous, en est le sujet principal, si j'ose dire. Tout ce que vous évoquez et concluez nous en étions conscients dans le secret de nos cœurs sans l'avoir jamais exprimé comme vous l'avez fait. Marthe et le père nous l'avait laissé pressentir, cela nous suffisait.

Tout ce que vous relatez je l'avais noté au jour le jour, ce qui ne saurait vous étonner car vous connaissez mes habitudes! Tout ce que vous avez dit est vrai. Je me permets cependant de transcrire les notes de mon agenda:

Dimanche 29 octobre – *Ecrit aux filles et à Alberte (Elisabeth et Anne pensionnaires à Bourges sous la houlette d'Alberte notre sœur, dominicaine) Marcel Clément arrive.*

31 octobre – *Conférence de Marcel Clément sur Bach à la Société d'études et de conférences, puis quelques pièces admirablement jouées et chantées par Mme Langlois et M. Jeannotte. (De votre conférence, du choix des pièces l'illustrant, je garde l'ineffaçable souvenir car il me sembla que vous les aviez choisies pour alléger ma peine)*

Mercredi 1er novembre – *Proclamation du dogme de l'Assomption de la Très Sainte Vierge. Eté au cimetière tous les deux.*

4 novembre – *Marcel Clément arrive*

Dimanche 5 novembre – *Les M...., venus accueillir leur fille aînée retour de France, nous emmènent tous, y compris Clément, dîner à la "Tour Eiffel".*

Mardi 7 novembre – *Clément repart pour Québec*

Vendredi 10 novembre – *Admirable lettre, du 6 novembre, de l'abbé Finet.*

Que vous dire d'autre? Simplement notre fidèle et confiante amitié. Je vous embrasse."

J.

S'il est vrai que deux témoins sont nécessaires pour établir la véracité d'un fait, le Seigneur a permis que, sans préméditation de part ni d'autre, il en soit ainsi.

.12.

Marthe fut-elle témoin de l'Assomption ?

SI on lit, *en la méditant*, la lettre du Père Finet du 6 novembre 1950, on peut comprendre qu'elle a représenté, pour ses destinataires directs, comme aussi pour le témoin que j'étais, une étape nouvelle dans l'approfondissement du mystère de Marthe.

En y réfléchissant -à l'époque- il me semblait pouvoir distinguer trois niveaux de certitude. Il y avait des éléments dont j'étais absolument sûr: je les avais vécus. Il y avait des éléments rapportés par le Père Finet, dont il était lui-même le témoin direct. Il y avait ce que Marthe avait dit au Père, spécialement de sa vision du cortège de l'Assomption, et qui, en l'absence du jugement de l'Eglise, ne pouvait que soulever des interrogations qui, si affectueuses qu'elles soient, devaient être recueillies avec prudence.

Je crois devoir revenir sur ces trois degrés de certitude. Non seulement je les ai, en ce temps, parcourus en esprit, mais ils inaugurèrent comme un deuxième âge de ma connaissance de Marthe.

I. Les certitudes personnelles: elles sont indubitables

Au risque d'une brève répétition, je rappelle que c'est "tout à trac", au moment de me quitter à Saint-Vallier que le

Père Finet me dit qu'on avait écrit à Marthe pour lui demander d'être marraine d'un petit enfant au Canada. C'est par une idée soudaine que Françoise et Paul Legendre, deux ans plus tard, firent un détour en auto chez les Vanier qui me dirent qu'ils étaient les amis des parents de ce filleul de Marthe. C'est le père du petit Georges qui, à la sortie d'une de mes conférences, m'invita chez lui; je fis ainsi connaissance de la nombreuse famille. Je vis pour la première fois le petit Georges-Michel, dont le visage était effectivement marqué des traces de la maladie.

Inévitablement, en le voyant ce soir-là, je pensai qu'il était, comme sa marraine, marqué de la Croix.

Je ne pouvais pas non plus mettre en doute la coïncidence, quelques mois plus tard, vécue dans l'espace de moins d'une minute, entre mon entrée dans la maison et le téléphone de la maman annonçant à son mari la mort du petit Georges. Marthe commentera: "*C'est une délicatesse de la Sainte Vierge: elle ne voulait pas que le papa soit seul à ce moment-là*". En d'autres termes, le père du petit Georges me dit, en ces jours-là, la même chose: "*Avec vous, c'est un peu de Châteauneuf qui était là*!"

Coïncidence! Bien sûr. Mais marquée de cette cohésion précise des choses de Dieu, et toute ordonnée à la charité.

Une seconde certitude m'était présente: c'était la lettre adressée par Marthe le 29 juillet 1948 dont j'avais fait lecture à haute voix le 23 octobre 1950. Dans cette lettre, tout en acceptant de prier pour la guérison, Marthe avait dicté qu'elle ne pouvait s'empêcher de penser que ce petit n'avait été donné par le Père à ses parents que pour qu'il Lui soit offert. Prophétique, ou simple et affectueuse préparation, deux ans d'avance, au grand sacrifice, ces lignes, je ne les avais pas moins lues tout haut au-dessus du berceau, devant le petit corps, quelques minutes avant que la réalisation presque solennelle de cette demande soit réalisée par les bras d'un père au cœur brisé, mais immense. Une image toujours exactement présente aujourd'hui dans ma mémoire visuelle non moins que dans celle du cœur.

Une troisième certitude: la lettre du Père Finet avait été écrite d'une seule traite, à son retour de Rome, descendant de chez Marthe sans nul délai, sous le coup d'une série d'émotions authentiques. Je connaissais d'expérience sa sensibilité, son style, sa capacité "d'écho sonore". Sa lettre, dans les circonstances, *et à cette date*, valait sténographie(1).

II. Les trois certitudes du père Finet: des témoignages sûrs

Si l'on considère l'ensemble des témoignages personnels qu'apporte le Père Finet dans sa lettre, ils sont à la fois concordants avec ce que l'on pouvait savoir par ailleurs, et d'une cohérence entière dans leur précision.

En premier lieu, l'importance que l'on portait à Châteauneuf à la proclamation du dogme de l'Assomption corporelle de Marie était, dans le milieu des amis et des retraitants, de notoriété publique. De ce fait -je ne puis témoigner sur ce point- on ne peut pas douter que Marthe ait prié pour obtenir cette grâce à l'Eglise. Le Père Finet établit un parallèle entre l'Incarnation rédemptrice, première partie

(1) *Il arrivait dans ses retraites qu'en disant une histoire, le Père, de récit en récit, l'enjolive, -surtout après 1970. Mais* Jamais *je ne l'ai entendu rapporter l'histoire du petit Georges au cours des trente années suivantes, ni la vision de l'Assomption. Il écrivit la lettre,- et se tut.*

de la conception de Dieu, et "l'humanité en Assomption à la suite de Jésus et de Marie". Et d'affirmer, dès 1950: "C'est la défaite du communisme!". En 1992, elle est acquise. Il ajoutait: "du laïcisme, de l'athéisme, du matérialisme." Elles viendront. Leur triomphe actuel n'est pas plus historiquement solide que celui du communisme. Nous le verrons, de la terre ou du Ciel!

Mais restons-en à cette première certitude de la Foi du Père Finet: la proclamation du dogme de l'Assomption revêt la signification d'une immense victoire dans l'invisible, pour la réalisation du salut de l'humanité rachetée.

La deuxième certitude du Père, très humaine, incomparablement moins importante bien sûr, est que la lettre des parents de Georges-Michel est arrivée le lundi 30 octobre. Cette lettre, écrite le 24 octobre, lendemain de la mort du petit enfant, est effectivement arrivée par avion à cette date. Mais le Père, partant pour Rome, ne put, faute de temps, ouvrir le courrier de Marthe avant de partir. Il lui annonce pourtant la lettre venant du Canada. Puis il part en auto pour Genève, où un avion l'emmène à Rome d'où il reviendra après avoir participé dans l'action de grâce à la proclamation du dogme, sur l'invitation pressante que Marthe lui avait faite. Le 2 novembre, il est de retour par le même itinéraire, mais il arrive un jeudi soir et Marthe est dans la Passion: elle ne peut pas parler. Ce n'est donc que le lundi 6 qu'a lieu la conversation rapportée par la lettre. Deuxième certitude du Père Finet: Marthe sait que son filleul Georges-Michel est au Ciel avant que la lettre annonçant son départ de ce monde ait été ouverte. Elle le sait et un grand chagrin imprègne sa joie: "Il est mort, mon petit".

Et Marthe explique que lorsqu'avant son départ, le Père lui a parlé de la lettre, elle a eu "un coup au cœur". Il y a donc, sans ouverture de la lettre, plus encore qu'un pressentiment:

un choc physique au cœur. Mais pas de certitude intellectuelle: Marthe n'a pas "pu" demander au Père d'ouvrir la lettre avant son départ. Marthe est donc dans l'anxiété, son cœur est douloureux; elle n'est pas sûre, même si elle craint.

Sans rompre cette réflexion, je crois devoir ajouter ici que c'est à plusieurs reprises que j'ai reçu de Marthe ce même genre d'avertissement: *"Ce projet, j'en ai peur"*, ou encore, après un voyage que j'avais entrepris sans appréhension: *"Ça s'est bien passé... Tant mieux! Il y avait beaucoup de risques" -"Mais vous ne me l'aviez pas dit" - "Non! Mais j'étais inquiète... Enfin, la Sainte Vierge a tout protégé"*.

Dans le cas de la lettre annonçant la mort du petit Georges, deux choses sont certaines: l'intelligence du cœur de Marthe reçoit un avertissement douloureux. Elle n'a pas la claire connaissance du sujet de la souffrance mais quand le Père sera revenu, la lettre toujours fermée, elle est sûre: "Il est mort, mon petit".

La troisième certitude du Père -implicite celle-là- c'est qu'il ne met rien en doute de tout ce que rapporte sa lettre. Il faut y prendre garde. La lettre est écrite le 6 novembre, le jour même de la conversation rapportée; sûrement très peu de temps après. Elle est écrite à la hâte, jetée sous le coup d'une émotion trop forte pour ne pas être partagée, trop intime pour être, alors, confiée à d'autres qu'aux parents. En clair, le Père "croit", mot pour mot, les paroles de Marthe. Il les rapporte comme en écho, dans la confidence, le jour même, à ceux qui en recevront une indicible consolation. Et nulle agitation, ni à Châteauneuf ni ailleurs, ne suivra d'un quelconque sillon cette prophétie, faite par étapes, de la mort d'un enfant. Il n'en sera, en fait, plus jamais question à Châteauneuf. Pourtant cette vision peut s'avérer d'une importance capitale si l'Eglise vient à l'estimer authentique.

III. Le dialogue du 6 novembre 1950 : une interrogation

Le dialogue enseigne beaucoup; d'abord sur ce que l'on peut appeler, sans manquer à la délicatesse, la "psychologie" de Marthe; et aussi, sur la simplicité de son cœur.

Joie surnaturelle et peine naturelle

Raconté grossièrement, le contenu de cette lettre pourrait donner (...et a donné!): "Au moment du dogme de l'Assomption, Marthe a eu une vision de la Sainte Vierge en Assomption au Ciel". Un tel résumé témoigne d'une sorte de "matérialisme" dont on comprend qu'il éloigne de la petite Marthe de Châteauneuf au lieu de permettre de l'approcher.

Mais à bien lire... ce n'est pas de cela qu'il s'agit. Avant tout, c'est la psychologie de Marthe qu'il faut observer et respecter dans le récit du Père Finet.

En premier lieu, Marthe, ouvrant son cœur à son Père spirituel avec transparence, se présente en pleine contradiction affective:

"– Mon Père, mon cœur est dans la joie, mais comme j'ai du chagrin!".

A ceux qui s'étonnent de voir Jésus pleurer Lazare avant de le ressusciter -comment pleurer alors qu'Il *sait* que cette mort est passagère?- cette parole de Marthe n'apporte-t-elle pas une explication? Marthe n'est pas moins "heureuse" que Jésus. Jésus n'est pas moins humain que chacun d'entre nous. Devant la mort de son ami, rendue plus évidente par le début de corruption du corps, *"Jésus se mit à pleurer"* (Jn 11, 35). En Lui sont à la fois présentes la peine naturelle et la gratitude filiale pour le Père qui l'"*exauce toujours*".

De même, Marthe éprouve joie surnaturelle et peine naturelle. Par respect pour le mystère divin, par égard aussi pour son Père spirituel, elle évoque d'abord les réalités les plus hautes: *"Mon cœur est dans la joie"*. Et le Père de compléter: *"La joie de l'Assomption, mon enfant!"* Et Marthe de poursuivre: *"Mais comme j'ai du chagrin!"*.

Heureuse dans la lumière de la foi, Marthe est douloureuse dans son humanité. Exactement, elle a du "chagrin". La forme l'indique, c'est un grand chagrin, car elle s'exclame: *"Comme j'ai du chagrin!"* C'est moins une confidence qu'une plainte.

Ici, il faut peut-être souligner que, n'atteignant que dans la foi ceux qu'elle portait dans sa prière, Marthe, si forte dans son âme, était d'une vulnérabilité toute féminine à la peine. L'amour qu'elle portait -et que du Ciel elle porte éternellement- à ses filleuls, comme à tous ceux, innombrables, qui lui ont été confiés, était un amour de tendresse, plein de sensibilité. Elle ne le montrait que rarement. Mais ici, le drame d'un handicap grave, congénital, partagé avec les parents (connu *avant* les parents) atteignait son sommet de rupture humaine. C'était un vrai, un grand, un terrible chagrin. Quand Marthe sanglotait, dans un silence que l'on n'osait pas rompre, c'était terrible. J'en puis témoigner et j'aurai l'occasion d'y revenir.

Ainsi, même si elle annonce au père que Georges-Michel, son filleul, est mort, ne le fait-elle pas d'abord pour le lui apprendre, mais plus, en quelque façon, pour lui dire la coexistence en son âme de la joie surnaturelle de l'Assomption et de la peine naturelle de la mort du petit Georges.

Ici, Marthe n'a rien prophétisé! Son cœur est simple: elle a dit sa peine. Par accident, il se trouve qu'elle annonce, ce faisant, une mort enclose dans une lettre non encore ouverte. S'il y a prophétie, c'est spontanément, peut-être par inadvertance.

Une "erreur" de Marthe

Avant même de parler de son filleul du Canada, Marthe a expliqué ses larmes en faisant allusion à beaucoup d'autres petits enfants, partis pour le Ciel depuis le début de l'année.

Ici, il faut retenir notre jugement. Elle est significative la parole de Marthe par laquelle elle découvre qu'elle a donné une interprétation erronée.

"-Mon Père, tous ces petits enfants que le Bon Dieu a pris à leurs parents depuis quelque temps, j'avais pensé qu'Il les prenait pour l'Année Sainte."

" – Oui, mon enfant, vous me l'avez dit souvent au cours de cette année."

" – Mon Père, je me suis trompée: ce n'est pas pour l'Année Sainte, mais pour l'Assomption qu'ils ont été pris..."

Et cette comparaison, à première vue choquante pour la raison humaine, toujours douloureuse face à la Croix:

" – Jésus, Lui, a eu entre trente et quarante petits innocents, pas plus, pour accompagner sa naissance. Mais la Sainte Vierge, notre Maman, Elle est plus exigeante: que de petits, que de petits pour préparer et escorter son Assomption! Pauvres mamans qui pleurent! Mon Père, que j'ai du chagrin."

“ – C’est un grand mystère divin que ce sacrifice de tous ces petits.”

Ce seul passage du dialogue soulève plusieurs difficultés. A défaut de les résoudre -elles relèvent d’un grand mystère divin- on peut au moins les formuler.

D’abord, Marthe, toujours avec la même simplicité, commence par dire qu’elle s’est trompée. Erreur étonnante si l’on songe, dans un tel contexte, que c’est possiblement aussi par des moyens surnaturels que Marthe a su la mort, en cette année 1950, de nombre de petits enfants. On peut faire l’hypothèse qu’elle en a eu une connaissance extraordinaire pour soutenir les parents par sa prière et son sacrifice incessant. Simultanément, c’est par un raisonnement tout humain qu’elle interprète tous ces sacrifices: ils sont pour coopérer à l’application des mérites de la Rédemption *à l’occasion de l’Année Sainte*. Même si notre cœur souffre difficulté à comprendre ces permissions divines, on doit toutefois pressentir que Marthe, qui n’était que souffrance offerte et holocauste permanent -même en dehors des extases douloureuses- les pouvait comprendre, dans leur efficacité surnaturelle, plus immédiatement que nous. Pourtant, elle interprète mal. Elle qui prie pour obtenir la grâce de la proclamation du dogme de l’Assomption ne sait pas, de façon certaine, qu’elle sera exaucée. Pie XII ne rendra publique sa décision que le 15 août 1950, annonçant la cérémonie solennelle pour le 1er novembre suivant.

Pourtant, si proche qu’on l’imagine du Ciel, Marthe NE SAIT PAS. Elle s’interroge et trouve une réponse qui est bien dans la ligne de l’application des mérites de la Rédemption, mais elle ne reçoit aucune lumière sur l’événement qui sera le sommet de l’Année Sainte et qui lui permettra de comprendre que des maladies humainement inévitables avaient emporté tous ces petits, mystiquement “*pour préparer et escorter l’Assomption de la Sainte Vierge*”.

Une objection à retenir

Ensuite, on peut faire des objections! Et surtout que la seule Assomption a eu lieu une fois pour toutes, instantanément après la "dormition" de Marie, voilà quelque mille neuf cent cinquante ans! Que signifierait une sorte de "répétition céleste" au milieu du vingtième siècle? Et avec des enfants nés et morts en ce vingtième siècle! Cela ne tient pas debout.

Il n'y a qu'une réponse, mais elle est définitive. C'est que l'éternité est en dehors du temps. Le combat du Christ contre l'Adversaire du genre humain, qui ne cessera qu'au Jugement dernier, a remporté *dans le temps* une immense victoire par la proclamation du dogme de l'Assomption. Je l'ai évoqué: j'ai été témoin de batailles, pas toujours nobles, qui ont précédé la décision du Pape. Que Marthe, qui vivait, priait, souffrait, dans le temps, ait été éclairée d'une vision confirmant la décision du Pape n'est pas plus étonnant que ce qu'a entendu Bernadette à Lourdes lorsqu'après la décision de Pie IX, la Sainte Vierge a ratifié, par une révélation privée, la proclamation solennelle de l'Immaculée Conception. La Sainte Vierge est immaculée depuis sa conception -donc depuis deux mille ans- mais elle est intervenue *dans le temps*, à Lourdes au siècle dernier.

Sous réserve des décisions de l'Eglise, je crois que l'on peut comparer ces deux événements. Dans les deux cas, les deux âmes choisies ne s'attendent à rien. Bernadette ne sait pas le sens des mots de la Sainte Vierge, qui pourtant lui parle sa langue. Quant à Marthe, même si elle a prié pour tous les sacrifices évoqués par elle, même si elle a prié pour obtenir la proclamation du dogme, elle ne s'attend à rien. Son récit est d'ailleurs d'une étoffe où le naturel et le surnaturel se tissent avec une spontanéité qui ne s'invente pas:

"...Mon Père, que j'ai du chagrin (...) Et j'en ai reconnu beaucoup, beaucoup, j'ai vu tout autour de la Sainte Vierge notre petit Pierre (...) Mais Père, je ne vous ai pas tout dit. Il y en a un autre..." Cet autre, qui provoquera un immense sanglot de Marthe, c'est le petit Georges-Michel.

Enfin, on dira que le seul témoignage de Marthe ne suffit pas. Délire! Hallucination! Autosuggestion! Réalisation d'un idéal pré-existant!

Il convient de le souligner: nulle question de vision, de miracle, nul étonnement dans son récit. Rien qu'un immense chagrin à travers lequel il y a cette seule et simple phrase: *"J'ai vu autour de la Sainte Vierge"* et c'est ce qu'elle a vu qui est la cause du chagrin!

Les vertus théologales dans le dialogue

Le problème de l'humilité ne se pose donc même pas. Marthe est noyée de peine. Rien ne témoigne du moindre repliement sur soi d'avoir bénéficié d'une "grâce extraordinaire".

Le problème de la foi ne se pose pas non plus: en ouvrant la lettre, le père constatera que ce que Marthe *a vu* auprès de la Sainte Vierge est confirmé par une lettre demeurée fermée pendant que la "vision" avait lieu.

Le problème de l'espérance est celui qui peut-être nous est le plus difficile à accepter. Non seulement Marthe, devant toutes ces petites victimes de l'Amour rédempteur, ne s'insurge pas, ne se révolte pas, mais son fiat rejoint ce qu'elle appelle "l'exigence" de la Sainte Vierge. Le mot, fréquent dans la parole de Marthe, est imprégné d'une indéfinissable charge de maternité. Il ne s'agit pas d'une "exigence" au sens égoïste, humain, charnel. Il s'agit d'une soumission de l'Immaculée elle-même à ce qu'elle sait bien, depuis la Croix, être la continuation de l'application des mérites de son Fils à travers toutes les croix dont, à un ou à beaucoup de moments, nulle vie n'est exempte et dont les causes immédiates ou éloignées sont seulement humaines.

Que dire de la charité dont cette lettre tout entière est empreinte? Les larmes du Père et de Marthe sont celles d'un amour qui partage la peine des parents, et les derniers paragraphes de la lettre sont comme l'hymne de la victoire du Crucifié au milieu des combats du vingtième siècle. Les lignes du Père Finet annonçant les grâces qui retomberont se vérifient aujourd'hui encore, non seulement dans les Foyers de charité fondés au Québec et dans le monde, mais à travers des œuvres nombreuses, des familles aussi et sur tous les continents, car on ne peut séparer la souffrance rédemptrice de ses fruits de conversion.

Une dernière question: dans quelle mesure la phrase *"j'ai vu autour de la Sainte Vierge"* doit-elle être prise à la lettre?

Je l'ai dit déjà: c'est à l'Eglise de répondre. Ici, j'ai seulement tenté d'analyser un texte qui est en rapport intime avec plusieurs des semaines les plus intenses de ma vie de foi. Comme Marthe et le Père Finet, comme les parents du petit Georges, et spécialement le 23 octobre, en priant auprès de son berceau, et le 1er novembre, en priant en union avec le Saint-Père et toute l'Eglise, j'ai connu peine naturelle et joie surnaturelle.

En fait, je me pose la question: ce que l'Immaculée Conception a fait en se nommant dans la grotte à Lourdes comme pour confirmer privément la décision publique et solennelle de l'Eglise, Notre-Dame de l'Assomption n'a-t-elle pas pu le faire à Châteauneuf, dans la chambre de Marthe, et là aussi, pour confirmer?

C'est une question grave. La lettre du Père Finet est un élément digne de foi qui permet humblement de la poser.

.13.

"Vous les reconnaîtrez à leurs fruits"

DES avant la proclamation du dogme de l'Assomption le 1er novembre 1950, et les circonstances précédemment évoquées, une difficulté réelle s'était présentée à moi au sujet de Marthe. Il était relativement facile de parler du Foyer de Charité, de sa nature et de sa finalité, comme aussi du Père Finet. Les amis canadiens -et parfois les étudiants et étudiantes- auxquels je m'adressais vivaient, dans le Québec des années 1947-1960, dans un climat chrétien. Aller faire une retraite "fermée", comme on disait à l'époque, était chose courante.

Plus délicat était d'élargir la conversation! Parler du Foyer de Châteauneuf entraînait presque inévitablement de parler de celle qui avait acheté cette œuvre naissante par une vie marquée par la souffrance offerte, attitude déjà parfois mal comprise. Mais il fallait aussi, souvent en raison des questions posées, parler de la vie mystique de Marthe. Dès ma première visite, en 1946, elle n'avait pas pu me parler, étant -le Père Finet ne me l'a dit qu'après- en extase douloureuse. J'avais perçu sa plainte: un doux, discret, régulier gémissement. Je l'avais vue sous les draps, ne marquant qu'une place modeste puisque, paralysée des deux jambes, celles-ci se trouvaient repliées sous elle. Je croyais aux paroles du Père Finet, qui la disait stigmatisée, ne prenant aucune nourriture, ne dormant jamais. Elle n'avait, ajoutait-il, que quelques heures par semaine sans souffrance, -les heures d'extase qui suivaient la communion au Corps de Jésus.

Quel critère moral?

Un jour que je parlais de Châteauneuf à une dame, d'ailleurs cultivée, de Québec, celle-ci m'avait très vite rétorqué: "Vous croyez à des 'affaires de même'... à des choses de ce genre, vous!" Et s'était empressée de détourner la conversation.

Sur la base d'expériences tantôt heureuses, -mon interlocuteur avait décidé d'aller faire une retraite à Châteauneuf- et tantôt pénibles, j'avais demandé, en 1947 je crois, au Père Finet, s'il fallait "parler de Marthe". Il m'avait demandé de ne jamais le faire devant un auditoire mais, dans les conversations privées, avait-il dit avec un sourire: *"Vous le sentirez"*.

Le problème de discernement pratique ainsi résolu, il me restait un problème moral. Je savais que l'évêque de Valence -Mgr Pic- avait publié dès le 7 août 1943 une "mise au point sur Marthe" très positive. J'avais reçu l'invitation -au Canada!- d'assister à l'inauguration le 17 mai 1948 du "grand Foyer" sous la présidence effective de Mgr Pic qui avait lui-même béni ce jour-là la statue de "Notre-Dame du Foyer". Mais cette bienveillance épiscopale, de nature à rassurer ma conscience et dont je pouvais faire état, ne m'empêchait pas, devant certaines objections, de prendre conscience que c'était, en fait, uniquement la conviction du Père Finet qui servait de fondement à la mienne.

Il me fallait, sinon "plus", du moins autre chose... Et je savais bien la nature du critère évangélique pour discerner les "faux prophètes" des personnes en qui l'on peut se fier. Certes, il n'était pas question d'un jugement plénier. Il reste toujours vrai, en ce qui concerne les intentions, le commandement: *"Ne jugez pas afin de n'être pas jugés"*

(Mt VII,1). Mais dans l'ordre des comportements, de la confiance pratique à refuser ou à accorder, c'est aussi à l'impératif que Jésus parle: *"Ne donnez pas aux chiens ce qui est sacré"* (Mt VII,6) et un peu plus loin, dans le même ordre d'idées: *"Méfiez-vous des faux prophètes, qui viennent à vous déguisés en brebis, mais au-dedans sont des loups rapaces. C'est à leurs fruits que vous les reconnaîtrez. Cueille-t-on des raisins sur des épines? ou des figues sur des chardons? Ainsi tout arbre bon produit de bons fruits, tandis que l'arbre gâté produit de mauvais fruits. Un bon arbre ne peut porter de mauvais fruits, ni un arbre gâté porter de bons fruits (...) Ainsi donc, c'est à leurs fruits que vous les reconnaîtrez"* (Mt VII, 15 -20).

J'avais, bien entendu, le souvenir de cette sorte de Pentecôte que constituait chaque fin de chacune des retraites que j'avais faites. Mais, faisant moi-même la retraite, ma subjectivité avait pu y être engagée. En fin de repas, après une semaine de silence complet, un groupe de deux ou trois cents retraitants -parfois un peu plus l'été- pouvait être emporté par un enthousiasme contagieux. Le talent oratoire et la ferveur transparente et communicative du Père Finet pouvaient -compte tenu de l'affection que je lui portais- me conduire à des enthousiasmes à la fois rétrospectifs et exagérés. J'en avais conscience. Ayant étudié pendant un an le positivisme d'Auguste Comte pour rédiger un mémoire de D.E.S. à la Sorbonne sous la direction de Maurice Halbwachs, je n'étais pas intellectuellement disposé à la crédulité, même si en moi, l'Esprit Saint (ou l'affectivité inhérente à toute ferveur) m'incitait à croire.

Cette attitude fut, avec des hauts et des bas, la mienne entre 1947 et 1950. Je ne mettais pas en doute la rectitude de cœur du Père Finet ni de Marthe Robin. Mes conversations avec l'un et l'autre avaient été à la fois intimes et amicales, puis affectueuses. Avec son autorisation, dans la pénombre, j'embrassais Marthe sur le front à chaque fois que je la quittais...

... Et l'équilibre humain

Mais pour la licence de Philosophie à la Sorbonne, j'avais fait un an de psycho-pathologie. Cette option comportait un stage d'une demi-journée par semaine à l'hôpital Sainte-Anne. Le professeur Laignel-Lavastine et -à l'époque- "son" agrégé, Jean Delay, nous donnaient des cours et faisaient eux-mêmes les présentations de malades. J'avais eu à connaître, entre autres, des cas de délires mystiques. Je savais donc par expérience que cela existait. Je savais aussi -même si chaque malade est unique- comment cela se présentait. Je savais bien qu'il n'y avait aucun rapport entre les malades de Sainte-Anne et les conversations avec Marthe. Mais mon stage était celui d'un très jeune homme, et dans le cadre d'une option pour le certificat de psychologie. Mes souvenirs remontaient à moins de dix ans. Je savais bien que ma science était courte. Ce qui était tout à fait sûr, c'est que les "délires mystiques" qui avaient été interrogés en la présence des étudiants (en médecine et en psychologie) à Sainte-Anne n'avaient ni le bon sens robuste, ni l'humilité, ni la présence totale à l'autre que mes premiers entretiens avec Marthe m'avaient fait connaître.

Toutes ces réflexions habitaient mon esprit et c'est en songeant aux "fruits" des retraites que je cherchais une certitude, tout en vivant avec d'autant plus de désir de ferveur que la marque des retraites et les paroles de Marthe et de son Père spirituel m'imprégnaient plus habituellement.

La bouche parle, dit-on, de l'abondance du cœur. Parmi les amis québécois à qui j'avais dit ce qu'étaient

"Châteauneuf" et "Marthe", il y avait un prêtre, oblat de Marie Immaculée, qui, fils d'une des plus hautes autorités judiciaires du pays, voulait bien aider le petit groupe de laïcs amis de Châteauneuf que nous réunissions pour méditer ensemble la parole de Dieu. Collaborateur du "Père Lelièvre" (un saint prêtre français connu de tous les Québécois), mon ami, le Père T., lors d'un voyage en Europe s'inscrivit à une retraite de Châteauneuf.

La lettre que je reçus de lui à cette occasion est antérieure de près de dix mois à la mort du petit Georges-Michel. Elle fut, pour moi, le premier document écrit incontestable de ce que pouvait apporter, avec la prière de Marthe, la retraite de Châteauneuf. Elle émanait d'un prêtre qui ne manquait -Dieu sait- ni de piété, ni de science, ni de jugement. J'ai conservé sa lettre. Je la reproduis ci-dessous. Elle est datée de Rome, où le Révérend Père s'était rendu en quittant le Foyer de Charité de Châteauneuf.

Le témoignage de deux Prêtres

Rome, le 1er janvier 1950

Cher Monsieur Clément,

Un peu comme les habitants de Samarie disaient à la Samaritaine, je puis maintenant vous dire: "Ce n'est plus sur ton témoignage que nous croyons -car nous avons vu".

Je ressors de Châteauneuf rajeuni, heureux et ayant trouvé que vraiment le temps avait passé trop vite -ce qui est bon signe- surtout quand on songe aux sermons de deux heures que le bon Chanoine nous "ingurgite" régulièrement à dose de quatre par jour. Il est à peine croyable que, lorsque nous nous couchons le soir, il y a bien près de huit heures que nous avons été assis pour écouter ce second Père Lelièvre.

J'y ai retrouvé bien des idées chères à votre cœur - et j'étais content de m'en pénétrer moi-même. Je crois sincèrement que cette retraite marquera une étape dans ma vie- et que, comme tous les autres retraitants de Châteauneuf, j'en resterai "marqué". Je n'en suis pas fâché et vous encourage à orienter encore bien des Canadiens de ce côté, en attendant que nous ayons notre "Foyer" au Canada.

Votre souvenir à Châteauneuf est vivant. Merci de votre si délicate lettre pour me souhaiter la bienvenue en arrivant. Puis, le Chanoine, pour me faire plaisir, a parlé de vous - et du Canada, dans une de ses conférences. On a lu un de vos articles au réfectoire. Puis Marthe, évidemment, n'a pas manqué de parler de vous quand je lui ai dit que je vous connaissais (...)

Quelle année unique la Providence met à ma disposition. J'ai pu "pélégriner" à Ars, Paray-le-Monial, Sainte-Anne d'Auray, Assise... et je compte bien (priez pour que cela se réalise) aller en Terre Sainte avant de retourner au pays - Et alors, je vous en présiderai des réunions de Bible!

Saluts, à tous les amis - Union intime de prière ".

J. T.

Qu'un prêtre canadien -de cette qualité- m'encourage à *"orienter encore bien des Canadiens de ce côté"* et que, dès 1950, il souhaite *"la fondation d'un "Foyer" au Canada"* fut pour moi une confirmation très forte. (Le premier Foyer fondé au Canada le fut en 1971 à Sutton, dans les cantons de l'Est).

De cette lettre, on me permettra de rapprocher celle d'un prêtre français, curé d'une petite paroisse de Franche-Comté, voisin d'un séjour de vacances. Elle est, si je puis dire, d'une autre encre. Ecrite l'année suivante, elle témoigne -toujours à partir d'une admirable vie sacerdotale- de l'impression que laissait, dès cette époque, l'étonnante présence divine dans le Foyer de Châteauneuf.

Châteauneuf, le 25 mars 1951

Cher Monsieur Clément,

Je voudrais ne vous écrire qu'un mot mille fois répété "Merci"!... Grâce à vous, je suis ici, et dès le premier jour, j'ai eu l'impression de découvrir "la Vie". C'est bouleversant, pour un prêtre de 40 ans, de faire connaissance avec tant de merveilles. Béni soit le jour où le Seigneur vous a mis sur ma route...

Le Père Finet nous a parlé de vous, cet après-midi, dans sa splendide causerie sur l'Amour. Il nous a avoué que pour vous la révélation avait été foudroyante. Peut-être ne se doutait-il pas que l'un de ses auditeurs avait eu le bonheur de vous connaître. Je pense avoir avec lui un petit entretien demain. J'ose encore espérer la faveur d'approcher Marthe! Si je l'obtiens, j'évoquerai votre souvenir et celui de vos parents, car je me suis encouragé à demander une entrevue avec M. votre Père, dans le seul but d'obtenir votre adresse. Dès que j'ai prononcé le mot de Châteauneuf, j'ai reçu de lui un accueil qui a failli me faire manquer mon train à Besançon.

Aurons-nous le plaisir de vous revoir cette année? Ma paroisse semble s'éveiller un peu à la grâce, dans la personne de quelques jeunes foyers qui ouvrent les yeux à l'Evangile et se réunissent à la Cure deux fois par mois.

Il reste encore tout à faire.

Le succès est un critère dangereux, nous répète le Père Finet. Je suis donc bien à l'abri du danger sur ce plan.

Cher Monsieur Clément, toute ma reconnaissance sacerdotale pour votre bonté à mon égard.

Je vous envoie mon respectueux et bien fidèle souvenir.

G.T.

Le Frère Ephraïm, dans son livre sur Marthe (1), a donné plusieurs témoignages importants et qui suffisent, dans leur ordre, à mettre l'accent qui convient sur les fruits portés par les retraites de Châteauneuf et par la prière de Marthe. Je me bornerai donc à ajouter, aux deux témoignages de prêtres -l'un de Québec, l'autre de Franche-Comté- celui d'une Canadienne amie, daté, lui aussi, de 1951. L'ancienneté même de ces écrits me semble importante. Ils remontent à plus de quarante ans. J'en ai les originaux sous les yeux. Et aucun des signataires ne connaissait, de près ou de loin, les deux autres.

L'amie qui a rédigé la lettre qui suit avait, avant de se rendre à Châteauneuf, beaucoup approfondi sa vie. C'était trois ans auparavant. A la lecture de sa lettre, on comprend qu'elle en avait fait la confidence à Marthe.

---

(1) *Ephraïm: "MARTHE",* Ed. du Lion de Juda, 50 FF/303 FB/15 $.

Le témoignage d'une laïque

Il va de soi qu'en dehors d'une coupure dictée par la discrétion, je ne change pas un mot à cette missive, écrite par une personne -on pourrait dire aussi une personnalité- dont l'intelligence et le jugement transparaissent à travers une expression qui reflète fidèlement la lumière et la force de la grâce que laissait un entretien avec Marthe.

Châteauneuf,

vendredi 26 octobre 1951

Mon cher Marcel,

Je ne croyais pas qu'il fût possible d'être si heureuse. Cette plénitude, cette sérénité et cette paix qui nous submergent de toute part ! La merveilleuse rencontre avec l'Amour, c'est si simple, trop simple pour nos pauvres cervelles qui cherchent toujours l'extraordinaire. Le miracle est que Dieu est parmi nous, en nous. Je le comprends enfin. Vous raconter les merveilleuses étapes de cette rencontre, je ne le puis, non pas par timidité ou pudeur mais parce qu'il n'y a pas de mots pour l'exprimer.

Le lundi soir en entrant à Châteauneuf, je venais de Besançon où j'avais passé la fin de la semaine, outrageusement gâtée par vos parents. J'ai eu l'impression très nette que ma patrie, ma famille et mes amis, les autres aussi me suivaient à la chapelle. Une impression presque physique. A tel point que j'étais surprise que la porte se soit si vite refermée sur mes pas.

A chacune des conférences du Père, je sentais fondre la glace qui me figeait l'âme. Et cette confession toute simple d'où je suis ressortie avec la certitude que mes péchés étaient de pauvres choses sans valeur et pourtant avec moins d'envie que jamais d'y retomber. Enfin, la visite à Marthe. Combien l'humilité des moyens de Dieu fait honte à notre orgueil! La scène si simple et si douce, la voix de cristal qui dit oui avec un v. paysan. Elle m'a appelée sa "petite", m'a rassurée à tel point que je n'ai plus peur du Maître maintenant que j'ai vu la servante ou plutôt du Père maintenant que j'ai vu la fille. Elle m'a dit de ne pas me poser de questions, de marcher sans regarder en arrière, de faire comme l'enfant de trois ans qui se suspend au cou de sa maman et se laisse entraîner où elle veut l'amener, sans crainte ni inquiétude. De ne pas me demander pourquoi j'avais trois ans mais d'agir en enfant de trois ans. Enfin elle m'a répété que Dieu ne me demanderait rien qu'Il ne me donne la force d'accomplir. Comme je lui disais que j'avais reçu une lettre de Maman, elle m'a interrogée: "Et M. Clément?" J'avais reçu votre lettre depuis deux jours, sur ma réponse affirmative elle a ajouté très doucement "Il est venu nous rejoindre ici"(...) Vous savez qu'il est impossible de rendre cette charité indicible qui baigne tout ici. L'accueil dans la cuisine de Marthe, bien des "Dames" pourraient prendre modèle sur Simone. La marmite qui mijote sur le poële, le surnaturel descendu jusqu'à nous. Le retour dans la nuit, à travers les champs et les labours, la paix qui cerne toute chose. L'accord de la nature et des hommes sous le ciel de Dieu. Quoiqu'il arrive, jamais je n'oublierai cette heure. Je pense aux paroles du Père Finet: "Tout pour l'homme, l'homme pour le Christ et le Christ pour Dieu". Je crois qu'il a été donné à de pauvres filles de vivre une minute d'éternité, perdues dans la campagne, les pieds dans la glaise au milieu de gens dont je ne savais même pas le nom, j'ai vécu l'un des meilleurs instants de ma vie.

Je crois bien que c'est en rentrant que j'ai prononcé le oui définitif. Cela s'est fait spontanément et sans que je m'en aperçoive. Le vendredi nous avons eu le chemin de croix sur les routes, travail en profondeur; le matin à la messe, je me suis aperçue que je souffrais de savoir le Christ si mal connu et aimé et je me suis promis de rattraper le temps perdu. Le Père Finet nous a entraînés, j'allais écrire malgré nous, mais ce n'est pas vrai , avec notre plein consentement, sur le chemin à sa suite. Nous sommes samedi matin mais je n'ai pas voulu attendre plus longtemps pour vous écrire, il m'a semblé, bien qu'elle ne m'en ait rien dit, que Marthe trouvait que je prenais bien du temps à vous répondre.

Je voulais vous dire mon bonheur, combien je suis heureuse, je ne croyais pas qu'il fût possible de l'être tant.

J'ai demandé à la Vierge Marie et à son Divin Fils de vous remercier à ma place. Qu'Il vous comble de joie(...)

Je dois vous quitter, la cloche sonne pour la seconde conférence. Un mot en terminant. La France est encore plus belle que lors de mon premier voyage et inutile de vous dire que sont encore renforcés nos sentiments de filiale admiration pour elle. Je dis nous parce que je pense à mon pays qui a tant reçu du vôtre!

Fraternellement.

C.

La joie du Christ

Ces trois lettres, écrites en 1950 et 1951, ne sont que des exemples, parmi nombre d'autres. Certes, je les ai choisies. A la fois parce que les auteurs sont d'origine totalement diverses. Les deux prêtres sont de continents différents. La troisième lettre exprime les réflexions d'une laïque dont le style laisse transparaître les nuances les plus fines, et comme le mouvement de l'âme. Au sortir d'une visite à Marthe, en cours de retraite, elle dit tout d'une phrase: *"Je n'ai plus peur du Père maintenant que j'ai vu la fille"*. Des dizaines de milliers d'hommes et de femmes, de tous âges et de toutes conditions, auxquels la grâce a été donnée de s'entretenir avec Marthe pourraient, à coup sûr, porter le même témoignage.

Il est important. Il est, à quelques mois près, de la même époque que les circonstances, rapportées précédemment, et qui ont accompagné la proclamation du dogme de l'Assomption.

C'est la prière et l'offrande de la même paysanne de France qui confiait sa peine naturelle et sa joie surnaturelle au Père Finet, et qui obtenait, pour tous les retraitants, et ceux qui la visitaient d'une âme humble, et à qui elle communiquait indiciblement ce qu'elle nomma elle-même, un jour que je cherchais auprès d'elle le titre de mon prochain livre, "la joie d'aimer".

C'est cette joie -celle du Christ- que, comme sa fiancée sur la Croix, elle nous a laissé en héritage... comme en écho de la parole: *"Mais je vous verrai de nouveau, et votre cœur sera dans la joie, et votre joie, nul ne vous l'enlèvera" (Jn XVI,22).*

.14.

L'entretien du cœur

LA réfraction inévitable des aspects miraculeux de la vocation spéciale de ceux que, de leur vivant, on considère comme des saints, schématise la réputation, parfois jusqu'à la caricature. Que n'a-t-on pas raconté du vivant de Jeanne d'Arc, pendant ses deux courtes années de chevauchées et de gloire! Les exemples abondent. L'inconvénient est sérieux: la critique contemporaine renvoie au chapitre des légendes pieuses des faits probablement authentiques en partie, en partie enjolivés par les conteurs successifs.

Cette réfraction a nui à Marthe Robin. Les mieux informés de ceux qui se sont voulu ses biographes n'ont pas hésité -à une ou deux exceptions près- à mettre en avant soit l'aspect miraculeux des stigmates, soit l'absence de nourriture même liquide et de sommeil, soit encore sa profondeur de pensée ou l'étendue de son information, imprévue chez une paysanne n'ayant pas dépassé le niveau du certificat d'études primaires!

Découvrir d'abord l'ordinaire

Pour "entrer chez Marthe", je veux dire dans le cœur de Marthe, il me semble que, comme pour son maître: le

Seigneur, il faut découvrir *d'abord,* non l'extraordinaire mais l'ordinaire. Je crois qu'indépendamment de tout ce que l'on peut estimer probable ou vrai de ses "états mystiques", il faut voir que Marthe avait des soucis quotidiens -ceux des autres, souvent, qui devenaient les siens, et aussi des souffrances-certaines insondables- qui n'avaient, si je puis le dire très familièrement, rien de "mystique". J'évoquais précédemment les larmes de Jésus devant le tombeau où repose Lazare, qu'Il va ressusciter. Les circonstances -qui sont un autre nom de la Providence- m'ont permis de passer trois longues heures avec Marthe, le lundi 20 août 1951, et de participer pendant ce temps à l'une de ses plus grandes souffrances "naturelles" sur cette terre. C'était, on doit le noter, l'année qui a suivi la mort du petit Georges-Michel. J'étais donc, d'une certaine manière, intérieurement plus proche de ce que pouvait être, dans la foi, la présence de l'esprit de Marthe aux mystères du Ciel et le retentissement de joie surnaturelle venant transfigurer une peine naturelle.

Le 20 août, par beau temps, monter chez Marthe était un voyage dans la splendeur. Vers deux heures de l'après-midi, sous un soleil qui faisait chanter les champs et les chemins, je montais en auto à "la Plaine", avec le Père Finet. Il m'avait dit: *"Marthe n'a pas de visites, cet après-midi. Vous aurez un bon bout de temps avec elle"*.

L'auto s'arrête dans la cour de la ferme. Nous entrons dans la cuisine, un peu sombre. Les volets et la porte sont presque complètement fermés, pour conserver la fraîcheur dans la pièce: le soleil, dehors, est brûlant. Le Père ouvre la porte du fond de la cuisine qui donne sur l'étroit couloir: face à nous, la porte de Marthe. Le Père n'ouvre jamais celle-ci sans avoir fermé auparavant sur lui la porte de la cuisine, pour que nulle augmentation de lumière ne vienne accroître la souffrance des yeux aveugles et souvent saignants de Marthe.

Nous voilà, donc, lui et moi, dans cet étroit couloir entre les deux portes situées face à face. Il n'a pas complètement refermé celle de la cuisine. Il s'arrête, me regarde et me dit, *ex abrupto:*

"– On vous a dit, en bas - (où j'avais déjeuné, avec les membres du Foyer) *que le frère de Marthe était mort?"*

"– Non! Mon Père".

"– Il s'est suicidé..."

J'étais incapable de parler. Le Père reprit:

"– Oui. Il avait des névralgies faciales... Une souffrance terrible... C'est un cas fréquent... Mais nous sommes sûrs de son salut..."

Et sans autre transition, le Père ouvre la porte de la chambre de Marthe et lui dit:

"– Mon enfant! C'est notre ami Marcel Clément. Je vous laisse avec lui".

Le silence des sanglots

Je n'avais qu'à entrer, trouver en tâtonnant la chaise à côté du lit de Marthe, m'y asseoir...

Et retrouver mes esprits... ou plutôt mon esprit.

Marthe sanglotait. Elle sanglotait assez fort pour que je perçoive le rythme d'une peine que rien ne semblait devoir arrêter.

Devant cette souffrance, qui seule rompait le silence total de la ferme et des champs, j'entendis l'auto du Père qui redescendait au Foyer. Non seulement je n'osais pas parler, mais je ne savais littéralement pas quoi dire. En si peu de minutes, c'est une image cohérente de Marthe qui venait d'être effacée en moi: elle, une "sainte"... son frère, se suicider!

J'étais devant l'inintelligible. Il faut se placer dans la situation de l'époque. On demandait à Marthe de prier pour tout: les conversions, bien sûr, mais aussi les santés des proches. Elle s'y intéressait avec une totalité, une gentillese presque indicible. Un jour que j'avais accompagné ma mère, qui souffrait d'hypertension artérielle, auprès de Marthe, celle-ci qui a prié efficacement pendant des années pour sa santé, lui avait dit avec sollicitude: *"Il ne faut pas prendre d'huile d'arachide... Il faut prendre de l'huile de soleil!"* Ma mère, elle, avait compris... et m'expliqua que Marthe avait ainsi nommé l'huile de tournesol!

Marthe obtenait des guérisons. Elle veillait sur les familles des retraitants qui venaient du monde entier, lui confiant leurs intentions. Nous nous sentions tous protégés et nous l'étions. Elle mettait en garde, parfois, contre les imprudences possibles... le froid... la vitesse!

Et dans sa maison, son frère, que je connaissais bien, qui était parfois dans la cour ou dans la cuisine quand on venait voir sa sœur!... Son frère, suicidé!

Vaguement, je me disais, dans ce silence coupé de sanglots, que la croix de Marthe n'était pas seulement mystique... que le Seigneur pourrait bien lui demander ce qu'il avait déjà demandé aux deux sœurs de Béthanie! Malgré tout, j'avais le sentiment, en ce moment précis, d'une "incohérence"... ou d'un "trop" de l'exigence de Dieu. Incohérence car Marthe protégeait tout le monde... "Trop" d'exigence, car la mort du frère de Marthe et de Marie fut une terrible épreuve! Mais ce n'était pas un suicide...

Je rapporte, en simplifiant je crois, les idées qui occupaient mon esprit pendant ce silence des sanglots. Après plusieurs minutes, ...trois? ...cinq?..., je finis par articuler:

– " Marthe! Le Père m'a dit..."

Les sanglots continuèrent, quelques secondes. Puis, comme si elle parvenait un peu à se dégager du chagrin qui la submergeait tout entière, elle prononça ces simples mots à propos de son frère:

" – Mon petit! Je n'ai pas su le protéger."

Dans la liberté de l'intimité

Après un nouveau silence, et parce que cette seule phrase avait rétabli la liberté de l'intimité, je commençai à comprendre que le Père m'avait confié une mission affectueuse: celle d'un peu de consolation. J'osai demander".

"– Mais comment est-ce arrivé?"

Retrouvant plus de force pour parler, Marthe me dit -je cite à peu près textuellement:

" – Les névralgies faciales, vous savez, c'est affreusement douloureux. Il a souffert longtemps. Le manque de sommeil l'a aussi épuisé nerveusement. Alors..."

Après un long silence et quelques sanglots:

" – Il y a bientôt quinze jours, un mercredi, c'était le 8 août, il était à bout. Il a pris son fusil de chasse... Il s'est tiré dans la tête.."

" – Vous l'avez entendu?"

" – Non. Je ne me suis doutée de rien. Il y avait trois prêtres qui attendaient dans la cuisine. Ils n'ont rien entendu non plus..."

" – C'est la Père qui vous l'a appris?"

" – Oui!... Dès qu'on a trouvé Henri, on est descendu au Foyer pour le dire au Père. Et il est monté..."

Devant la douleur, nous sommes tous muets. Les phrases toutes faites -les "condoléances" -sont, en de telles circonstances, inimaginables. Marie, au pied de la Croix, est debout. Son regard, qui rencontre celui de son Fils, comprend tout, dit tout. Mais Elle se tait. Son silence est sa seule éloquence.

Comme si elle avait pressenti que je ne savais plus que dire, ni comment dire, Marthe reprit:

" – ... Au premier moment, je n'ai eu qu'une idée: "Mais où est-il? Mais où est-il? Mais où est-il?"

En fait, elle prononçait comme dans la campagne de la Drôme: "Mais où est-y?" Cette familiarité involontaire rendait plus dramatique encore ce qui avait dû être une angoisse mortelle.

Je crus devoir répondre:

" – Le Père m'a laissé entendre que vous étiez sûre de son salut".

Elle ne me répondit pas directement:

" – Dès que j'ai su, j'ai demandé au Père de célébrer un trentain grégorien!"

" – Qu'est-ce que c'est?"

" – On dit, trente jours de suite, une messe pour le salut de quelqu'un qui vient de mourir. Le Père a commencé le lendemain".

Je demandai ensuite des explications au Père Finet. Il me rappela le mot du Curé d'Ars à propos d'un homme qui s'était jeté à l'eau pour se noyer: "Entre le pont et l'eau, il demanda pardon à Dieu". Le trentain est une décision de l'Eglise qui permet d'obtenir que l'âme qui est au Purgatoire bénéficie des mérites du Christ dans le sacrifice non sanglant de la Messe et de hâter ainsi de façon privilégiée l'entrée dans la vision béatifique. Mais le trentain... ne peut pas faire sortir de l'Enfer celui qui, de façon totalement libre, a refusé la miséricorde divine en se détournant de l'Amour Infini et en se durcissant dans ce que l'Eglise nomme "l'impénitence finale".

"Il est beau, n'est-ce pas?"

Je reviens à cette inoubliable conversation avec la sœur douloureuse d'Henri Robin. Je l'avais, lui, souvent rencontré et salué dans la cuisine en venant voir Marthe. C'était un paysan noueux, bien-de-chez-nous, peu causant. J'y fis allusion:

" – C'était un timide" dit Marthe. *"Mais il avait une grande charité, tout au fond. Sa maison était toujours pleine des retraitants qui venaient me voir. Jamais il ne s'est plaint".*

Elle sanglotait toujours un peu. Cependant, la conversation prenait une forme d'où la peine apparente s'estompait peu à peu. Soudain Marthe:

" – Vous avez vu sa photo, sur ma commode?"

" – Non, Marthe! Où donc?"

" – Derrière vous, sur ma commode. Regardez-là!"

Me levant dans la demi-obscurité avec précaution, je fis demi-tour vers la commode, placée au mur dans le prolongement duquel la tête du lit de Marthe se trouvait aussi. Derrière la draperie qui séparait le lit de ce mur, il y avait une très peu lumineuse petite ampoule.

" – Mettez la photo derrière le rideau. Vous y verrez assez!"

Avec le respect qu'on imagine, je considérai la photo. Une petite photo d'amateur 6 x 9 d'une époque révolue, en blanc et noir, avec beaucoup de gris. mais c'était bien lui, debout, avec un peu de raideur, son sérieux, ses traits solides...

Et Marthe:

" – Il est beau, n'est-ce pas ?"

Sans trop réfléchir, toujours dans l'émotion de la situation où le Père m'avait placé et plus encore dans le bouleversement de la peine partagée, je répondis en écho:

" – Oh oui! Il est beau!..."

Mais en même temps, je pensais que ce n'était pas là le mot que j'aurais employé.

Je considérais toujours la photo pendant que Marthe ajoutait:

"Et vous savez, quand on l'a trouvé, son visage n'était presque pas abîmé".

Je ne sais pourquoi, cette phrase m'éclaira. Les yeux d'une sœur, -les yeux de Marthe qui ne voyaient plus depuis 1939- n'atteignaient pas la simple apparence des traits, qui étaient forts plutôt qu'harmonieux. Les yeux de l'amour voient la beauté: celle que Dieu donne à chaque personne en tant que personne. Je crois pouvoir dire que depuis ce 20 août 1951, le mot "beauté" a changé de sens pour moi. Je l'ai vérifié, en 1971, à Lourdes, lors du premier pélerinage de "Foi et Lumière". Trois mille personnes handicapées, blessées dans leurs capacités mentales et souvent très marquées par une maladie génétique dans le modelé du visage, accompagnées de leur famille et de leurs amis -nous étions douze mille en tout- se sont rassemblées, pour célébrer la fête de la Résurrection. Dans le souvenir du frère de Marthe, et aussi du petit Georges-Michel, je les ai regardées. En demandant la grâce du regard de l'amour. Chacun de ces enfants -de ces "trisomique 21" (mongolisme)- était beau. La splendeur de l'âme, lorsqu'on la découvre, l'emporte sur les canons -culturels en partie- de l'harmonie esthétique.

"Tous les désespérés du monde"

Je repris ma place, assis auprès du lit de Marthe. Elle enchaîna en me parlant de la cérémonie religieuse qui avait été célébrée dans l'église paroissiale de Châteauneuf-de-Galaure.

La phrase faisait allusion au fait que pendant un temps, à Châteauneuf-de-Galaure (qui battait le record des enterrements civils du département), il y avait les chrétiens "pratiquants de naissance", plutôt méfiants à l'égard de Marthe, et ceux que l'on a appelés, un peu lestement, les "convertis" de Marthe. Rien d'inconvenant entre les deux groupes... mais l'unité était à faire, ou à consolider.

L'enterrement d'Henri Robin, dont la mort, inévitablement connue de tous, avait bouleversé le village et les environs, fut une des étapes de cette marche vers l'unité. Je le soulignai.

La conversation continua, évoluant insensiblement sur d'autres sujets. Le développement possible des Foyers dans les régions de France, et aussi en d'autres pays. On commençait à le pressentir. Les amitiés du Québec qui se multipliaient -"*Je reçois presque tous les jours une lettre du Canada*" me dit Marthe- et puis la famille, les enfants, le livre en cours...

Le livre en cours, c'était ma thèse de doctorat sur la doctrine sociale à travers l'œuvre de Pie XII. Marthe posait beaucoup de questions: ce sont des allocutions, des discours, des encycliques?... Je précisai:

" – Non: Pie XII n'a pas promulgué d'encyclique sur la question sociale. Mais il y a plus de quatre-vingts messages radiophoniques, discours, lettres sur le sujet ".

Insensiblement, Marthe était comme libérée de son chagrin. Le dialogue devint tout à fait habituel. Aucun visiteur n'étant attendu, et après avoir tenté plusieurs "faux départs" (pour ne pas la fatiguer), tentatives qu'elle ne prit pas en compte, je fus poussé à me lever pour partir pour de bon mais, avant de me mettre à genoux pour prier avec elle, je lui livrai ma pensée profonde:

" – Je crois que le fait que le désespoir ait ainsi saisi votre frère, et jusqu'à ce point extrême... Il me semble que, par lui, ce sont tous les désespérés de monde que le Seigneur a voulu vous confier".

Elle ne répondit pas. Simplement, elle me remercia d'être venu, dit qu'il fallait remercier Jésus qui avait permis cette longue conversation.

Puis, je me mis à genoux et nous récitâmes un "Ave".

Au moment où, m'étant éloigné du lit, j'ouvrais la porte vers le couloir et la cuisine, elle me lança:

" – Alors... à tous les jours!"

Je faillis pleurer. La fin de l'Evangile de Matthieu chantait dans mon cœur: "Et voici que je suis avec vous, TOUS LES JOURS, jusqu'à la fin du monde".

" – A tous les jours, Marthe".

J'arrivai dans la cuisine au moment précis où le Père Finet apparaissait en pleine lumière dans l'encadrement de la porte, plein du soleil de cinq heures.

" – Mon Père, il me semble que je n'ai jamais été aussi heureux! Et pourtant..."

Et lui, presque sentencieux:

" – C'était l'entretien du cœur".

Ce mot, j'ai probablement mis plusieurs années à en comprendre le sens. Maintenant que Marthe et son Père sont dans la joie de leur Maître, j'ai cru pouvoir livrer ces pierres précieuses. Elles témoignent, il me semble, d'une toute autre manière que le sang que j'ai vu, comme je le dirai plus tard, couler le vendredi le long du visage de Marthe, en extase.

De Marthe, dans le Seigneur, nous n'avons pas seulement reçu le sang. Comme de Jésus au tombeau de Lazare, de Marthe Robin à la mort de son frère, nous avons reçu les larmes..

.15.

...de la Croix, toujours vers la Résurrection

VU de l'extérieur, tout au long des années cinquante, on pouvait penser que l'habitude pouvait imprégner de ses rythmes la vie du Foyer de Charité. On en venait à considérer “la passion de Marthe” comme une sorte de retour normal des choses. Sans même en prendre conscience, on en parlait, sinon avec une légèreté qui eût été coupable, du moins -et c'était inévitable- comme un don du Seigneur qui était désormais prévisible et sûr. Je n'ose dire “acquis”!

Et pourtant! Depuis le début d'octobre 1930, chaque jeudi soir, c'était une véritable agonie que, dans son âme comme dans son corps, Marthe devait accepter. Au long de la journée, elle redoutait l'heure où, déjà dans l'extase douloureuse, elle dirait: *“Père, que ce calice s'éloigne de moi... Mais que ta volonté soit faite et non la mienne!”*

On ne s'habitue jamais à la souffrance

Il faut, je crois, insister. Il est facile, somme toute, de prononcer des paroles telles que: *"Marthe a revécu la Passion chaque semaine, d'octobre 1930 jusqu'à sa mort, en février 1981"*. On peut même ajouter que la souffrance n'a jamais cessé d'être plus intense au long des années. Au début, Marthe reprenait l'usage de la parole, m'a dit un jour le Père Finet, le samedi après-midi. Dans les années quarante, ce fut le dimanche. Quand je l'ai connue, c'était déjà le lundi matin. Vers la fin de sa vie, l'extase douloureuse qui commençait le jeudi soir tard ne cessait que le lundi en fin d'après-midi.

Mais il est indispensable, je crois, d'ajouter que nous avons tous cette expérience: on ne s'habitue jamais à la souffrance. Marthe souffrait toujours. Un jour que je tentais de la quitter, car le Père m'avait dit qu'elle était particulièrement éprouvée, je profitais d'un moment où la conversation semblait pouvoir être suspendue pour lui dire:

" – Je crois que je vais vous laisser. Le Père m'a dit que vous étiez un peu fatiguée".

Elle me retint. Par ces mots, dits presque légèrement :

" – Mais je suis toujours fatiguée!" Et elle entama, sans attendre, un autre sujet.

Chaque extase douloureuse était nouvelle

De plus, s'il est une souffrance à laquelle l'habitude n'apporte aucun apaisement, c'est celle qui cesse et dont on sait avec certitude qu'elle reprendra, quatre ou trois jours après. Chaque passion était nouvelle. Marthe, sans jamais dormir, souffrait jour et nuit, dans son âme et tout son corps paralysé. Un simple choc d'un genou contre le bois du lit la meurtrissait entièrement. Ses yeux, infiniment sensibles, ne voyaient plus depuis 1939. Ils étaient victimes d'une souffrance intolérable du fait d'un simple rayon de lumière.

Elle entrait, de plus, dans des extases douloureuses qui, après qu'elle eut été consentante, l'ont identifiée à la Passion de Jésus, sous tous rapports, de chaque jeudi soir à chaque vendredi après-midi. Unie mystiquement au "consummatum est", puis à la mort de son Maître, elle demeurait dans l'écho interminable de cette participation indicible aux souffrances de la Rédemption jusqu'à ce que, revenue à nous par obéissance, elle reprenne l'usage de la parole. Mais elle demeurait toujours "fatiguée", c'est-à-dire dans la souffrance morale et physique, de jour comme de nuit, même quand elle était totalement présente à la conversation, parfois délicieusement joyeuse, ou lançant des traits d'humour qui faisaient oublier tout ce qu'elle vivait, offrait, et que je viens d'évoquer.

Peut-être songera-t-on que ce qui précède, je l'ai entendu dire par le Père Finet, et que même si Marthe y faisait rarement allusion, c'était de façon bien voilée... et que, de ce fait, rien ne m'autorise à l'affirmer avec une pleine certitude.

Je voudrais que l'on sache -et que l'on croie- que cette question, je me la suis posée. Surtout lors des tous premiers entretiens -mais postérieurs aux deux premières visites que j'ai rapportées- j'ai eu, comme par éclair, des doutes. J'ai réfléchi dès ce moment-là. Et bien souvent, depuis 1946.

Voici ce que je me réponds, -car cela a posé, dans une mesure variable selon les personnes, et cela pose à ceux qui ont la charge d'instruire sa "cause", un problème de conscience. Pour moi, qui ai eu la possibilité de faire connaître à nombre de personnes Marthe, le Père Finet, les retraites du Foyer, la question a été grave. La réponse, totalement positive, repose sur plusieurs observations.

Le corps brisé, l'Ame consentante, l'esprit heureux

La plus éclairante, aujourd'hui, est que, si Marthe a été paralysée dès 1928 et privée de la vue en 1939, je l'ai connue plus tard, mais de façon ininterrompue, de 1946 à 1981, c'est-à-dire pendant trente-cinq ans. Au long de cette période, j'ai fait trente retraites à Châteauneuf et -sauf deux fois en Semaine Sainte- l'ai visitée à chacune de ces retraites. Ajouterai-je que c'est assez souvent que je me suis adressé, en conférence, aux parents des élèves des écoles du Foyer, et qu'il m'est arrivé d'y remplacer le professeur de philosophie, malade, pendant deux semaines, comme aussi d'y donner des sessions de trois jours aux terminales. Même si je n'ai pas compté, il est sûr que, spécialement entre les années 1954 et 1968, j'ai visité Marthe bien des fois chaque année. Quand je dis que je suis entré dans sa chambre et me suis entretenu avec elle -seule ou en compagnie du Père Finet- plus de cent fois, c'est un minimum, et c'est une certitude!

J'y insiste, car c'est le fondement du témoignage que je dois porter.

Au long de ces trente-cinq années, j'ai vu, dans la demi-obscurité, la tête de Marthe posée au même endroit de l'oreiller. J'ai vu les draps dessinant vaguement, de même façon, la forme très courte de son corps. Il était évident que ses jambes n'étaient pas allongées, mais repliées sous elle.

Paralysée, je l'ai vue immobile au long de trente-cinq années. Aveugle, je ne lui ai parlé que dans la pénombre pendant trente-cinq années. Mais les yeux s'habituaient, et distinguaient.

A plusieurs reprises, je suis monté avec le Père Finet le lundi matin. Il rentrait, seul d'abord, dans la chambre pour que Marthe, par obéissance, revienne parmi nous. Puis il me faisait entrer auprès d'elle depuis la cuisine de la ferme, où j'attendais.

Souvent, il me prévenait: *"Marthe ne parle pas encore, mais elle entend. Nous allons parler devant elle"*.

Et le Père me demandait des nouvelles. Je répondais. Marthe, d'abord silencieuse, puis ensuite d'une voix difficile, prononçait une exclamation, un mot qui attestait qu'elle était toute présente par l'esprit (et le cœur) à ce que nous disions. Au bout d'un certain temps, un quart d'heure, parfois plus, elle avait affermi sa voix, redevenue claire (celle d'une jeune fille, vive et alerte, et cela presque jusqu'à la fin de sa vie) et la conversation se faisait à trois, tout naturellement. Elle parlait assez fort pour moi. Le Père Finet, sourd d'une oreille à la suite de l'éclatement très proche d'un obus pendant la guerre, la faisait parfois répéter. Elle répétait, alors posément.

Mais ce qui est, pour mon esprit, le témoignage irrécusable de cette vie c'est, en de telles conditions, la paix, la joie, l'espérance discrète et puissante qui rayonnaient de Marthe. Je songeais souvent à ce qu'eût été ma propre psychologie si j'avais été pendant quatre -ou plutôt cinq ou six décennies- totalement paralysé, et un peu moins longtemps aveugle, pour ne parler que de ce qui était apparent pour tous. Elle souffrait, mais, j'en ai publié quelques attestations, ce sont ceux qui sortaient de sa chambre qui étaient habités d'une joie nouvelle, encore inconnue d'eux. C'est bien des fois que je suis entré chez elle, lourd de soucis, d'anxiétés, de chagrins aussi. Elle prenait tout en charge, posait nombre de questions précises sur ce que l'on disait, et sans qu'on sache trop comment, nous remettait dans l'espérance, et plus: rendait ou augmentait la joie intérieure.

C'était ce mouvement qui, de la Croix, faisait toujours jaillir la résurrection, qui constituait le rythme, pour le coup, habituel, de toute conversation avec Marthe. C'était, comme par une inspiration unique, le rythme de la prédication du Père Finet dans ses retraites. C'était le rythme de ses lettres.

Le Père Finet, comme Marthe...

L'une d'elles -du 17 mars 1952- qu'il m'adressait au Canada, est exemplaire à cet égard. Je venais de perdre ma grand-mère paternelle. C'était en outre sept mois après la mort tragique d'Henri, le frère de Marthe.

Au sujet de mon deuil, je puis évoquer que la dernière fois que j'avais vu ma grand-mère, déjà alitée définitivement, et qui avait été confiée à la prière de Marthe, j'avais cru comprendre ce que Marthe avait obtenu pour elle! Au moment où j'allais la quitter (pour le Canada... et pour toujours sur cette terre), ma grand-mère me demanda d'aller chercher son sac à main. Il était noir, en cuir, un cuir fatigué...

Elle le prit, puis me dit: *"Regarde!"*

Je me penchai au-dessus du lit, pendant qu'elle ouvrait le sac à main, et toutes les poches qui s'y trouvaient. Il était intégralement vide. Pas un papier, pas un billet, pas une pièce de monnaie. Puis, dans une petite poche, la dernière au centre du sac, je vis un petit objet de métal.

" – Prends-la!"

C'était une petite statue de la Sainte Vierge, fluette, et qui ne devait pas avoir plus de deux centimètres de hauteur.

" – Tu la reconnais? C'est toi qui me l'a rapportée, la première fois que tu es allé à Lourdes. Tu avais dix ans !"

Et puis:

" – Tu vois! C'est tout ce qui me reste. J'ai donné tout le reste! J'ai vu l'argent faire trop de mal dans ma vie! Je partirai sans rien..."

Et remettant la Vierge dans son sac:

"...Seulement avec Elle!... Je t'attendais pour te dire que tout ce qui me reste, c'est toi qui me l'a donné".

J'étais confus, confondu... J'avais oublié! Cela devait effectivement remonter à une vingtaine d'années...

Quelques semaines plus tard, on me télégraphiait à Montréal que ma grand-mère était montée au Ciel.

Et le Père Finet m'écrivait:

"La mort de votre grand-mère nous apparaît comme l'un de ces sacrifices qui doivent porter des fruits d'unité, obtenant notamment à votre père une profonde pénétration de son rôle de chrétien à la tête de la famille. Il m'a écrit personnellement pour confier aux prières de Marthe sa chère mère, et je lui ai répondu affectueusement."

On ne peut pas ne pas voir le mouvement du cœur à travers ces lignes: de la Croix à la résurrection.

Et un peu plus loin, me parlant de la mort d'Henri:

"Notre petite Marthe reste toujours la même, mais son deuil se creuse de plus en plus douloureusement. Après la

montée du printemps, comment ne pas doublement souffrir dans cette ferme qui n'a plus de chef. L'activité des paysans dans les champs souligne notre solitude, et le chant de la nature qui s'éveille au soleil accentue le contraste entre la vie et la mort. Cette douleur est féconde. Aussi ai-je la joie d'inscrire une retraite supplémentaire au début de mai..."

Toujours ce même mouvement de la Croix à la résurrection.

Sa présence et sa mémoire

Ainsi, ce mouvement, que l'on peut dire miraculeux, du cœur de Marthe qui, de l'agonie à la mort sur la Croix et à son écho pendant trente heures et plus, témoignait de la résurrection en retrouvant sa présence ici-bas en esprit et en parole, son espérance, sa joie, son humour et son rire, voilà ce qui, aujourd'hui plus encore qu'en 1951 (où l'évidence m'en apparaissait déjà) me fait croire non seulement à une très grande intimité de Marthe avec Jésus et avec celle qu'elle appelait en vérité *"Maman chérie"*, mais à un inimaginable aller-retour de l'âme entre l'extase et notre monde.

Marthe revenait à nous à partir du lundi matin, il faut le souligner, avec des facultés non pas seulement intactes mais tout à fait exceptionnelles. Certes, il y avait l'intensité de la présence à ce qu'on lui disait, la simplicité -mais percutante- de la réponse, une prudence surnaturelle dont j'aurai à parler. Ce qui était peut-être le plus étonnant, c'était sa mémoire.

J'en pourrais citer bien des traits! Et ceux et celles qui l'ont vue deux fois ou plus aussi... Elle se rappelait les soucis de chaque famille -elle a reçu plus de cent mille personnes- et aussi ceux qui lui écrivaient. Elle se rappelait chaque prénom...

J'avais conseillé à un jeune foyer des environs de Montréal de lui écrire. Il s'agissait, je crois, de lui demander de prier pour obtenir la grâce d'un premier enfant, déjà longtemps attendu, mais je n'avais rencontré ces jeunes gens qu'une seule fois,...et n'avais plus pensé à eux! Cinq ou six mois plus tard, en été, j'étais en France. Lors d'une visite à Marthe, elle me demanda: *"Et le jeune couple qui m'a écrit cet hiver, qu'est-ce qu'il devient?"*

Je restai coi. Je ne me rappelais rien.

Elle reprit: *"Mais si...il s'appelait... attendez..."*. Et voilà qu'elle prononça leur nom -que je ne transcris point par discrétion -mais dont la finale était légèrement inexacte! La mémoire me revint du coup...et c'est moi qui prononçai leur nom correctement le premier!

"Ah! C'est ça!" dit-elle tout heureuse. Je me suis demandé plus tard si ce n'était pas par délicatesse qu'elle ne l'avait pas retrouvé seule et du premier coup. Peu importe d'ailleurs... La lettre était restée dans la mémoire de son cœur et de sa prière, et moi je n'avais jamais repensé à cette rencontre unique. Je fus remis dans le droit chemin de la fidélité à ceux à qui je suggérais de lui écrire!

Une autre fois, j'arrivai avec une grâce "monumentale" à demander. J'expliquai tout, et en détail. Plusieurs mois plus tard, au cours d'un entretien assez long et très détendu, Marthe soudain:

" – Et cette grave affaire dont vous m'aviez parlé... (elle précisa)... *Qu'est-ce que c'est devenu?"*

Je dus rougir dans l'obscurité!

" – Oh, pardon! Marthe. Je ne vous ai pas remerciée. Ça s'est arrangé... mais si simplement..." Et je lui donnai les détails!

" – Alors, il faut remercier la Sainte Vierge."

" – Oui, Marthe".

Son humour

"Ressuscitée" après chaque passion, Marthe revenait parmi nous avec une vision totale de tous ceux qui, d'une manière ou d'une autre, l'avaient rejointe. Et l'on me pardonnera de terminer sur un mot de Marthe qui révèle à quel point elle écoutait tout, retenait tout... et gardait son humour.

C'était à la fin d'un entretien à trois, avec le Père Finet. Au moment de partir, celui-ci proposa:

" – Bon. Nous allons dire une prière à toutes les intentions de notre ami."

Et Marthe, jouant l'inquiétude:

" – Oh, mon Père! Mais alors... Il va falloir repousser les murs de ma chambre!"

Et sur cette boutade, la prière fut dite à *"toutes"* mes intentions! A cette pensée, je "ressuscitai" un peu plus, en oubliant -c'est si facile d'être ingrat- ce qu'une telle boutade signifiait dans l'itinéraire de la Croix à la résurrection.

.16.

Marthe Robin, fille de l'Eglise

MEME si je tente, au long de l'évocation des souvenirs exactement présents que je rapporte, de suivre de mon mieux un ordre chronologique, ce n'est vraiment possible que lorsque les événements décrits sont datés. Il est des mots, des remarques, des jugements qui, même notés à leur date, se rapportent à un thème qui demeure présent au long des années. Le plus important de ces thèmes, sous un certain rapport, c'est probablement la manière dont Marthe obéissait à l'Eglise.

Il faudrait dire plus, d'ailleurs. Sa manière de "sentir avec l'Eglise", de ce "sentire cum Ecclesia" qui est l'un des signes de la vie chrétienne complète, n'était pas exclusivement de l'ordre d'une affectueuse soumission. Elle était aussi de l'ordre du désir! Elle priait pour l'Eglise, mais avec des demandes concrètes, des intentions précises. L'histoire de notre siècle s'en trouve éclairée.

Le Père Finet, on l'a vu, a témoigné par écrit que Marthe avait prié et offert pour obtenir la grâce -immense- de la proclamation du dogme de l'Assomption. Mais elle priait pour le Pape et je crois pouvoir dire que, de Pie XII à Jean-Paul II, elle a aimé chacun d'eux d'une façon particulière. J'ai eu l'occasion de parler avec elle de ceux qui, de 1946 à 1981, se sont succédés sur le trône de Pierre. Elle les a, on peut l'affirmer, soutenus chacun très spécialement de sa prière. Lorsqu'elle parlait de celui qui gouvernait l'Eglise à ce moment-là, on pressentait une intimité d'âme tant elle comprenait le caractère de chacun, et le poids, incomparable pour chacun d'eux, de la croix du pontificat... la "lourde croix du pontificat."

Marthe, fille de Pie XII

Elle aimait Pie XII. La première fois qu'elle m'en a parlé, ce fut à l'occasion de la canonisation de la fille du roi Louis XI, sainte Jeanne de France. Elle savait avec quelle pénétration, alors que Pie XII était encore le Cardinal Pacelli et qu'il avait, à Notre-Dame de Paris, livré une sorte de traité sur la vocation de la France, le 13 juillet 1937, il avait compris les grandeurs et les insuffisances de notre peuple. Pie XII proclama -le 28 mai 1950- au cours de l'Année Sainte- cette nouvelle sainte française. Marthe me décrivit la cérémonie... comme si elle y avait assisté. C'était la première fois qu'elle pouvait me laisser songer (ou plus exactement "déduire") que sa cécité physique allait peut-être de pair avec une grâce de remplacement sans commune mesure. Le Seigneur lui permettait-il de "voir" à distance, en certaines circonstances? Elle me parla du Pape, de la solennité de la proclamation. De l'une des personnalités présentes, que je connaissais, elle me dit: *"Il se tenait bien droit... Il était beau!"* Et pour désigner Pie XII, elle me dit: *"Notre saint "Saint-Père"* avec une tendresse heureuse qui rapprochait mon cœur du Pape!

Le 31 janvier 1952, Pie XII donnait une allocution aux chefs d'entreprise italiens. Il y parlait de la *"conception claire, élevée et chrétienne"* de l'entreprise. Celle-ci, disait-il, est plus qu'un moyen de gagner sa vie, plus que la collaboration technique et pratique de tous, plus qu'un facteur important de la vie économique, plus qu'une simple contribution -bien louable déjà- à l'exercice de la justice sociale. Et Pie XII évoquait l'exercice total d'un véritable sens humain, reposant sur *"le caractère commun d'homme par la nature et de fils de Dieu par la grâce de l'adoption divine"*.

Simple coïncidence? Dans l'une des lettres que j'ai déjà citées, datée du 17 mars 1952, le Père Finet semblait me donner un écho directement inspiré de ce discours du 31 janvier précédent de la même année. Il m'annonçait la première retraite d'entreprise au Foyer, insérée dans une semaine restée libre en mai suivant. Me parlant d'un chef d'entreprise qui fut l'un des initiateurs de cette tentative, il écrivait: *"Il va donc venir passer la semaine au Foyer avec ses ingénieurs, ouvriers, manœuvres... Quelques autres usines viendront en même temps(...) Avez-vous remarqué que le Pape semble (...) fortifier la position des communautés paroissiales? Ne nous invite-t-il pas à prêcher, à ces élites de nos paroisses, la synthèse des vérités essentielles qui soutiennent leur activité. Je vois ainsi s'affirmer le rôle de nos Foyers de Charité, moins préparés pour la spécialisation que pour l'action générale de nos militants. Les âmes de patrons et d'ouvriers ne peuvent-elles pas s'unir dans leur formation chrétienne pour se préparer à une activité d'apostolat sur la communauté usine etc. Je me pose ces questions et je vous les pose. Qu'en pensez-vous ?"*

Je devais répondre à cette question dans les années suivantes en publiant, à la suggestion qui m'était ainsi formulée, un livre de près de 300 pages sous le titre *"Le chef d'entreprise"* (1) qui tentait de dessiner la conception de

---

(1) *Publié aux N.E.L en avril 1956, cet ouvrage devait connaître, dans les milieux patronaux, un succès dont témoignent une traduction en langue italienne et deux traductions différentes en langue espagnole (Mexico et Buenos Aires).*

cette fonction à la lumière de la doctrine sociale de l'Eglise, cependant que des retraites d'entreprise se succédaient d'année en année à Châteauneuf. Il ne fait pas de doute que cette intuition était prémonitoire. Non seulement aujourd'hui, *"l'entreprise"* est devenue le point focal de la rencontre du développement économique et de la justice sociale, mais encore c'est l'un des thèmes majeurs de l'enseignement de Jean-Paul II dans *"Centesimus Annus"*. Au numéro 32, il parle de la capacité d'initiative et d'entreprise *"dans une collaboration solidaire qui permet la création de communautés de travail"*. Plus loin, c'est en tant que *"communauté de personnes"* que l'entreprise apparaît, la personne humaine étant essentiellement *"capable de transcendance"* (n° 41), ce qui conduit le Pape à affirmer que *"l'obéissance à la vérité de Dieu et de l'homme est pour celui-ci la condition première de la liberté."*

L'avenir dira si cette prière de Marthe pour un modèle d'entreprise fondée sur la justice sociale mais aussi sur la charité fraternelle des enfants de Dieu sera toujours davantage exaucée. Une chose est certaine. Si, de Pie XII à Jean-Paul II, l'enseignement s'affirme dans la même direction, c'est en fille de l'Eglise que Marthe a soutenu dans sa prière les efforts faits pour mettre *concrètement* en œuvre l'entreprise en tant que communion de personnes dans l'adoption divine. Ayant fait moi-même des retraites d'entreprise à Châteauneuf, j'ai constaté combien Marthe y tenait.

Si donc elle fut, soutenue par son père spirituel, soucieuse de comprendre et de suivre ce que l'Esprit dit aux Eglises sous le pontificat de Pie XII dans l'ordre du dogme aussi bien que de la paix internationale et sociale, il est à peine nécessaire de dire que le Pape Jean XXIII fut rejoint par la prière de "La Plaine" pour une raison d'une importance d'un autre ordre, et tout autant capitale.

Marthe, fille de Jean XXIII

Marthe, on se le rappelle, avait, le 26 mai 1939 avant-veille de la Pentecôte, dicté une prière dont le thème essentiel était exprimé dans l'invocation suivante:

"Seigneur, renouvelez votre première Pentecôte. Accordez, Jésus, à tous vos bien-aimés prêtres la grâce du discernement des esprits, comblez-les de vos dons (...) Esprit Saint, Dieu d'Amour, venez, tel un vent puissant, dans nos cathédrales, dans nos églises, dans nos chapelles, dans nos cénacles (...)" "Enveloppez tous les hommes du rayonnement de votre grâce" (2).

Il ne s'agissait pas d'une inspiration fugitive. Lors de la première visite du Père Finet à Marthe, soit trois années avant que Marthe dicte cette prière, le mardi 10 février 1936, elle avait déjà esquissé ce thème. Le Père Finet l'a rapporté: *"A 15 heures, changeant de ton, elle se mit à me parler des grands événements qui allaient se dérouler dans le monde tout entier. Elle m'annonçait notamment une nouvelle Pentecôte d'Amour, précédée d'un profond renouveau de l'Eglise, marqué d'un grand élan missionnaire où de nombreux laïcs s'engageraient dans cet apostolat."*(3).

Il convient de souligner que ces deux dates -le texte de la prière de 1939 et la conversation du 10 février 1936- sont certainement établies. Aussi peut-on difficilement imaginer

---

(2) Publié dans "L'Alouette" *d'août/septembre 1981, p. 55 numéro "soumis à l'Evêché de Valence qui a donné son approbation au texte et aux illustrations".*

(3) Idem p. 31. Un ami du Père Finet m'a confirmé que, dès 1936, celui-ci évoquait fréquemment cette idée d'une "Nouvelle Pentecôté" à la suite de cette conversation.

ce que dut être l'intense émotion de Marthe et de son père spirituel et, peu à peu, de leurs amis, lorsque le 28 avril 1959, et donc vingt ans (ou vingt-trois ans) plus tard, le Pape Jean XXIII, dans un radio-message demandant des prières pour le Concile dont il avait annoncé l'ouverture dès le 25 janvier précédent, prononça ces paroles:

"Nous désirons surtout que soit célébrée avec une ferveur plus intense la neuvaine préparatoire à la fête de la Pentecôte, qui est d'usage dans le monde entier et qui aura lieu, cette année, durant le mois de mai: que, prosternés devant les autels de la Vierge, appelée justement l'Epouse du Saint-Esprit, on implore l'effusion des dons du Paraclet, afin qu'une nouvelle Pentecôte vienne réjouir la famille chrétienne" (4).

Chez Jean XXIII, ce n'était pas plus que chez Marthe une inspiration fugitive! Car le 17 mai suivant, à l'issue des vêpres de la Pentecôte, il prononçait une allocution en la basilique Saint-Pierre, rappelant que *"Vers la fin de janvier, en la fête de la conversion de Saint Paul, nous annoncions le projet de célébration d'un concile œcuménique auquel seraient convoqués, comme à une Pentecôte nouvelle, avant tout, tous les évêques de l'Eglise en communion avec le Siège apostolique"*(5).

Ce simple rapprochement permet de comprendre combien la perception de Jean XXIII par Marthe était différente de celle qu'elle avait eue de Pie XII. Celui-ci avait été élu le 2 mars 1939, avait été crucifié au cœur de la plus universelle et de la plus horrible guerre de l'histoire de l'humanité. Autant qu'on puisse le conjecturer à travers son œuvre tant doctrinale que pastorale, (et spécialement après Budapest en 1956) il avait pressenti, sinon jugé, qu'il serait le dernier

(4) Doc. Cath. du 10 mai 1959, col. 590.
(5) Doc. Cath. du 21juin 1959, col. 770.

pape de la période ouverte par le Concile de Trente, et ses encycliques, radio-messages et allocutions, remarquablement informés des événements, des sciences, des découvertes, des inventions, des dangers qui s'annonçaient ont véritablement fait de lui le pape de la transition entre l'âge de l'électricité et l'âge atomique, l'âge de l'Europe colonisatrice et l'âge de la décolonisation, l'âge de la guerre conventionnelle et l'âge de la menace A.B.C. (atomique, bactériologique et chimique). L'un de ses derniers discours (au VIIème congrès international d'hématologie) se situe au cœur des problèmes discutés actuellement en bio-éthique!

Aussi Marthe, qui suivait par les lectures qu'on lui faisait la vie de l'Eglise, n'était pas en accord avec ceux qui, lors de l'élection de Jean XXIII, avaient décrit le temps à venir de sa présence sur le trône de Pierre comme un "pontificat de transition". Le pontificat de transition, pour Marthe, c'était bel et bien celui de Pie XII. Celui-ci, le premier, avait créé des cardinaux de tous les continents. Il avait organisé la Chine en diocèses, institué pour la célébration pascale la liturgie du feu nouveau. On pourrait multiplier les exemples.

Jean XXIII, lui, apparaît dès le début à Marthe comme le premier pape d'une époque nouvelle. Si l'expression, strictement, n'est pas d'elle -je ne pourrais pas l'affirmer- l'idée correspond à coup sûr à ce que fut sa perception. Elu le 28 octobre 1958, annonçant le Concile le 25 janvier 1959, précisant à deux reprises qu'il en attendait une "nouvelle Pentecôte", Jean XXIII fut bien davantage le prophète d'une nouvelle stratégie apostolique qu'un pape de transition.

Ainsi, dans la mesure où des signes extérieurs permettent de déceler l'amour filial de Marthe pour chacun des pontifes, on peut comprendre avec quelle détermination elle prit dans sa prière et dans son offrande Jean XXIII et le désir commun de leur cœur: une nouvelle Pentecôte. Le Concile Vatican II en serait le point de départ.

Marthe, fille de Paul VI

A travers les souffrances, toujours recommencées, de sa passion, Marthe a suivi les quatre sessions du Concile. J'ai eu souvent l'occasion de la voir, ayant, comme journaliste accrédité au Concile, suivi les débats à Rome même (6). Je lui ai, après chacune des sessions, (à l'automne, de 1962 à 1965) donné, aussi simplement et directement que je le pouvais, souvenirs et impressions. D'année en année, il devenait plus évident qu'il faudrait des années -des décennies- pour que se mette en place de façon équilibrée l'application du Concile. Marthe a beaucoup souffert de tout ce qui a été fait au sein du Concile pour séparer les évêques en deux camps. Mais les votes ont répondu à son attente. Tous -sauf un, de moindre importance- ont été unanimes à 5 ou 6 voix près!

La mort du "bon Pape Jean" semble, par les souffrances offertes autant que par la date à laquelle le Seigneur l'a fixée, une mystérieuse ratification céleste du lien évident qui unissait la prière de Marthe à celle du Pape. C'est en effet une longue et redoutable agonie de trois jours les 1er, 2 et 3 juin 1963, samedi, dimanche et lundi de Pentecôte, qui a précédé l'offrande ultime que le Pape fit de sa vie, le lundi 3 juin, à 19 heures 49, dix minutes avant la fin de la messe qui se célébrait à son intention sur la place Saint-Pierre.

Marthe n'avait pas caché, après la mort de Jean XXIII, qu'elle priait pour que le Cardinal Montini soit élu par le

---

(6) On trouvera le compte rendu quotidien que j'ai publié en 1963/1964/1965 dans "L'Homme Nouveau" *devenu, pour ces périodes, hebdomadaire.*

conclave pour lui succéder. Fille de l'Eglise, elle l'était donc, et souvent, "par anticipation". Elle fut heureuse du résultat du conclave. Sa prière pour que le Concile aboutisse dans des délais raisonnables -ce qui fut une espèce de miracle- ne cessa point. Mais surtout lui tenait à cœur que Paul VI décide de proclamer "Marie, Mère de l'Eglise".

J'ai le souvenir précis d'un coup de téléphone que m'a donné le Père Jacques Pagnoux avant la troisième session du Concile, vers la fin du mois d'août 1964. J'étais rédacteur en chef de"*l'Homme Nouveau*" depuis deux ans. Le Père Pagnoux, qui à cette époque assistait le Père Finet à Châteauneuf, me demandait, de la part de Marthe, que l'Abbé Richard consacre un article au fondement théologique d'une éventuelle proclamation de "Marie, Mère de l'Eglise".

Cet article fut rédigé sur le champ par celui qui était alors le directeur de *"l'Homme Nouveau"*, et publié dans notre numéro 379.

Il écrivait: *"On voit la faiblesse de l'objection selon laquelle dire de Marie qu'elle est mère de l'Eglise en ferait notre grand-mère. L'Eglise n'est notre mère que par une participation du privilège de Marie. C'est en réalité Marie, au cœur de l'Eglise, qui fait l'Eglise maternelle pour nous tous"*. L'Abbé Richard réfutait quelques autres objections et concluait: *"Nous espérons donc, pour notre part, -avec Paul VI- que sous l'influence de l'Esprit Saint pourra se réaliser une unanimité nécessaire en vue de proclamer Marie "Mater Ecclesiae". Ce titre grandiose ne serait-il pas, pour ainsi dire, le "pendant" ou mieux la conséquence du titre grandiose (...) reconnu officiellement par le Concile d'Ephèse en 431: "Theotokos", Mère de Dieu. Parce qu'Elle est Mère du Christ, Elle est Mère de tout ce qui tient au Christ, la Mère des membres du Christ."*(H.N. n° 379 du 6 septembre 1964, p. 8 et 9)

Le mercredi 16 novembre, à l'audience générale accordée dans la basilique Saint-Pierre, Paul VI, à la surprise de tous ceux qui étaient là, annonçait: *"Nous terminons cette session du Concile œcuménique qui a défini la doctrine de l'Eglise, dans la joie de reconnaître à la Madone le titre si convenable de Mère de l'Eglise", "Mater Ecclesiae".*

Cela fut fait le 21 novembre, et confirmé le 4 décembre 1963.

Mgr Jacques Martin, à l'époque l'un des collaborateurs immédiats de Paul VI, tenait, peu après, à me dire que l'article de l'Abbé Richard avait fait partie de la documentation du Saint-Père lorsqu'il préparait cette proclamation. C'était le cœur de Marthe qui (parmi d'autres voies) avait ainsi contribué à une décision de l'Eglise dont l'importance théologique n'a pas encore été totalement explicitée.

Ce qui précède peut suggérer de quelle manière Marthe a "perçu" le pontificat de Paul VI. Elle admirait qu'il ait pu mener à bien et clore le Concile, malgré des difficultés graves, le 8 décembre 1965. Elle a profondément souffert des attaques contre le Saint-Père, au cours de l'automne 1968, après la promulgation le 25 juillet de l'encyclique "*Humanae Vitae*". Elle considérait -et la prédication des retraites ne le dissimulait point- que le pontificat de Paul VI était celui d'une véritable "Passion" de l'Eglise, et que c'est à la manière de Jésus disant du haut de la Croix "*Voici ta Mère*" que Paul VI avait proclamé, du haut du Concile, "*Marie, Mère de l'Eglise*". En fait, pendant la longue période de la "crise de la foi" et de la "crise de l'Eglise" ce sont peut-être les départs de prêtres qui ont meurtri le plus celle qui avait, du sacerdoce du prêtre, une connaissance dont on sentait à tout moment qu'elle dépassait la nôtre. J'ai eu l'occasion de conseiller à plusieurs prêtres, victimes des courants de l'époque, d'aller en retraite à Châteauneuf. L'un d'eux, victime de la solitude et de la fuite dans l'alcool, a retrouvé une pleine maîtrise de soi et son ministère est devenu rayonnant. Un autre, pris au piège d'une situation délicate au point d'être sans issue, m'écrivait en sortant de la maison de Marthe:

"*Merci.*

"*Je n'ai jamais vu un être si doux, si bon. Que Jésus se fait deviner là.*

"*Si* (ici, une espérance de Marthe), ... *même l'impossible est possible.*

"*De toutes façons, il n'y a ici aucune condamnation.*"

Je puis ajouter que, quelques mois plus tard, l'impossible était devenu possible.

En pleine crise de l'Eglise, dans la miséricorde du Père -et du Saint-Père- Marthe rendait à des prêtres l'espérance, la force. Les uns allèrent se jeter aux pieds de leur évêque. D'autres, sans autres issues, purent retrouver, dans un nouvel état de vie canonique, une authentique vie sacramentelle.

Ceux qui ont intensément vécu des souffrances dans l'Eglise en ces années terribles du pontificat de Paul VI peuvent comprendre ce que fut la fécondité de la prière et de l'offrande de Marthe, accueillant, conseillant en union avec son père spirituel, et remettant dans la vie sacramentelle tous ceux qu'une propagande quotidienne ébranlait dans leur foi, leur équilibre affectif, leur vocation sacerdotale.

A partir de 1975, Marthe semblait considérer que "les choses allaient mieux". Elle m'encouragea très fortement à emmener en pèlerinage, à Rome, pour l'Année Sainte, tous ceux que je pourrais. Je le fis, et, grâce à Mgr Jacques Martin, nous avons eu la joie d'approcher le Saint-Père lors d'une audience qu'un télégramme nous annonçait quelques heures avant notre départ de Paris.

Marthe, fille de Jean-Paul II

De Jean-Paul Ier, je n'ai pas eu l'occasion de parler avec Marthe durant ses trente-trois jours de règne. Mais ensuite, elle me fit remarquer qu'il avait, dans ce court laps de temps, profondément modifié le climat spirituel dans l'Eglise. Ce Pape, élu à un moment où il savait sa santé chancelante, ne crut pas devoir refuser une croix dont il pressentait qu'elle serait peut-être trop lourde pour lui. Après la passion de Paul VI, qui dura de 1963 à 1978, la mort de Jean-Paul Ier signifiait-elle la fin d'un interminable chemin de croix de l'Eglise?

J'étais à Châteauneuf, en retraite, avec nombre d'amis et de collaborateurs lors de l'élection de Jean-Paul II. Ensemble autour du Père Finet, nous vîmes à la télévision le nouveau pape apparaître sur le balcon de Saint-Pierre, lançant la phrase inoubliable aux pays de l'Est: *"N'ayez pas peur... Ouvrez toutes grandes les portes au Christ."*

Le lendemain, évoquant la personnalité inattendue de ce pape polonais, et du changement inévitable que cela préparait, après tant de papes italiens, Marthe me disait, avec humour:

" – C'est un bon tour, que la Sainte Vierge vient de nous jouer, là!"

Fille de l'Eglise, elle devait vivre encore trois ans dans l'admiration incessante de celui qui devait prêcher l'Evangile aux nations.

.17.

Marthe, "diocésaine" de Valence

IL est un aspect de la vie de Marthe auquel, depuis son départ pour le Ciel, on ne pense plus guère, mais qui fut, pour elle comme pour le Père Finet, un poids sinon permanent, du moins souvent répété: celui de l'opinion publique.

J'en ai eu la première évidence, un jour, à la gare de Saint-Vallier. Je sortais d'une visite au Foyer et reprenais le train pour Paris. C'était au début des années cinquante. La station était presque déserte. Seul un contrôleur était là, à l'entrée du quai. J'avais de l'avance. J'entamai la conversation. Tout simplement je lui demandai s'il avait entendu parler de "Châteauneuf".

"*Evidemment*" fit-il, en haussant vaguement les épaules!*"Quand je vois toutes ces files de gens qui arrivent pour l'autocar! Je me demande ce qu'on peut bien fabriquer là-bas..."*

Je précisai: *"On vous a parlé de Marthe Robin?"*

"Vous parlez! Tout ce qu'on raconte sur elle, ici, à Saint-Vallier! Ça ne tient pas debout! Il y en a qui y vont! Moi, je n'irai jamais!"

"Pourquoi?"

"Ça ne tient pas debout, je vous dis!"

Je n'insistai pas.

Mais je trouvai là, pour la première fois, cette opinion négative de ceux qui, dans la région, avaient été atteints par une présentation maladroite, des rapports imaginaires, ou encore qui réagissaient mal face à des aspects miraculeux de la vie de Marthe trop souvent présentés de but en blanc, et mis en avant sans prudence, de façon parfois même provocante.

Le "secrétariat" de l'abbé Faure

Le premier qui ait eu à prendre position -et sa responsabilité n'était pas enviable, à cette époque,- fut l'abbé Faure, curé de Châteauneuf depuis 1923. Lorsque je l'ai connu, il y avait bien longtemps que son jugement -au début incertain- s'était affermi.

Il faut dire que ce prêtre, aussi humble que zélé, se trouvait, pour le moins, dans une situation fausse! Lors de la retraite précédant son ordination sacerdotale, il avait paradoxalement supplié Dieu de ne jamais avoir à conseiller *"d'âmes trop élevées en spiritualité"*. C'est dire avec quelle humilité, et probablement quel désarroi il fut, par force, jusqu'à l'arrivée du Père Finet, en 1936, le confesseur de Marthe. Puis il devint son secrétaire! Marthe n'ayant plus l'usage de ses mains, c'est à l'abbé Faure qu'elle dicta un certain nombre de prières et de lettres. Lorsque la "renommée" de Marthe déborda la commune et le département, ce fut lui aussi qui s'efforça de filtrer les visites! Plus tard, Marthe lui demandera d'ouvrir une école de filles, et cela, dans l'ancien château en partie démantelé, où l'on avait installé un dancing. Celui-ci fut mis en vente... L'abbé Faure n'était point un homme d'affaires! Pourtant il acheta -par amis interposés- à de bonnes conditions. En octobre 1934, l'école accueillait quelques élèves.

La protection de Mgr Pic

A cette époque, depuis deux ans, Mgr Pic était évêque de Valence. Mais, ayant été supérieur du grand séminaire du diocèse quelques années auparavant, il connaissait déjà l'existence de Marthe. Devenu évêque, il fit, en date du 11 avril 1942, procéder à un contrôle médical par les docteurs André Ricard et Jean Dechaume.

Si, du côté de l'évêque, la prudence se faisait simultanément bienveillance, il n'en allait pas ainsi du côté d'une partie de l'opinion publique. A Châteauneuf même, les enterrements civils témoignaient d'un fond d'anticléricalisme, ancien mais toujours vivace. Du Foyer, j'ai vu passer l'un d'eux, montant vers le cimetière, philharmonie bruyante en tête. Spectacle au demeurant assez pénible.

En face de ces mouvements divers, en 1943, Mgr Pic publia le premier document ecclésial ayant un caractère officiel. Il y soulignait que son silence antérieur correspondait au désir de sa *"diocésaine"*, mais que *"des circulaires de teneurs et de provenances diverses, sans nom d'auteur ni d'imprimeur, et sans l'imprimatur cependant requis pour les relations de ce genre ont vulgarisé son nom"*. Mgr Pic demandait à ses prêtres et à tous ses diocésains d'observer une stricte réserve, sans laquelle *"on finirait par jeter le discrédit sur ce qu'il y a de plus respectable dans la vie des âmes et de l'Eglise elle-même."*

Lorsque j'étais venu à Châteauneuf pour la première fois, j'avais demandé au Père Finet quelle était l'attitude de l'évêque du lieu. Il avait évoqué le communiqué de 1943 et souligné que sa propre présence aussi était vue avec amitié! Car l'abbé Finet, incardiné dans l'archidiocèse de Lyon (dont il était chanoine et ancien sous-directeur de l'enseignement libre) se trouvait résider en permanence dans le diocèse de Valence! Il resta, plusieurs années, aumônier des Noëlistes de Lyon! (Il m'est arrivé de lui faire le brouillon d'un texte à elles destiné!)

Mais cette position "inter-diocésaine", canoniquement imprévue, supposait un accord des deux évêques. A la mort de Mgr Pic, plusieurs problèmes se posaient. L'attitude de son successeur à l'égard de Marthe,... et la situation canonique du Père Finet.

L'arrivée de Mgr Urtasun

Dans une lettre du 9 mars 1953, reçue au Canada, le Père Finet me donnait des nouvelles -implicitement- sur les deux points. Il écrivait en particulier :

"Un point était incertain cet été: le choix du successeur de Mgr Pic. Il est vrai qu'avec le 15 août, nous avions eu une première réponse. Mais les contacts que j'ai eus avec Mgr Urtasun semblent dépasser toutes nos espérances. Monseigneur est le choix personnel de Pie XII, qui l'a préféré à ceux qui le précédaient sur la liste officielle et lorsque, au début de février, il nous a honorés de sa première visite au Foyer, nous consacrant sa journée, nous eûmes l'agréable surprise de constater qu'il ne venait pas parmi nous pour se faire une opinion, mais qu'il nous

arrivait avec un jugement bien arrêté: le Foyer et Marthe étaient pleinement dans son cœur. Et, dès les premiers pas dans le Foyer, il m'a annoncé son intention de monter jusqu'à la Plaine. En entrant dans la petite chambre, il apporta à notre petite Marthe une bénédiction que le Saint-Père lui avait spécialement donnée pour elle. Et bientôt, avec les tournées de confirmation, il va se trouver dans notre région, il viendra plusieurs fois coucher au Foyer, où il fixe son domicile. Ce matin encore, il m'écrivait de Valence qu'il avait gardé de son passage au Foyer un "excellent souvenir".

Il ajoutait plus loin, comme il l'a fait plusieurs fois:

"Nous avons reçu d'excellentes lettres de nos amis du Canada. Avec Marthe, nous les lisons dans la reconnaissance et dans la prière. Auprès de tous ces chers amis, dont tous les noms sont gardés en nos cœurs, soyez l'interprète de nos sentiments d'affection vraie.

Je souffre de ne pouvoir le leur dire moi-même. Mettez beaucoup d'amour en le leur disant à ma place."

Enfin, il terminait:

"Et croyez que je vous suis et Père, et Frère, et un peu Fils à la lecture de vos ouvrages. In Christo et Matre, car il est bon de croire à l'Amour. Et d'être unis en Lui, per Mariam et Josephum."

Bien entendu, je me faisais l'interprète auprès de tous les amis canadiens de Châteauneuf que je connaissais des nouvelles qu'apportait cette lettre: nous sentions tous l'importance de cette étape. Mgr Urtasun, que j'ai connu un peu après, était basque, pas très grand, plein de vitalité et de présence d'esprit. Il fut le deuxième évêque qui avait à assumer la responsabilité de la *"diocésaine"* Marthe Robin, mais aussi -en 1953- de l'œuvre en expansion des Foyers, œuvre pratiquement commencée à la première retraite de 1936.

Vers le vingt-cinquième anniversaire

Lorsque, plus tard, Mgr Urtasun fut nommé archevêque d'Avignon, il vint rendre visite au Père Finet pour lui dire au revoir. Je me trouvais au Foyer et partageais leur déjeuner. Vers la fin du repas, Mgr Urtasun s'adressant au Père Finet lui dit:

"Marthe prie toujours pour son évêque, n'est-ce pas?"

Sans hésitation, le Père le lui confirma. Et Mgr Urtasun:

"Il faut qu'elle continue! Mais... maintenant que je suis à Avignon, va-t-elle aussi prier pour l'archevêque d'Avignon?"

Nous éclatâmes de rire! Et le Père Finet:

"Tout à l'heure, quand nous monterons chez Marthe, vous le lui demanderez vous-même, Monseigneur... Mais son Père spirituel vous le promet dès maintenant."

Monseigneur Urtasun était visiblement ému. Plus tard, à l'occasion du 25ème anniversaire du Foyer, alors que Mgr Vignancour lui avait succédé au siège de Valence, l'archevêque d'Avignon reprit le chemin de Châteauneuf en qualité d'évêque métropolitain! La cérémonie fut présidée en personne par le cardinal Gerlier, archevêque de Lyon et primat des Gaules. C'était le 11 février 1961.

J'étais revenu de Lyon en voiture quelques jours auparavant, avec le Père Finet. Celui-ci avait passé sa journée à veiller aux préparatifs de cette grande journée. Il pouvait être onze heures du soir lorsque, rentrant par Saint-Rambert et Aneyron, nous nous retrouvâmes à la Plaine avant de descendre vers le Foyer. Le Père avait l'habitude d'aller prier chaque soir avec Marthe (ou auprès d'elle). Nous entrâmes donc dans sa chambre. Le Père lui raconta sa journée. La conversation vint sur le menu du repas familial prévu pour le 11 février.

"Et pour le dessert?" interrogea Marthe.

"Mon Dieu! Le dessert! Je n'y ai plus pensé", dit le Père.

"Il y aurait peut-être un moyen!"

"Lequel?"

"Commander un "chaud et froid"... C'est de la glace sur laquelle on verse du chocolat chaud" expliqua Marthe! Elle ajouta: *"Marron le fait très bien!".*

Marron, c'était le propriétaire de l'hôtel-restaurant du bas de Châteauneuf, au demeurant grand ami du Foyer.

J'avais beau bien connaître Marthe, en 1961, et depuis quinze ans! J'avais beau avoir déjeuné et, plus souvent, dîné parfois longuement avec le Père Finet dans la cuisine de la ferme et savoir que jamais on ne portait de nourriture chez Marthe! Ce réalisme culinaire, cette "présence" au dessert du vingt-cinquième anniversaire éveilla en moi, ce soir-là, un sentiment d'admiration, d'ébahissement un peu aussi! Ceux qui goûtèrent ce qui figurait quelques jours plus tard sur le menu sous le nom de "glace chaude au kirsch" ne se doutèrent pas que l'idée venait de Marthe et de son attentive sollicitude à tout. Comme, en songeant à son jeûne perpétuel, les invités auraient pu trouver les mets trop fins, une phrase d'Isaïe, imprimée sur la page de gauche du menu, devait faire tomber les scrupules: *"Ecoutez-moi bien, dit le Seigneur, et mangez ce qui est bon, et votre âme se délectera de mets savoureux."* (Is 55, 2)

Le témoignage du Cardinal Gerlier

Par exception, le Père Finet accepta qu'un reportage soit donné par *"L'Echo-Liberté"* de Lyon de cette journée mémorable. Dans son numéro du 13 février, le quotidien, sous la signature de Michel Ange Jabouley et de Jacques Fellot titrait: *"Sous la présidence du cardinal Gerlier, le Foyer de Charité de Châteauneuf de Galaure a solennellement célébré son 25ème anniversaire"*. On pouvait lire:

"C'est pour célébrer solennellement son 25ème anniversaire que S. Em. le cardinal Gerlier, archevêque de Lyon, est venu à Châteauneuf. Un cortège d'évêques et de prélats le précède quand il entre dans la lumineuse chapelle dédiée à Notre-Dame de l'Univers, et remplie déjà d'une assistance que l'on sent animée d'un religieux enthousiasme: ce sont LL. EExc. NN.SS. Urtasun, archevêque d'Avignon, auparavant évêque de Valence; Vignancour, évêque de Valence; de la Chanonie, évêque de Clermont-Ferrand; Cesbron, évêque d'Annecy; Couderc, évêque de Viviers; Jauffrès, évêque de Tarentaise; Rougé, évêque coadjuteur de Nîmes; puis NN.SS. Ollagnier, Bonnet, Soulas, Duquaire et, parmi les prêtres venus de Lyon, les chanoines Denis, Dusserre, Genevois, Rochigneux, le P. Gérentet de Saluneaux.

La messe est chantée par M. le chanoine Finet, fondateur et directeur du Foyer de Charité, assisté de ses deux collaborateurs, les Pères Marcel et Pagnoux."

On le voit, la *"diocésaine"* de Valence ne posait plus vraiment de problème ni à son évêque, ni à l'épiscopat du Sud-Est, primat des Gaules compris! Ce serait plutôt le Père Finet, chanoine de Lyon... en résidence dans le diocèse de la Drôme, qui en aurait posé. Ne revêtait-il pas le camail des chanoines de la cathédrale de Lyon lors des grandes cérémonies du Foyer? Avec humour, l'évêque de Valence, Mgr Vignancour lui en fit la souriante remontrance publique à la fin du repas, et pour remettre toutes choses en ordre... le nomma impromptu "chanoine honoraire de la cathédrale de Valence". A compter de ce jour, le Père spirituel de Marthe renonça à ce qui restait de "visiblement" lyonnais sur lui: l'admirable camail de la tradition de la capitale de la soie!

Il est vrai que simultanément, Marthe n'était plus seulement la *"diocésaine"* de Valence! C'est le cardinal, primat des Gaules qui, parlant le dernier, évoqua publiquement *"celle qui a été à l'origine de tout ce qui s'est fait ici: une petite paysanne du pays et son humble prière"* (*L'Écho-Liberté* du 13 février 1961).

Mgr Vignancour devait être nommé ultérieurement archevêque de Bourges. Son amitié pour le Foyer ne s'était jamais relâchée. Sa confiance s'était manifestée de façon bien concrète: une de ses jeunes et proches parentes était devenue élève de l'école du Foyer. La date du bachot approchait...

Je me trouvais chez Marthe avec le Père Finet. On parlait de l'école. Des élèves. Et le Père, soudain, à Marthe:

– *"Mon enfant, vous savez que parmi celles que nous présentons au bachot, il y a la parente de Monseigneur?"*

– *"Oui, mon Père."*

– *"Il ne faudrait pas qu'elle soit recalée!... Vous allez bien prier pour elle."*

– *"Oui, mon Père."*

La jeune fille fut reçue! Avec, il faut l'ajouter, la quasi-totalité des autres candidates présentées par l'école du Foyer. Mais comment dire l'humour et la tendresse de ce que je n'ose appeler "les coulisses de la prière de Marthe". C'était souvent comme cela!

Une "diocésaine" pour le monde

Mgr de Cambourg succéda à Mgr Vignancour. Lorsqu'il fut nommé, l'œuvre des Foyers était en plein développement sur tous les continents. Des évêques de tous les pays -et tout d'abord de France- demandaient la création dans leur diocèse de Foyers de Charité! De ce fait, Mgr de Cambourg, dont la bienveillance intérieure ne se démentit jamais, n'avait plus -dans la mesure où Marthe continuait de vivre dans l'humilité, la discrétion, le silence- à poser des actes tels que ceux de ses prédécesseurs. Son caractère faisait de lui un homme d'écoute plus que de paroles. Peu d'années avant la mort de Marthe, une maladie le contraignit à interrompre un ministère qui s'achevait, lui aussi, marqué par la croix.

Et fin 1978, Mgr Marchand, dernier évêque nommé du vivant de Marthe, prit son siège à Valence. Ce fut lui qui, en personne, présida trois ans plus tard la concélébration de la messe des funérailles de Marthe Robin le jeudi 12 février 1981, à 15 heures, en présence de cinq évêques, trois abbés, les pères de la quasi totalité des Foyers de vingt-cinq pays, plus de deux cents prêtres. La *"diocésaine"* de Valence était devenue la diocésaine d'évêques de tous les continents.

A ces évocations, il n'est sans doute nul besoin de conclusion, sinon qu'il est rare, même chez les saints les plus authentiques -je songe, entre beaucoup, à Saint Louis-Marie Grignion de Montfort- que la hiérarchie de l'Eglise, normalement prudente devant les enthousiasmes comme devant les contradictions suscités, soit à la fois bienveillante et protectrice au long de cinq épiscopats successifs.

Cela ne garantit, bien entendu, en aucune façon la sainteté! Mais cela suggère que l'humilité de Marthe et la prudence surnaturelle de son Père spirituel ont réussi à équilibrer les curiosités innombrables, les entreprises des journalistes à sensation, les bavardages inconsidérés...

Je me rappelle un vendredi saint des années soixante. Nous étions enfermés dans le Foyer, assiégés physiquement par une "meute" de journalistes. En haut, à la Plaine, le Père avait fait protéger Marthe de la même façon. Un prêtre du Foyer eut beau parlementer, dialoguer... Les "assaillants" ne se retirèrent que tard le soir. Certains, munis d'appareils de photo, espéraient tout de bon faire des clichés!

Ces curiosités exaltées et intéressées, aussi, pesaient comme un peu de la Croix sur Marthe et sur son Père.

.18.

La prudence de Marthe

A chaque fois que la grâce m'a été faite de "monter chez Marthe", quelque chose, dans mon cœur, était comme intimidé. C'était, autant que l'on puisse se connaître, un sentiment d'indignité. Si j'avais pu être poussé, tout au début, par la curiosité, très vite, celle-ci avait disparu. Qu'allais-je donc chercher auprès d'elle, quand je demandais à la voir, ou que le Père Finet me le proposait?

C'était très clair dans mon esprit. Je désirais, à chaque fois, lui demander conseil. Le plus souvent, je notais sur un papier une véritable "liste" des questions à lui poser. Il s'agissait surtout de décisions à prendre. Je crois d'ailleurs que c'était la motivation la plus fréquente de ceux qui la visitaient, du moins après avoir "fait connaissance" avec elle.

Dans les années cinquante, alors que je partageais mon enseignement entre le Québec et la France, j'appris peu à peu à comprendre comment elle faisait pour répondre aux questions! Je compris, par expérience, ce qu'était vraiment la vertu de prudence.

Un bon sens inspiré

L'un des premiers conseils que j'ai demandé à Marthe provenait d'une requête d'une amie canadienne. Celle-ci qui, en ces années, voyageait de province en province dans son immense pays pour implanter la Légion de Marie au Canada avait, à plusieurs reprises, insisté pour que je l'aide en entrant, à Montréal, dans ce mouvement, alors en pleine expansion.

Je désirais répondre à sa demande. Simultanément, je ne le "sentais" pas! Je ne savais pas pourquoi! J'hésitais entre deux décisions: refuser sans motif clair, ou aller contre mon intuition sans fondement proportionné...

Venu en France, visitant Marthe, je lui exposai mon "problème". En fait, je craignais de manquer de générosité autant que je redoutais de "m'embrigader"... mais je voulais faire la volonté du Seigneur.

Je dois l'avouer: lorsque j'ai posé cette question à Marthe, je me faisais encore d'elle une idée un peu simpliste. J'avais tendance à penser qu'elle recevait "en direct" des lumières extraordinaires et je m'apprêtais donc à obéir à ce qu'elle me dirait, dans un sens ou dans l'autre. Pour caricaturer mon attitude, c'était celle de quelqu'un qui pensait qu'elle n'avait qu'à donner un "coup de téléphone" tout spirituel à la Sainte Vierge, et que la Sainte Vierge lui communiquant la volonté de Son Fils, je n'aurais plus, la décision transmise, qu'à l'exécuter.

Après m'avoir écouté, Marthe posa une simple question:

– *"Est-ce que vous auriez le temps de vous en occuper?"*

J'eus l'impression d'un "effet boomerang". Je m'efforçais d'éviter de prendre la décision, et la question à laquelle je devais répondre... allait me mettre en situation de décider seul!

Je voulais répondre en vérité. Intérieurement, je songeai à ma vie montréalaise: vingt-trois heures de cours par semaine, conférences le soir pour le service de préparation au mariage, articles que je donnais régulièrement à l'hebdomadaire *"Notre Temps"*... Je crus devoir répondre:

– *"Non! Marthe."*

Et celle-ci:

– *"Alors?..."*

Aujourd'hui, je puis dire que ce bref dialogue a retenti sur toute ma vie. Je demandais d'être déchargé de me servir de ma raison... de porter le poids de la décision.

Peut-être aussi étais-je influencé par la réponse faite naguère par Marthe quand je lui avais parlé, après ma mission aux Etats-Unis, de revenir définitivement en France. C'est elle qui avait ouvert une autre voie en me demandant s'il n'y avait pas moyen, pour moi, de "rester en Amérique".

Ultérieurement, je devais comprendre, qu'avec ma seule raison, je n'aurais pas pu, à ce moment, connaître le dessein de Dieu: Marthe m'avait donc mis sur le chemin... et m'avait encouragé à le suivre! Cela avait orienté quinze ans de ma vie! Je ne devais revenir enseigner en France définitiement qu'en 1962.

Dans la question de ma participation aux activités de la Légion de Marie, j'avais, à l'inverse, tous les éléments de la décision! Le problème était de mettre cette question sur son vrai terrain: "Aurai-je le temps?" C'était bien à moi de le savoir, et d'en tirer la conclusion pratique.

Ainsi, la prudence de Marthe était marquée au coin d'une sorte de perfection. J'en pourrais donner d'autres exemples. Celui de l'amie canadienne qui s'occupait de la Légion de Marie en est un. Sa vocation avait été orientée par Marthe. Hélène était secrétaire de M. Jean-Baptiste Vinet (p.s.s.), curé de Notre-Dame de Montréal. Elle avait traversé l'océan, au début des années cinquante, pour faire une retraite à Châteauneuf[*], sur les conseils de celui-ci. Entrant dans la chambre de Marthe à cette occasion, Hélène n'avait encore posé aucune question, s'étant seulement présentée, lorsque Marthe lui demanda:

– *"Connaissez-vous la Légion de Marie?"*

– *"Oui! J'ai assisté à une réunion..."* (une seule).

Marthe, sans autre préambule, lui parla longuement de la Légion, de son expansion dans le monde, de son importance pour répandre la "vraie dévotion" à Marie...

Peu après son retour à Montréal, on demandait à Hélène, sans qu'elle y soit pour rien, d'accepter de devenir déléguée de la Légion de Marie pour tout le Canada! Début d'un apostolat de grande dimension.

Ainsi, tantôt Marthe mettait sur la piste, tantôt elle nous apprenait à réfléchir, tantôt aussi, on va le voir, elle nous "corrigeait".

Selon la circonstance et notre état d'âme!

Des conseils "littéraires"

Ces diverses manières de faire étaient, je le crois, le fruit de l'action de l'Esprit Saint. Car lorsque Marthe prenait l'initiative (humaine) d'orienter la réponse, l'événement à ma connaissance confirmait, plus ou moins vite, mais manifestement, ses paroles. Lorsqu'à l'inverse, elle posait des questions pour nous apprendre à réfléchir et à décider, sa "pédagogie", comme souriante, délicate, conduisait à comprendre que la raison est évidemment le plus grand don de Dieu donné à l'homme pour diriger sa vie... une raison éclairée, mue par la grâce.

Après la soutenance et la publication de ma thèse de doctorat, en 1953, consacrée à *"L'Economie Sociale selon Pie XII"*, j'avais pris goût -et aussi en vue des cours que je donnais- à des travaux d'érudition. Simultanément, on me demandait de rédiger certaines conférences... plus improvisées qu'érudites! Un peu tiraillé dans l'orientation de mes travaux personnels, je demandai à Marthe:

– *"Depuis ma thèse, je suis davantage attiré par les travaux "savants". Enfin, je veux dire..."*

– *"Je comprends"*, dit Marthe doucement! (Elle voulait éviter que je revienne sur un mot peut-être prétentieux).

– *"...Mais on me demande de publier mes conférences de préparation au mariage. C'est vraiment de la vulgarisation. De quel côté vaut-il mieux que je me tourne?"*

– *"Il faut les deux!"* répondit Marthe.

Du coup, je me suis mis à rédiger ces conférences. Je les avais données facilement, improvisant sur des notes. Pour les écrire, ce fut extraordinairement pénible. Il était impossible de conserver le style parlé. Pourtant, le public -jeune- exigeait que le style, même écrit, demeure vivant, enlevé...

Je ne comprenais pas pourquoi ces conférences, parlées plusieurs fois chacune, soulevaient de telles difficultés de rédaction.

De passage à "la Plaine", j'en reparlai à Marthe. Je crois même m'être plaint! Tout au fond, j'espérais qu'elle prendrait ce souci dans sa prière, et que je retrouverais, comme le demandait saint Thomas d'Aquin avant l'étude, "une grâce abondante d'expression" pour ce livre.

La réponse arriva, toujours douce, dure aussi:

– *"Vous ne l'avez pas assez souffert!"*

J'eus l'impression d'un coup de poing au creux de l'estomac! Dans l'instant, je me rappelai que la voix que j'entendais sortait de la demi-obscurité, que celle qui parlait souffrait sans arrêt, qu'elle portait les signes de la Croix du Seigneur...

Il y eut un silence. Je me rappelle avoir enchaîné, assez pauvrement:

– *"Ah oui! Un livre aussi, il faut le souffrir..."*

Marthe ne releva pas le "aussi", maladresse inspirée par la honte!

Mais j'en eus pour la vie! Je sais depuis qu'il n'est aucune fécondité, dans la vie du Christ en nous, qui ne doive être "soufferte"... Même les livres! Pas seulement les livres...

De celui dont je parle, d'ailleurs, Marthe ne me donna pas seulement le cœur de le "porter"... et d'en recommencer les chapitres autant que le Seigneur le voudrait.

Je songeais à plusieurs titres pour ce volume. Il fallait qu'il fût court, qu'il dise en peu de mots qu'il s'agissait d'une préparation au mariage, qu'il n'ait pas une apparence moralisatrice... Je soumis à Marthe un titre -repris d'Ovide- qui m'avait semblé répondre à toutes ces conditions:

– *"Je pense à donner comme titre: "L'art d'aimer"*.

La réponse vint, incisive, claquant comme un drapeau:

– *“Oh non!... Il vaudrait mieux “La joie d’aimer”.*

Il en fut ainsi. Le livre eut plusieurs éditions, au Québec, puis en France! Et ce n’est qu’après coup que je pensais que l’amour est dans l’agir -cœur et volonté- et non dans l’art... Celui qui aime n’est ni un artisan, ni un artiste! L’amour réciproque est communion, et c’est cette communion qui a pour fruit “la joie d’aimer”, qui vient de Dieu.

En une phrase -une réplique immédiate- Marthe m’avait dégagé du climat trop encombré des soucis littéraires où je me complaisais encore, malgré le fait que la distinction de “l’agir” et du “faire” me fût connue, mais cette distinction, je ne la maîtrisais pas. Le vocabulaire de Marthe était rigoureux.

Oserai-je rapporter un autre mot, beaucoup plus tardif -il est du début 1977, quatre ans avant sa mort, - alors que je confiais à Marthe que j’hésitais à publier un petit livre que j’avais écrit pour deux fiancés. La délicatesse du sujet me faisait redouter une diffusion plus vaste. Fallait-il le faire imprimer? J’avais peur qu’il ne fût pas parfait.

– *“Je vous le corrigerai moi-même”* me dit Marthe qui, quelques heures après, fit transmettre le texte, que j’avais laissé à “la Plaine”, au Père Finet. Celui-ci ne m’en parla plus qu’après la publication du livre!

Il va de soi que je fis relire par ailleurs le texte par ceux que je pensais le mieux éclairés et que j’ai tenu compte de tout! Puis le livre a paru sous le titre *“Un seul cœur, une seule âme, une seule chair”*. Je l’ai relu depuis... Je n’y changerais pas un mot. Je crois même qu’il n’y a pas, dans le texte, une seule “coquille” d’imprimerie. Cela dit, j’ignore par quelle mystérieuse prière - mais efficace- Marthe a pu corriger le livre! Je ne mets pas pour autant, sa parole en doute. Peu de ses mots m’ont, à ce point, touché...

Des "corrections fraternelles"

Des quelques réponses évoquées plus haut, il ressort que Marthe "corrigeait" aussi les personnes. C'était toujours avec douceur, souvent avec humour... correction vraiment fraternelle.

Le curé d'une cathédrale importante -mais en France, elles le sont toutes, au moins par leur ancienneté - était en retraite à Châteauneuf. Il était ce que l'on nomme un prêtre sympathique. Chaleureux, fraternel, ouvert, assez fort, peut-être un peu gourmand, il rappelait certains curés de campagne de naguère, qui portaient à eux seuls la paix de tout un village "pratiquant".

Je le rencontrai sur le chemin, entre le Foyer et "la Plaine". Il descendait. Je montais. Bien que la retraite fût en silence, comme je le trouvais songeur et que nous avions sympathisé le premier soir, je crus pouvoir échanger quelques mots avec lui. Il ne demandait que cela. Presqu'immédiatement, il se confia:

– *"J'ai dit à Marthe que je ne pensais pas être assez saint pour être le curé d'une cathédrale pareille".*

– *"Elle vous a répondu?"*

– *"Oui!... Elle m'a dit qu'on ne confie pas une paroisse à un curé* parce qu'*il est saint. On lui confie une paroisse* pour qu'*il se sanctifie... et qu'il la sanctifie!"*

On sentait le pauvre curé un peu mortifié d'avoir tenté un acte d'humilité, qui avait si mal tourné! Pour le consoler, je lui expliquai qu'il me semblait que Marthe ne parlait ainsi qu'à ceux qui pouvaient réaliser à fond, et par amour, ce qu'elle proposait. Le dernier jour de la retraite, il jubilait!

Le 29 mai 1954, le Pape Pie XII canonisa Saint Pie X. Quelques jours après, un de mes amis, qui s'était rendu à Rome pour la cérémonie, me fit cadeau à son retour d'une relique de Saint Pie X. Je n'avais jamais possédé de relique d'un saint canonisé. J'en éprouvai une grande joie.

Montant chez Marthe quelques semaines plus tard, je portais sur moi le reliquaire, tout petit, rond, rouge de fond et doré, bref, tout comme il faut! Après avoir évoqué la canonisation, je ne pus m'empêcher de parler à Marthe de "ma" relique. N'eût été sa cécité, je pense bien que j'aurais voulu la lui montrer...

Elle m'écoutait avec gentillesse, ponctuant mon récit de petits *"oui"*... puis soudain, résolument, elle trancha:

– *"Moi, c'est dans le cœur que je l'ai, Saint Pie X..."*

J'encaissai! Déjà, la présence de la relique me brûlait. A mon insu, j'avais quelque peu "matérialisé" ma foi... Un peu après, Marthe me dit que la tradition des reliques était bonne... mais qu'elles étaient avant tout des relais pour notre cœur vers le Ciel! La semaine suivante, je faisais cadeau de la relique!

Face aux journalistes

Un jour que je montais chez Marthe avec le Père Finet, celui-ci me raconta qu'il s'était fait "piéger" par un journaliste. Celui-ci s'était tout bonnement fait inscrire à une retraite sous un faux nom, puis sur la liste de ceux qui demandaient à monter à "la Plaine".

Arrivés dans la chambre de Marthe, la conversation entre elle, le Père et moi débuta par l'évocation de cet exploit.

Marthe avait commencé par lui demander s'il "faisait la retraite". Il ne comprit pas qu'elle pressentait (ou savait) qu'il n'était pas venu pour cela et qu'elle le mettait en face de sa conscience. Espérant la faire parler, il lança la conversation sur la personne qui avait peint le tableau de Marie médiatrice, apporté par le Père Finet lors de sa première visite à Marthe, le 10 février 1936.

J'entends encore le rire de Marthe:

– *"Mais j'étais bête, vous savez! J'étais bête!.. Je ne comprenais rien! Je ne me souvenais de rien. Il a dû me prendre pour une vraie imbécile!"*

Le pauvre journaliste finit par avouer à Marthe sa profession. Il n'obtint pas plus de satisfaction! Aucune "interview". Le Père Finet, à ce récit de Marthe, riait aussi... Je rappelai à Marthe et au Père que c'était après les avoir consultés que j'étais... moi aussi... devenu journaliste et que je portais, depuis 1962, la responsabilité de "l'Homme Nouveau" !

– *"Vous... Ce n'est pas la même chose!"* dit le Père sentencieusement.

– *"Non! De fait! A cause de vous, je passe mon temps à empêcher qu'on écrive sur Marthe!"*.

C'était vrai. A plusieurs reprises, des lettres du Père, et une fois, un coup de téléphone donné directement de la part de Marthe, m'avaient chargé "d'interdire", en son nom, la publication d'un article sur elle. J'avais pu joindre, dans ce dernier cas, immédiatement, l'auteur, lequel avait antérieurement prévenu par lettre Marthe de son intention. J'avais passé un bon quart d'heure au téléphone à le persuader qu'il n'avait pas, en conscience, le droit de mettre son projet à exécution. Il y tenait pourtant. Mais j'étais bien placé pour agir! Depuis que je la connaissais et que je dirigeais "L'Homme Nouveau", jamais le nom de Marthe Robin n'avait été écrit une seule fois dans nos pages. L'intéressé finit par se laisser convaincre. Et de fait, ce silence absolu, nous l'avons observé intégralement jusqu'au départ de Marthe pour le Ciel, le 6 février 1981, et ne l'avons rompu qu'avec notre numéro spécial de mars suivant.

Ce ne fut pas le cas partout. A trois ou quatre reprises, -en 1962 en particulier- des articles parurent. L'un d'eux avait pour thème: *"Dans sa ferme, la "sainte" est tenue au secret par un entourage des plus vigilants"*. Un secret partagé par des dizaines de milliers de visiteurs.

Une autre publication hebdomadaire avait fait paraître une photo de Marthe, jeune, déjà alitée, la tête couverte d'un voile brodé. Dans le courant d'une conversation concernant les tentatives des journalistes, je lui demandai:

– *"Mais comment se la sont-ils procurée?"*

Elle répondit:

– *"Ils l'ont achetée à quelqu'un qui avait la photographie. On m'a dit qu'ils la lui avaient payée 5 000 F. A ce que dit le Père, ça ne fait même pas un denier."*

Puis, avec une gentillesse amusante:

– *"Je vaux beaucoup moins cher que Notre-Seigneur."*

Une autre fois, un "journaliste" écrivit: *"Pour l'instant, elle n'est encore qu'une "sainte" entre guillemets, et, surtout, une malheureuse petite femme, cruellement déformée par les rhumatismes, qui attend avec résignation le jour de sa délivrance."*

Peut-on ainsi écrire sur ce que l'on ignore?

Avec les enfants

On disait souvent autour de Marthe que seuls les petits enfants n'étaient pas, pour elle, une fatigue de surcroît. J'ignore si c'est elle qui l'a dit, ce que l'on ne peut pas exclure, ou si c'est un jugement porté par l'un de ses proches.

L'explication, elle, est facile à trouver! Même s'il nous arrive, sans nous en douter, d'être "lourds" pour les autres, nous avons tous l'expérience inverse: pour nous, certaines personnes sont plus "lourdes" que d'autres. L'orgueil, dont nul n'est exempt, en est pour partie la cause. Marthe devait porter les fautes de tous ceux qui l'approchaient. Plus encore: elle les expiait au cours de chacune de ses passions. A la fin des retraites, les visages avaient rajeuni. C'est le péché qui nous vieillit...

Mais je reviens aux enfants. Avec eux, comme avec les grandes personnes, la prudence de Marthe était sans défaut.

Un jour -vers 1951- que j'accompagnais chez Marthe un petit garçon que l'on préparait à sa première communion, je demandai à l'enfant, au cours de la brève visite, s'il avait quelque chose à dire à Marthe.

Je le croyais, comme on dit, "bien préparé" à recevoir l'Eucharistie! Et voilà que je l'entends murmurer:

– *"J'peux pas y croire, moi, que le petit Jésus il est dans l'hostie."*

J'étais abasourdi, et même désolé. Mais Marthe:

– *"Mais, le petit Jésus, c'est le Bon Dieu!"*

– “ *Oui*”, fait l’enfant.

– *“Si c’est le Bon Dieu, Il est tout-puissant!”*

– *“Oui”* fit encore l’enfant.

– *“Alors, s’Il est tout-puissant, Il peut se faire tout petit, petit... Se donner à manger.”*

L’enfant se transforma! Soudain joyeux, il explosa:

– *“Ah! J’ai compris, j’ai compris.”*

Ce n’est qu’un peu plus tard qu’il m’apparut clairement que, pour un petit garçon, le moyen terme de la toute-puissance de Dieu était un argument plus adapté que la conversion -la transsubstantiation- du pain au corps du Christ. Marthe proportionnait immédiatement la réponse à la capacité de celui qui la recevait.

Il y aurait beaucoup d’autres exemples de la prudence de Marthe à évoquer. J’ai choisi plus haut ceux qui me semblent particulièrement significatifs.

Il faudrait aussi parler de ses silences!.. Un jour, le Père Finet, à ce sujet, m’a dit, songeur, sans autrement préciser:

– *“Marthe peut se taire cinq ans! Jusqu’à ce qu’on comprenne!”*

Comment ne pas songer au silence de Jésus lors de son procès... *“Et Jésus se taisait”*. Par expérience, je puis dire que, quand Marthe gardait le silence plutôt que de répondre, quelque chose se passait dans l’âme de l’interlocuteur. En sortant de sa chambre, on était autre.

Telle m’est apparue la “prudence”, ou plutôt la sagesse de Marthe.

.19.

La Passion de Marthe

AU moment d'aborder un aspect, à première vue, "miraculeux" de la vie de Marthe -et bien entendu, sous réserve du jugement de l'Eglise- je voudrais souligner que c'est intentionnellement que j'ai, auparavant, mis en relief la pérennité de son bon sens, de sa prudence et de son humour au long des années.

Je voudrais dire aussi que je m'attache à distinguer ce que j'ai entendu dire par des tiers, des intimes de Marthe, ou par le Père Finet, et ce dont je puis, personnellement, porter témoignage. Le rappel de cette intention importe particulièrement au moment de parler de la "passion" de Marthe. Il y a ce que j'ai entendu *dire*. Il y a ce que j'en ai *entendu*, et ce que j'en ai *vu*.

Dans cette ligne, je crois d'abord devoir évoquer l'étonnement qui m'a saisi la première fois qu'au lendemain d'un entretien avec Marthe, un jeudi après-midi, le Père Finet m'a emmené prier à genoux près d'elle le lendemain vendredi, pendant qu'en elle, Jésus revivait Sa Passion. Il n'y avait, d'une certaine façon, aucune proportion entre la Marthe du jeudi après-midi et la Marthe du vendredi après-midi. Or, cette observation, pleine de respect et d'affection, plusieurs prêtres amis l'ont faite, tout autant que moi. Leur témoignage correspond exactement à celui que je puis porter.

Le jeudi après-midi -ou le mardi, ou le mercredi- Marthe parmi nous apparaissait à l'âme sous deux aspects: silence et sagesse.

Ce silence était ce que l'on pourrait appeler un "silence plein". On entrait dans sa chambre en sachant sa présence, et, du moins au début, en la devinant plutôt qu'en la voyant. Marthe, sauf exception, ne parlait pas la première. De la porte, il fallait arriver, à pas retenus et les mains en avant, pour atteindre la chaise installée à côté de son lit. Lorsqu'on avait en main le dossier, on avançait sur le côté du siège et, arrivé devant, on s'y asseyait. Plus ou moins court -ou long- il y avait alors un silence. Puis j'articulais, à mi-voix: *"Bonjour Marthe"*. Un *"Bonjour Monsieur"* venait y répondre. Même si l'on avait prié avant d'entrer, je me rappelle qu'après cette prise de contact, j'invoquais souvent l'Esprit Saint pour savoir comment entamer simplement la conversation.

Qu'était donc ce silence de Marthe?

Il serait, je crois, futile d'imaginer qu'elle "attendait" les paroles qui allaient sortir de la bouche du visiteur. En fait, c'était autre chose: elle souffrait et elle priait. A tout moment. Jour et nuit. Quand on entrait, elle était "enfoncée" dans cette souffrance offerte et dans cette permanente union à Dieu. Je ne le dis point par conviction ou parce qu'on me l'a assuré. Plusieurs fois -souvent- j'en ai eu la quasi-évidence.

Au tout début d'une conversation, il pouvait ainsi arriver qu'on ait l'impression que Marthe arrivait de très loin! C'était moins perceptible lorsque, les visites se succédant, Marthe avait eu une ou plusieurs conversations dans les heures précédentes. Mais quand on entrait sans que personne sorte de sa chambre, le début de la conversation était parfois lent. Ou bien, Marthe parlait difficilement. Ou encore, ses premières paroles succédaient à un silence que l'on respectait. Parfois -et spécialement le lundi matin, après que le Père Finet l'ait fait revenir vers nous: *"Mon enfant, je vous le commande, au nom du Père, et du Fils, et du Saint-Esprit"*, sa voix, au début, était comme enrouée, la parole difficile. Je l'ai dit déjà: il est arrivé plusieurs fois que, en cette circonstance, le Père me dise que Marthe ne parlait pas encore, mais qu'elle entendrait notre conversation. Peu à peu, elle y prenait part. Au bout d'un certain temps -un quart d'heure, une demi-heure- elle avait recouvré sa voix, devenue étonnamment jeune, sa présence, attentive, ses questions, précises, ses réparties, soudaines, brèves, éclairantes, -ou amusantes.

Quant à ce que j'ai appelé un silence "plein", il est difficile de l'analyser. Que ce soit au moment de la prise de contact, que ce soit en cours de conversation, le silence de Marthe était "comme" le silence d'une présence. N'était-ce que mon imagination qui l'interprétait ainsi? Je ne le pense pas. Dans la demi-obscurité, quand Marthe attendait pour parler, répondre, questionner, sa présence silencieuse était perceptible à l'âme. C'est si vrai qu'en certaines circonstances, son silence au lieu d'une réponse, en particulier, pouvait mettre dans la joie, ou aussi dans la peine. Elle ne faisait jamais de reproches... Son silence priant éclairait et l'on pouvait éprouver l'orgueil de ce que l'on venait de dire jusqu'à l'accablement... Ensuite, d'un mot, elle rendait l'espérance à l'âme qui venait de retrouver (ou de trouver) l'humilité!

Ainsi, la conversation, dans les jours où elle était "avec nous", apportait une forme perceptible de la présence à l'intelligence, du Saint-Esprit éclairant avec une perfection qui ne s'est jamais démentie, les paroles de Marthe. Je crois avoir assez évoqué -le plus souvent au mot près-certaines de ses réponses ou de ses réparties pour qu'il soit inutile de souligner qu'il n'y avait, en elle, jamais trace d'une attitude de l'âme qui ne soit de foi, d'espérance ou d'amour. Elle pouvait avoir de la peine, et pleurer, comme Jésus a pleuré Lazare. Mais on sortait de chez elle, soit avec une espérance renouvelée, soit, si l'on acceptait de voir clair en soi-même, avec un regard plus humble et un repentir plus vrai.

Seules, quoique très rares, j'ai connu quelques personnes qui ne craignaient pas de s'estimer, à un titre quelconque, capables de la juger... de haut, ou de s'égaler à elle. On m'a dit d'elle un jour: *"Ses paroles ne sont quand même pas toutes paroles d'Evangile"*. A quoi j'ai répondu: *"C'est évident! La Révélation officielle est close depuis l'Apocalypse. C'est une chose. Mais il ne faut pas déplacer la question. Toutes les paroles de Marthe sont pesées. Elle ne dit jamais rien pour rien"*.

Elle orientait surtout ceux qui lui demandaient conseil par des questions. Jamais, à ma connaissance, elle n'a imposé. Lorsqu'il s'agissait d'un problème d'obéissance, elle renvoyait au prêtre, et selon les cas soit au directeur habituel, soit au Père Finet. Avec ses plus intimes, il lui arrivait de dire ses soucis...

Il va de soi que ce que j'évoque ici correspond à la période de la maturité de Marthe. En 1946, lorsque je suis entré pour la première fois chez elle, elle avait quarante-quatre ans. Plus tard, lorsque j'ai lu ce qu'elle avait écrit dans sa jeunesse, j'ai découvert un style de parole peut-être plus passionné, où l'expérience n'avait pas encore atteint ce qui donne à la prudence sa perfection. Je ne sais point juger de ce qu'est l'ascension spirituelle lorsqu'un sacrifice total est ainsi offert par une jeune fille de vingt-trois ans, -le 15 octobre 1925, jour de son acte d'abandon à l'amour et à la volonté de Dieu. Je crois, simultanément, pouvoir distinguer le progrès de la prudence entre les écrits de la jeunesse, leur formulation, et les réponses de sagesse de la maturité. Dans sa vie de sagesse humaine, Marthe n'a jamais cessé de grandir. Dans les dernières années (1975-1981) elle s'en remettait au pouvoir de la prière plus qu'à ceux des conseils qu'on lui demandait. Elle a sûrement beaucoup souffert de n'avoir pas connu les "constitutions" des Foyers de charité, intention pour laquelle sa prière était, en ces dernières années, constante.

La souffrance et la Passion

Si j'ai cru devoir ainsi récapituler les souvenirs que j'ai des silences, de la sagesse, de la croissance de cette sagesse dans la maturité, c'est parce que la grâce m'a été faite de connaître les angoisses de Marthe devant son sacrifice de chaque jeudi soir; son entrée dans la Passion, l'expression de sa souffrance du vendredi après-midi, les signes visibles qu'on pouvait, avec discrétion, en connaître. La visiter et converser avec elle lorsqu'elle parlait, puis prier auprès d'elle pendant sa passion me semble un souvenir permettant d'attester ce qui, en Marthe, demeure -sauf miracle- inexplicable.

Un jour -en 1965- que j'arrivais auprès d'elle avec le Père Finet, elle débuta soudain en me parlant d'un prêtre qui l'avait visitée peu avant.

" – Vous savez ce qu'il m'a dit! Il m'a dit: "Courage, Marthe, il n'y en a plus pour longtemps..."

Marthe avait soixante-trois ans! Je ne supportais vraiment pas l'idée qu'elle puisse nous quitter pour le Ciel peu après. Elle, l'envisageait avec bonheur. Il y avait de la joie dans sa voix. Je répondis:

" – Mais a-t-il beaucoup de jugement pour affirmer des choses qu'il ne sait pas?"

Et le Père Finet:

" – Vous voyez, mon enfant, C'est exactement ce que je vous avais dit!"

La conversation continua. Le Père Finet plaisantait:

" – Quand vous serez avec Jésus, vous nous oublierez". Et je continuai en disant, comme si j'ignorais le prix de chaque fin de semaine, que nous avions *"encore besoin d'elle sur la terre"*.

Mais Marthe, à mi-voix:

"Vous savez, Père! Ce soir..."

C'était un jeudi!

Il y eut un silence. Jamais je n'ai senti comme à ce moment ce que pouvait être l'intimité du Père et de sa fille spirituelle.

" – Oui, mon enfant."

Il n'y eut rien de plus, sinon un silence. Je songeais à ce que sous-entendait ce si bref dialogue. Le soir, Marthe redirait, en Jésus, *"Que ce calice s'éloigne de moi... mais que Ta volonté soit faite, et non la mienne"*. Puis ce serait la Passion, revécue en elle, jusqu'à son terme.

La conversation ensuite prit un autre tour. Même si l'allusion avait été discrète, presque voilée, mon cœur demeurait marqué. Ce fut la seule fois qu'elle fit, devant moi, allusion à la Passion qu'elle revivait, dans son fiat, en son âme et en son corps, chaque vendredi.

Par contre, je suis monté souvent, avec le Père et des membres du Foyer, des prêtres de passage aussi, dire le chapelet dans la chambre de Marthe.

Les souvenirs se télescopent, car ce fut assez souvent. Entre deux dizaines, tantôt Marthe, tantôt le Père Finet faisait une remarque, parlait d'une lettre reçue, évoquait un événement d'actualité. Quelques phrases... puis une réponse... On enchaînait sur la dizaine suivante. Le commentaire d'un événement se transformait vite en intention de prière.

Le mercredi soir, Marthe recevait la communion. Le témoignage de tous les prêtres connus de moi qui la lui ont apportée est unanime. L'hostie passait de leurs doigts dans la bouche de Marthe comme par un mouvement spontané. Marthe avalait sans faire le mouvement de déglutition. Dès qu'elle avait reçu l'hostie, elle entrait en extase. Extase heureuse, dont le Père Finet la faisait revenir le lendemain matin. C'était, à ma connaissance, les seules heures de chaque semaine où Marthe ne souffrait pas.

Chaque jeudi soir, Marthe acceptait de souffrir et d'offrir pour obtenir l'application, en notre temps, des mérites de la Passion du Seigneur. Dans les retraites au Foyer, les fruits de cette offrande se traduisaient sous nos yeux, le vendredi et le samedi par des centaines de conversions, d'approfondissements, de rajeunissements. Après que Marthe soit entrée dans l'extase douloureuse, le Père Finet fermait la porte à clef, puis redescendait dans la nuit, en voiture, vers le Foyer.

A deux reprises en trente-cinq ans, -en 1972 et 1975- le Père Finet m'a proposé de monter prier, chez Marthe, le vendredi. Ce fut comme le troisième âge de ma connaissance de Marthe.

Comment rapporter ces minutes de silence, d'union à la présence intérieure du Dieu d'Amour, au pied du lit de Marthe? J'entendais -comme à ma première visite -le 14 mai 1946-, alors que Marthe ne parlait pas- un gémissement régulier, qui me semblait coïncider avec le rythme des battements du sang. Parfois, le gémissement se faisait plus long, et parfois aussi se transformait en plainte déchirante.

Avant le départ, le Père Finet, avec discrétion, utilisa une petite lampe électrique qu'il tenait dans sa paume. Protégeant les yeux de Marthe de la main gauche, il éclaira son front.

C'est ainsi que j'ai pu, le cœur serré, contempler le sang qui suintait du front. Il y avait des plaques de sang séché, et superposées sur elles, des gouttes de sang frais. Depuis les commissures des paupières coulait, de part et d'autre des joues, un filet de sang mêlé d'un liquide aqueux.

Etait-ce bien la même Marthe qui, la veille, avait reçu vingt ou vingt-cinq retraitants, toute entière présente à chacun? Etait-ce bien celle qui m'avait lancé, pour que je remette une relique à sa vraie place: *"Moi, c'est dans le cœur que je l'ai, saint Pie X!"* Etait-ce bien la même qui m'avait demandé de façon réaliste: *"Est-ce que vous auriez le temps de vous en occuper?".*

Oui, c'était la même! Elle n'avait cette sagesse, cette lecture discrète des événements qui inspirait ses questions, elle n'avait de si puissantes réponses divines à ses prières de demande que parce que, configurée au Serviteur souffrant, -

scandale pour les Juifs et folie pour les païens- elle ne refusait rien à l'Amour crucifié. Il ne lui refusait rien, de son côté, même si des libertés humaines, parfois près d'elle, ne coopéraient pas toujours à la grâce, ou même s'en détournaient. Il est terrible, le mépris du sang versé!

Après avoir prié au pied du lit de Marthe le vendredi avant cinq heures (trois heures en Israël) on redescendait au Foyer pour prier à la chapelle, pleinement conscient de recevoir l'amitié du Seigneur, à travers Marthe, amitié plus vaste que l'intelligence humaine, plus grande que le cœur humain.

Une obéissance dans l'amour

On le sent: il est difficile de parler -et d'écrire- de la passion de Marthe. Evoquer exactement ce que j'ai vu et entendu sans y mêler ce que le Père Finet ou d'autres personnes de l'entourage immédiat de Marthe m'en ont rapporté demande un effort de rigueur. Dans cette évocation de l'extraordinaire de sa vie, je m'y applique.

Ce qui précède rapporte principalement trois aspects: l'étonnante différence entre l'équilibre et la sagesse de sa conversation et la déréliction -si je puis employer ce mot- à l'heure de la souffrance; la régularité des gémissements identiques que j'ai entendus à des années de distance, priant au pied de son lit; le visage blanc, les larmes de sang, le front parsemé de sang séché et de sang frais que j'ai contemplés.

Je puis porter témoignage aussi au sujet de la paralysie, de la cécité, et dans un tout autre ordre, de l'obéissance.

Marthe, disait le Père Finet, avait les deux jambes repliées sous elle. Elle était presque entièrement paralysée et l'on devait placer sa tête sur l'oreiller car son cou n'avait plus d'énergie directive. Seuls, disait-on, ses doigts pouvaient égrener le chapelet.

En 1946 et 1947, puis de 1950 à 1981, j'ai rendu visite à Marthe plusieurs fois chaque année. Comme les dizaines de milliers de visiteurs qui sont entrés dans sa chambre en ces mêmes années, je ne l'ai vue qu'alitée, ne mesurant guère plus d'un mètre sous les draps. Sa tête était posée au même endroit de l'oreiller. Si l'on évoque qu'au cours de chaque visite, c'est elle qui rendait la paix, l'espérance, la joie à qui venait la rencontrer, on ne peut éviter, du simple point de vue psychologique, de noter qu'une maladie et une immobilité qui ont duré, en fait, de 1930 à 1981 -plus d'un demi-siècle- sont difficilement compatibles avec un tel oubli de soi, une telle présence aux autres, jamais en défaut. Puis-je ajouter qu'en trente retraites en trente-cinq ans, j'ai pu constater les réactions de plusieurs milliers de retraitants?

Il en va de même pour la cécité. Les larmes de sang dont j'ai été témoin expliquent suffisamment l'extrême vulnérabilité des yeux que toute lumière blessait. Je ne l'ai jamais rencontrée que dans la pénombre. Seule, une très faible lumière derrière un rideau situé au-delà de la tête du lit, permettait aux yeux habitués de distinguer le visage de Marthe, les draps, de deviner une commode... Par ailleurs, jamais je n'ai entendu Marthe parler de sa paralysie ou de sa cécité. Elle les faisait oublier et, "l'habitude prise", nous n'y pensions plus! Mais elle, a-t-elle jamais "pris l'habitude"? La souffrance de chacun est toujours nouvelle.

L'obéissance de Marthe, une obéissance d'amour, était toujours nouvelle aussi.

Si je songe à mettre cet aspect au même rang que la paralysie et la cécité, c'est que seul un "fiat" total, incessamment renouvelé, permettait -et permet aujourd'huide “comprendre” cet équilibre, cette paix et souvent cette joie à travers une vie physique que l’observateur, même superficiel, ne peut que nommer totalement délabrée.Sans doute, Marthe avait, comme nous tous, de la peine. Mais ses peines étaient parfaitement humaines. Ses joies aussi. L’annonce d’une naissance proche la transformait -si je puis dire- en action de grâce. Une maladie grave l’attristait. Une mort qui touchait famille ou amis pouvait provoquer ses sanglots. Mais, sans cesse, elle invitait à se soumettre à la volonté divine. C’était une évidence.

Elle était toute obéissance à Dieu, Père, Fils, Esprit Saint, et ses paroles, sa voix inspiraient suffisamment que c’était une obéissance pleine d’amour. Combien de fois, alors que je demandais un conseil et que je l’avais reçu, l’ai-je entendue ajouter: *“Mais il faudra demander au Père”*. Une fois au moins, alors qu’il s’agissait de prier pour la mission à Rome d’une très importante personnalité, elle a dit: *“Il faut demander la permission à mon Père”*. Même pour prier, elle ne prenait pas l’initiative.

Dira-t-on que, de ce fait, elle manquait de liberté? Je ne le crois pas, dans la mesure du moins où, de son côté, le Père Finet se souvenait qu’une simple question, même anodine de Marthe, contenait l’indication d’un chemin. La liberté de Marthe était celle de l'Amour, celle d'un "fiat" dont la mesure est d'être sans mesure.

.20.

La consécration de Marthe

MEME si Marthe a signé un jour déterminé un acte de consécration (rédigé par elle à deux reprises en dix-huit mois), et si sa lecture et sa méditation éclairent aussi adéquatement que possible ce moment de son existence, il serait sans doute insuffisant de limiter l'intelligence de cet acte à ce seul moment, ou même à une seule période de sa vie. C'est pendant quelque vingt ans que cet acte de consécration fut préparé en elle, par l'Esprit Saint, de sa première enfance jusqu'en 1925. Puis, cette consécration faite, elle ne cesse plus d'être renouvelée par des actes d'amour, on peut le penser, à chaque instant. C'est elle qui donne à toutes les étapes de cette vie, qui nous dépasse tellement, une signification et une efficacité (surnaturelle) qui ne cesseront de croître et de s'étendre jusqu'à sa mort, et au delà.

C'est donc dans la lumière de cet acte de consécration que, semble-t-il, on peut considérer toute la vie de Marthe. J'en ai entendu, à plusieurs reprises, des récits, au cours ou en fin des retraites du Père Finet. Plus encore, j'ai eu souvent, lors de conversations fréquentes avec lui, -et lors de visites à Marthe- l'occasion sinon de comprendre, au moins d'approfondir un peu ce qui manifeste sans doute la réalité profonde de ce mystère de sa vie.

Le "noviciat" de la jeunesse

Marthe est née le 13 mars 1902, en fin d'après-midi, dans la maison de ferme -comme on disait alors- de ses parents; elle y a passé toute sa vie. Sixième de la famille, elle sera baptisée le samedi de Pâques suivant, le 5 avril 1902.

Un jour de confidences où j'avais fait, seul avec Marthe, allusion à tout ce qu'elle portait de soucis humains -ils ne cessaient point- en plus des grâces extraordinaires et redoutables de chaque semaine, Marthe me demanda :

– *"Vous avez vu, la croix, sur la porte de la maison?"*

Je crus devoir confesser que non. Peinte en même temps que la porte, elle ne faisait (et ne fait toujours) qu'un avec elle. En fait, je l'avais "vue", mais non vraiment "remarquée". La vérité intérieure est parfois difficile à démêler...

– *"C'est Papa qui, un jour, l'a clouée sur la porte..."* La voix de Marthe semblait portée par des sanglots: *"Et depuis... la souffrance n'a jamais cessé d'habiter la maison."* Il y eut quelques sanglots, puis le silence!

Cette confidence apportait en fait une grande lumière. Marthe ne me dit point à quelle date M. Joseph-Michel Robin avait fixé cette croix. Mais les événements sont éloquents: avant que Marthe ait deux ans, l'épreuve tombe sur la maison. Sa sœur Clémence meurt de la typhoïde en 1903. Marthe, Alice et leur frère, Henri, sont aussi atteints par la maladie. Alice boitera toute sa vie. Des séquelles sur Henri, on ne peut que conjecturer. Marthe, dès dix-huit mois, sera désormais fragile, souvent maladive, mangeant peu, digérant mal. Puis elle souffre, pendant deux ans, d'une bronchite chronique. Toute son enfance est marquée de fréquentes maladies, entraînant des absences scolaires. Mais il importe de souligner qu'ayant fait sa communion privée à neuf ans, sa communion solennelle à douze, appliquée et simplement moyenne en classe, elle n'est pas d'une religiosité démonstrative. Selon ses sœurs, et le docteur Martin que j'ai eu la joie de connaître dans son extrême vieillesse, elle n'était ni particulièrement pieuse, ni d'un tempérament porté à la mystique, bien que sa première grande grâce en ce domaine date de sa communion privée. Elle avait, si l'on peut dire, eu jusque vers treize ans, “l'habitude” d'être souvent malade. Avec le début de l'adolescence, sa santé s'améliore... pour trois ans seulement.

A seize ans -en 1918- elle est atteinte de troubles sérieux: maux de tête, douleurs des yeux, évanouissements. Un médecin de Saint-Vallier hésite alors à parler de crises d'épilepsie à cause des évanouissements. Signe sans doute ambigu.

Fin 1918, les douleurs de tête deviennent intolérables, l'affaiblissement, général. Un coma se prolongea quatre longs jours. On la crut perdue. Une amélioration certaine, mais brève, en janvier précède le retour des mêmes phénomènes à partir de février 1919. Marthe doit s'aliter, et ce jusqu'en mai 21. Les médecins sont incertains. Ils ne parlent plus d'épilepsie ni de tumeur cérébrale, plutôt de méningite. Leur diagnostic reste flou.

Mais en mai 1921 -le 20- se situe, selon une confidence de Marthe faite au professeur Dechaume et au docteur Ricard, la première apparition de Notre Dame. Rien ne semble le lui avoir laissé prévoir ni désirer. La mère et une sœur de Marthe étaient présentes. Un répit de quelques mois permet à Marthe de retrouver l'usage de ses membres, jusqu'à la fin novembre. Elle se tient, dès lors, dans un fauteuil. Mais après novembre 1923, même soutenue, elle ne pourra plus marcher. En janvier 1924 elle s'alite. On l'installe pour broder dans ce même fauteuil, mais seule elle ne peut plus bouger.

Cette brève évocation, qui réunit des éléments complémentaires, donne certainement la ligne d'ensemble de ce qu'a été la vie maladive de Marthe jusqu'en 1925. Un noviciat de la souffrance à travers des manifestations très diverses, à l'époque mal ou non identifiées. Beaucoup plus tard, une analyse clinique très complète concluera à la probabilité d'une encéphalite à virus dont le caractère organique, lui, ne fait aucun doute.

L'initiative vient de Dieu

Si la piété de Marthe n'a rien de démonstratif, sa curiosité intellectuelle se manifeste au catéchisme. Elle pose beaucoup de questions. Mais surtout, elle a livré ce qui est le point de départ (connu d'elle) de son union à Dieu.

"Je crois que ma communion privée a été une prise de possession par Notre-Seigneur. Je crois que déjà Il s'est emparé de moi à ce moment-là. Ma communion privée a été quelque chose de très doux dans ma vie." (*"L'Alouette"*, août 1981, p. 7). Ce souvenir remonte au 15 août 1911: Marthe a neuf ans. Il est donc impossible de faire coïncider cet événement avec la maladie qui se déclarera sept ans plus tard, en 1918. Sauf à récuser la véracité de Marthe ou la précision de ses souvenirs -défaillance qu'en trente-cinq ans, je n'ai jamais observé d'aucune manière- on peut croire que cette première grâce sensible résulte d'une initiative de Dieu. Faut-il ajouter que j'ai rencontré, dans ma vie, plusieurs personnes qui ont conservé un souvenir très précis de la joie

inexplicable de leur première communion? Le témoignage de Marthe, il est vrai, affirme plus: une prise de possession qui est probablement la première date marquante de sa vie toujours plus complète d'union à Dieu.

On peut conjecturer que d'autres confidences de Marthe concernant son très grand amour de Dieu, le fait qu'elle priait *"dans son lit, surtout"* et qu'elle avait toujours son chapelet en poche en allant au village pour le dire en route, sont en rapport avec cette grâce du jour de la communion privée. Il semble bien que, discrètement, l'union à Dieu a été, dès lors, l'attitude permanente de l'âme de Marthe. Après 1918, son état de santé la conduit à tout offrir, à s'offrir elle-même et aussi à offrir les épreuves de toutes sortes que la maladie lui impose.

Aussi peut-on comprendre la vraisemblance de ce que raconte l'une de ses amies de l'époque. Marthe, en 1922, aurait trouvé un livre de piété chez une de ses sœurs et aurait été très marquée par une phrase qui opposait la recherche de la douceur et de la joie et à l'inverse la perspective de la souffrance.

"Pour toi," se serait dit Marthe à elle-même ,*"ce sera la souffrance"*. Elle est malade depuis quatre ans. Elle a vu la Sainte Vierge pour la première fois l'année précédente. Mais cela n'empêche pas sa nature de se rebeller: *"Je me suis débattue avec Dieu"*. Tantôt elle accepte. Tantôt elle résiste. Elle résiste *"jusqu'au tourment."* Les années 1923 à 1925 qui précèdent la rédaction de l'acte de consécration sont, en fait, des années de lutte.

Depuis le début, Dieu a l'initiative. Depuis son enfance jusqu'à la lutte intérieure de ces deux années, il semble que Marthe a aimé le Seigneur -le Seigneur qui EST l'Amour- d'un élan de retour. Elle est spontanément obéissante. Toutefois, l'acte de consécration marque une victoire. On ne doit pas le lire comme une étape facile, ni "normale"... Cet acte ne s'est pas produit tout seul! Marthe n'a pas consenti facilement. Et pendant deux ans, le Seigneur lui a laissé le temps d'une longue, difficile, angoissante délibération. Même si elle ne sait pas à quoi la conduira le don et l'abandon de sa vie entière, elle pressent, à travers tout ce qu'elle a déjà accepté et vécu, que c'est bien une dépossession d'elle-même dont la limite est inconnaissable qui lui est demandée.

Plusieurs signes indiquent que ces deux années furent de combat, mais aussi de victoire.

En 1925 -à vingt-trois ans- Marthe a mûri. Elle cesse de délibérer. Sa détermination a été longuement, lentement assumée. Elle sait que le Seigneur lui a donné tout le temps d'une vraie décision. C'est en toute liberté d'esprit, de cœur, de volonté qu'elle rédige le texte d'une consécration qu'elle a daté du 15 octobre 1925. Ce texte, détruit l'année suivante par Marthe qui croyait mourir peu après, a été connu grâce à l'abbé Faure. Puis, Marthe ayant compris que l'heure du départ pour le Ciel ne viendrait pour elle que beaucoup plus tard, a rédigé un nouveau texte. Cette seconde version, qu'il convient de méditer, reprend toute la première mais l'accentue. C'est, cette fois, le texte d'une "femme forte". Elle est devenue, comme Marie, "virgo potens", vierge puissante. Elle étend explicitement les fruits de son sacrifice à l'humanité entière. A la fin, elle marque davantage l'intimité qui l'unit à la Sainte Vierge: elle lui demande d'être Celle qui l'offre à Jésus. Sa volonté de désappropriation de son moi est précise, assumée, totale.

Avant de lire, ou plutôt de méditer ce texte peut-être faut-il se rappeler que cette désappropriation correspond à une charité qu'on croit pouvoir dire parfaite. Comme le souligne le Docteur commun, par la foi et par l'espérance, nous espérons, pour nous, quelque avantage à venir. Par la charité, nous sommes unis directement à Dieu, appelés à L'aimer plus que tout, et plus que nous-même (St Thomas IIa-IIae, Q.23). L'acte d'espérance nous fait désirer Dieu pour obtenir sa grâce en ce monde et le bonheur éternel dans l'autre. L'acte de charité, lui, nous fait aimer Dieu, non pour nous, mais pour Lui-même, parce qu'Il est la Bonté infinie et absolue: Dieu Amour.

C'est dans cette lumière, et parce qu'elle a compris comme Thérèse de l'Enfant-Jésus, que l'homme est "comme une goutte de rosée absorbée par le soleil", que l'on peut entrer dans ce texte -immense au sens étymologique- de Marthe.

Acte d'abandon et d'offrande à l'amour et à la volonté de Dieu

"Dieu éternel, Amour infini! ô mon Père! Vous avez tout demandé à votre petite victime; prenez donc et recevez tout... En ce jour, je me donne et me consacre à Vous, toute entière et sans retour.

O le Bien-Aimé de mon âme, mon doux Jésus... c'est Vous seul que je veux... et pour votre amour, je renonce à tout!

Mon Dieu, prenez ma mémoire et tous ses souvenirs, prenez mon cœur et toutes ses affections... prenez mon intelligence et toutes ses facultés; faites qu'elles ne servent qu'à votre plus grande gloire... prenez ma volonté toute entière... c'est à jamais que je l'anéantis dans la vôtre. Non

plus ce que je veux, ô mon très doux Jésus, mais toujours tout ce que Vous voulez! Prenez-moi... recevez-moi... dirigez-moi... guidez-moi! A Vous, je me livre et je m'abandonne!... Je me livre à Vous comme une petite hostie d'amour, de louange et d'action de grâce, pour la gloire de votre Saint Nom, pour la jouissance de votre amour, le triomphe de votre Sacré-Cœur, et pour le parfait accomplissement de tous vos desseins en moi et autour de moi.

O mon Dieu, tout mon pauvre moi est à Vous! Faites-en, je Vous en supplie, votre petite humanité de surcroît... toute vôtre... toute à Vous... toute pour Vous... votre ciel d'amour sur la terre. Que je n'aie plus de pensées, de vouloirs, de désirs, d'intérêts, de joies et de souffrances que les vôtres.

Détruisez en moi tout ce qui peut Vous résister, Vous gêner, Vous déplaire... consumez tout dans votre immense amour, réduisez tout à votre aimable empire!

Plus de moi... plus de mien... Vous seul, ô mon Jésus... rien que Vous seul toujours! Soyez vraiment ma vie, mon amour et mon tout!

Que je puisse dire en toute vérité: mon moi... c'est Jésus, sa volonté, son Esprit, l'amour infini, le Dieu bon, le Dieu saint qui vit en moi et s'exprime par toutes ses œuvres.

Que toute ma joie ici-bas soit de Vous faire connaître bon comme Vous êtes bon, de Vous aimer, de Vous imiter, de Vous offrir au nom et pour toutes les créatures.

Que ma vie soit la reproduction parfaite et incessante de votre vie, la manifestation de votre amour et la continuation de celle de Marie Vierge et Martyre.

Que tout en moi exprime mon amour pour vous et que je sois toujours prête au sacrifice.

O Sauveur adorable! Vous êtes l'unique possesseur de mon âme et de tout mon être! Recevez l'immolation que, chaque jour et à tout instant, je Vous offre en silence. Daignez l'agréer et la faire servir au bien spirituel et divin, de tant de millions de cœurs qui ne Vous aiment pas, à la conversion des pécheurs, au retour des égarés et des infidèles, à la sanctification et à l'apostolat de tous vos bien-aimés prêtres et en faveur de toutes les créatures.

O Jésus, prenez mon cœur, tout mon cœur, il ne demande et soupire de n'appartenir jamais qu'à Vous seul! Gardez-le toujours près du vôtre, gardez-le tout entier dans le vôtre, gardez-le à jamais pour le vôtre afin qu'il ne se livre et s'épanche dans aucune créature. O Jésus! que mon cœur soit vraiment l'autel de votre amour et que ma langue publie à jamais vos miséricordes! Daignez, je vous en supplie, sanctifier toutes mes paroles, toutes mes actions, toutes mes intentions, tous mes désirs! Soyez vraiment à mon âme son trésor et son tout! A Vous je la donne et je l'abandonne.

J'accepte avec amour tout ce qui me vient de Vous , tout ce que Vous voulez et voudrez encore dans la suite. Je m'abandonne humblement à Vous par Marie, ma bien-aimée Maman, en m'appuyant uniquement sur le secours de votre infinie miséricorde et je Vous promets la fidélité la plus sincère.

Plus rien de moi... par moi... pour moi... Je renonce à jamais à moi-même et à tout et me voue toute entière à la prière, à la souffrance, à l'amour.

O divin Rédempteur! En victime d'amour pour l'Eglise et les âmes à Vous je me livre et je m'abandonne! Daignez, je Vous prie, agréer favorablement mon offrande et je serai heureuse et confiante. Hélas! c'est bien peu, je le sais, mais je n'ai rien de plus et je Vous donne tout.

J'aime mon indigence et ma faiblesse parce qu'elles me valent toute votre miséricorde et vos plus tendres sollicitudes.

Mon Dieu, Vous connaissez ma fragilité et l'abîme sans fond de ma misère... Si je devais un jour être infidèle à votre souveraine volonté sur moi; si je devais reculer devant la souffrance et la Croix et déserter votre chemin si doux en fuyant le tendre appui de vos bras, oh! je Vous en supplie et Vous en conjure, faites-moi la grâce de mourir à l'instant.

Exaucez-moi, ô Cœur très aimant de mon Dieu... exaucez-moi par votre très doux Nom de Jésus, par l'amour de votre Très Sainte Mère, par l'intercession de saint Joseph, de saint Jean le bien-aimé et de tous les autres saints et par votre divine ardeur à accomplir en tout la volonté de votre Père.

O mon Jésus, divin Soleil d'amour! O ma voie, ma lumière et ma vie! Je Vous aime, je Vous adore, je Vous bénis, je m'abandonne à Vous, je me confie à Vous. Gardez-moi bien toujours toute vôtre, cachez-moi bien toujours toute entière en Vous; parce que ma pauvre nature tremble et gémit sous le fardeau des cruelles épreuves qui l'enveloppent de toutes parts... et que je suis seule, toujours.

Marie, ô ma Mère chérie, donnez-moi vous-même à Jésus, offrez vous-même à Dieu cette petite hostie. Qu'Il daigne venir habiter en elle, reposant en son cœur comme en son tabernacle. Pour demeurer, hélas! Il n'aura que ma misère; mais Il y trouvera du moins l'amour, la reconnaissance, la fidélité, la générosité, l'abandon, l'humble et joyeuse confiance pour Le dédommager, consoler, réjouir, glorifier son Sacré Cœur

et Lui donner des âmes, en union avec vous, ô ma si chère Maman." (1)

15 octobre 1925

L'amour est un mystère

Cet acte se suffit à lui-même. Tout au plus me permettra-t-on, dans le contexte total de ce que j'ai compris au cours des années, de souligner que son développement est à la fois métaphysique, théologique et mystique.

Métaphysiques sont les deux premiers mots: *"Dieu éternel"*. C'est à Dieu, vrai Dieu, unique Dieu, absolument transcendant dans son éternité que Marthe s'adresse en premier lieu. Elle choisit de considérer en lui d'abord et avant tout cette éternité: Il n'a jamais eu de commencement, Il n'aura jamais de fin. Si, comme on l'a suggéré parfois étourdiment, la vocation de Marthe avait pour ressort "l'existence d'une structure névrotique de type hystérique"... elle commencerait par l'expression d'une tonalité de délire mystique! Non par la métaphysique! J'insiste sur ce point parce que Marthe parlait volontiers de l'éternité de Dieu, de son unité, de sa toute-puissance, et comme ici, de Le *"faire connaître comme Il est "bon"*. On retrouve avec d'autres accents la remarque d'Aristote faite aux Platoniciens: *"Il est étonnant que, si le Principe est reconnu comme quelque chose d'éternel et se suffisant parfaitement à soi-même, on n'ait pas compris que c'est essentiellement en tant que Bien que le Principe possède ces caractères, à savoir la suffisance et l'indépendance"* (Métaphysique, Livre N-1091,15, Trad. Tricot).

---

(1) *Texte publié par* "L'Alouette", *loc. cit., p. 14-15.*

Théologique aussi, tout le développement de cette consécration! Il correspond dans ses moindres nuances à la doctrine sacrée. Dieu est éternellement Père en relation à son Fils unique, et c'est au Père qu'elle sait que revient l'initiative éternelle de ce qui lui est demandé. Jésus, Lui, est appelé par elle Sauveur, Rédempteur et c'est pour le triomphe de son Cœur Sacré qu'elle livre tout ce qu'elle est. Elle le fait pour le Corps mystique, pour *"tant de millions de cœurs"* et même *"en faveur de toutes les créatures."* Marthe sait que le Fils de Dieu a le dessein d'étendre et de continuer les mystères de sa Croix, de sa mort et de sa Résurrection dans tous les membres de son Corps. Saint Augustin ne dit-il pas que ce que la Tête a souffert, le Corps du Christ doit à son tour le souffrir avec Lui? Si l'on traduit correctement Col 1,24 (*"J'achève ce qui, des souffrances du Christ*, (c'est un génitif, en latin et en grec) *manque en ma chair pour son Corps qui est l'Eglise"*), on comprend qu'après Paul, et beaucoup d'autres, Marthe est ainsi appelée à remplir un office organique dans ce Corps pour compléter, dans l'ordre d'application (nullement dans l'ordre du mérite, cela va de soi) ce que la Tête lui a demandé. Une théologie très sûre lui fait décrire, sans la nommer, la communion des saints, par laquelle les mérites des justes peuvent servir aux autres membres de l'Eglise.

Mystique enfin, cette consécration l'est, plus encore que par son style, avant tout par la radicalité de l'offrande, laquelle va explicitement jusqu'à l'abandon absolu à Celui à qui elle demande de tout consumer pour qu'il n'y ait plus que Lui en elle. Elle supplie d'être toujours prête au sacrifice, disposition permanente, irréversible, qui la constitue au sens strict, victime comme Jésus lui-même, pour le dessein de l'Amour rédempteur en notre temps. Ici encore, on évoque saint Paul: *"Vivo, non ego, Christus"* (Gal. 2, 20), ce que Marthe traduit: *"Soyez vraiment ma vie, mon amour et mon tout."* L'accent est, dans la formulation, d'elle. La doctrine est celle de l'Eglise.

Sans doute faut-il insister, en terminant cette évocation de la consécration datée de la fête de sainte Thérèse (d'Avila), sur le fait que Marthe, en 1925 ignore à coup sûr que la réalisation de son acte d'offrande et d'abandon sera de revivre mystiquement la Passion du Seigneur (à partir de 1930). D'une part, Marthe a eu un désir pour donner forme à sa vocation: c'eut été d'être carmélite, si sa santé l'avait permis. D'autre part, l'année suivante, Marthe croit sa mort prochaine, et c'est le motif de la destruction de la première rédaction de sa consécration. Si elle avait connu clairement le dessein de Dieu sur elle de 1930 à 1981, elle n'aurait pas, en 1926, cru que sa mort était toute proche. Elle avance abandonnée, mais vers un avenir inconnu.

Ce point est important. Marthe sait à qui elle s'abandonne: c'est au *"Dieu éternel"*. Elle sait pourquoi: le bien spirituel et divin de *"toutes les créatures"*. Toutefois, elle ne sait pas comment. Sans doute *"ce sera la souffrance"*, mais elle ignore complètement de quelle nature elle sera. L'idée de la stigmatisation ne lui traverse pas l'esprit. L'acte d'abandon posé, ce n'est plus elle qui prévoit, ni qui décide. C'est Jésus. Elle a donné son cœur et toutes ses affections, son intelligence et toutes ses facultés, sa volonté toute entière. Ou plutôt elle a demandé au Dieu Amour de les "prendre", pour n'avoir même pas l'initiative de les "donner".

Si l'on était tenté de se scandaliser d'une immolation semblable, peut-être faudrait-il, maintenant que Marthe nous a quittés, comprendre que Dieu ne reçoit -et dans ce cas ne prend-, que pour donner, après avoir perfectionné ce qu'Il a accepté. Le cœur, l'intelligence, la volonté, et la mémoire de Marthe n'ont pas été anéantis mais transfigurés, dès ici-bas, et nous en avons été les témoins.

.21.

"Veux-tu être comme moi ?"

NOUS nommons mystère, selon l'étymologie, ce sur quoi l'on se tait, faute d'en pouvoir parler de façon proportionnée. Comme le soleil, un mystère est trop lumineux pour notre intelligence: celle-ci ne peut le regarder en face. Comme l'Amour, un mystère est plus grand que notre cœur: notre cœur ne peut le contenir.

On le constate lorsque l'on s'approche, en esprit, de Jésus en Croix. Ce supplice est sans doute le plus atroce de tous ceux que les hommes ont inventés. Que le Verbe Eternel se soit fait homme doit être cru. Mais le dessein d'amour de cette Incarnation ne peut être *contenu* par notre intelligence: celle-ci est débordée de toutes parts. Plus encore, est inimaginable, indicible, le dessein d'amour total de l'Incarnation en vue de la Rédemption. Que Jésus, vrai Dieu et vrai homme ait choisi la souffrance et la mort sur la Croix pour notre salut est, au sens le plus fort, un mystère. Dans sa toute-puissance, Dieu, le Dieu Amour, a voulu épouser dans son humanité la toute impuissance du condamné, du flagellé, du crucifié pour une agonie indicible de trois heures, jusqu'à l'ultime soupir du *consummatum est.*

Le réalisme du salut

C'est évidemment à la lumière du mystère de la Rédemption que l'on peut éclairer -un peu- ce reflet qu'est, en général, le mystère de la Croix dans les membres du Corps mystique, et plus particulièrement, l'inscription des signes sensibles de la crucifixion dans les membres de quelques-uns d'entre eux.

En d'autres termes, la question n'est pas d'abord de savoir si réellement une Marthe Robin a été configurée aux souffrances du Christ Jésus. La question préalable, et unique, somme toute, est posée par la crucifixion du Christ Lui-même. Dans les milieux chrétiens, la reproduction du supplice de la Croix est inévitablement fréquente. A force de voir des crucifix au mur, l'attention s'émousse. On en prend son parti, comme des choses habituelles, qui en deviennent banales. Il faut donc, avant tout, redécouvrir le réalisme du salut apporté par le Sacrifice du Verbe Incarné.

La question clef, inévitable, éveille parfois la crainte. Pourquoi Dieu a-t-Il choisi la souffrance et la mort?

Pour rendre à l'humanité la Résurrection et la Vie.

Il en est sans doute ainsi, parce que, s'écartant de Dieu à l'origine, l'homme s'est nécessairement écarté de la Vie. Ayant perdu la grâce sanctifiante, sa nature a été soumise à la corruption de la souffrance et de la mort. Dans l'état de chute, la mort est victorieuse de l'homme.

Pour rendre à l'homme son destin en Dieu, c'était donc la mort qu'il fallait vaincre. Par ses seules forces, l'homme face à la souffrance et à la mort, est sollicité par la révolte ou par le désespoir. En tout état de cause, pour réparer la faute de l'homme, il fallait un homme, plus encore: le chef de l'humanité. Pour effacer l'offense faite au Dieu infini, il fallait une offrande d'une valeur infinie. Le "nouvel Adam", Verbe de Dieu, remplissait les conditions.

Oui, pour vaincre la souffrance et la mort, il fallait la Résurrection et la Vie. Ne sont-ce pas, là, les mots mêmes de Jésus à Marthe de Béthanie: *"Je suis la Résurrection et la Vie: qui croit en moi, même s'il est mort, vivra!"* (Jn XI, 25).

Tel est le réalisme de la Rédemption. L'Homme-Dieu affronte la mort. Il entame un duel avec elle. Il n'est sa victime que pour détruire sa victoire. C'est parce qu'Il est ressuscité que notre foi n'est pas vaine, mais à son tour, en Lui et par Lui, victorieuse. Citant Osée (13, 14) saint Paul s'écrie: *"Mort, où est ta victoire? Mort, où est ton aiguillon? Or l'aiguillon de la mort, c'est le péché (...) Grâce soit rendue à Dieu qui nous donne la victoire par Notre-Seigneur Jésus-Christ."*

A travers ces exclamations de l'Apôtre, le réalisme de la Rédemption se révèle à l'intelligence de la foi.

Il fallait que le Christ mourût car seule sa Résurrection pouvait Lui donner la victoire sur la mort. Par la foi en Sa divinité, en Sa grâce, en Sa miséricorde, l'homme pécheur trouve son salut.

Cela dit... Dieu aurait pu agir autrement! Il ne l'a pas voulu. Il a choisi la voie du plus grand amour.

Le réalisme du corps mystique

La crucifixion, ainsi comprise, ne peut donc être séparée de la Résurrection. Si l'on se retourne alors vers cet autre mystère qu'est la demande faite par le Seigneur à quelques-uns des membres de son Corps mystique d'accepter d'être pour Lui des "humanités de surcroît", nous savons déjà que c'est une autre démarche de sa miséricorde, au long des siècles. Bien entendu, il ne manque rien à la Rédemption du Christ dans l'ordre du mérite. Le renouvellement non sanglant de ce Saint Sacrifice, chaque jour et à tous moments dans le monde, relie directement la célébration de chaque eucharistie au seul et unique Rédempteur de l'homme.

Mais, nous le savons aussi, il faut distinguer entre *les mérites* du Christ offrant sa vie au Père, et *l'application* de ces mérites aux membres du Corps mystique. Car Dieu qui nous sauve, comme le soulignait saint Augustin, ne nous sauve pas sans nous. Si nous sommes justifiés dans son sang, dans ses douleurs, dans sa charité, Il veut pour cela notre coopération. Nous sommes appelés à joindre notre effort au sien, notre charité à la sienne, car l'épreuve de ce monde n'est pas encore achevée. Nous devons nous nourrir de Lui, de sa parole, de sa volonté, de l'Eucharistie, pour vivre en Lui et être transformés en Lui. Dans cet ordre d'application, le chrétien en état de grâce - et d'autant plus qu'il est plus uni à Dieu- peut mériter, non seulement pour lui-même, mais pour les autres, d'un mérite de convenance, toutes les grâces qu'il peut mériter pour lui-même.

C'est à travers cette doctrine commune de la réversibilité des mérites dans le Corps mystique que l'on peut approcher du mystère de ceux et celles qui, comme Marthe, ont accepté d'être configurés, dans leur âme et même dans leur chair, au sacrifice du seul Rédempteur.

Au réalisme de la Rédemption, victoire sur la mort, s'ajoute ainsi le réalisme du Corps mystique où *"l'unique médiation du Rédempteur n'exclut pas, mais suscite au contraire une coopération variée de la part des créatures, en dépendance de l'unique source"* (Lumen Gent. 62).

Marthe, de 1925 à 1930

Le 3 octobre 1926, Marthe est frappée d'une grave hémorragie digestive. Aucun remède n'y peut rien. Les médecins avouent leur impuissance. Marthe est persuadée de sa mort prochaine.

Ici se situe l'intervention de sainte Thérèse de l'Enfant-Jésus. A trois reprises, la sainte de la petite voie vient entretenir Marthe de la vocation à laquelle elle est appelée.

Il y a peu de confidences de Marthe sur ce sujet. Ce qui semble certain, c'est qu'après les conversations avec Thérèse, Marthe *sait* que sa mort n'est pas aussi prochaine qu'elle le croyait. Il est assuré aussi que Marthe a compris que sa mission serait dans la continuité de celle de Thérèse, une mission d'Eglise, une mission mondiale. C'est ce qu'elle dit, en cette année 1926. Ces deux convictions sont, en elle, solidement acquises. Elles seront exactement confirmées jusqu'en 1981 par les faits.

En quoi consistait la continuation de la mission de Thérèse de l'Enfant-Jésus? Celle-ci était carmélite, et Marthe aurait voulu l'être. C'est un premier repère. Thérèse n'a pas bougé de Lisieux. Elle a été proclamée patronne des Missions. Marthe a été clouée à Châteauneuf et les Foyers de Charité se sont répandus dans le monde entier. C'est un deuxième repère.

Mais le plus important -le troisième- est sans doute de nature spirituelle. Sans le dire, Marthe a emprunté la "petite voie". Chaque détail, chaque acceptation, chaque délicatesse à l'égard de quelqu'un était, pour elle, l'occasion secrète d'un acte d'amour.

En quel sens Marthe a-t-elle dit, un jour, au Père Finet, à propos de Thérèse: *"Oh! la coquine! Elle m'a tout laissé, après!"?*

"Après" est explicite. Le mot signifie: "après elle" ou, ce qui revient au même, "après sa mort".

"La coquine!" C'était un mot affectionné de Marthe. Je l'ai entendu à plusieurs reprises dans sa bouche pour sembler adresser un reproche à quelqu'un qu'elle appréciait. Le sens était, non polémique, mais affectueux. Charmant, aussi.

"Elle m'a tout laissé". C'est la substance de la pensée. Le mot "tout" paraît très fort. Il est dans la ligne de l'acte d'abandon. Il s'agit, je crois, du monde entier, de tous les hommes. Ce que la sainteté de Thérèse a fait au soir du dix-neuvième siècle (elle est morte en 1897), l'amour de Marthe était appelé à le faire dans les années à venir... Elle ne savait pas pendant combien de temps. Elle ne savait pas, non plus, comment.

Le 25 mars 1928, Marthe devient paralysée. Ce sera pour la vie. Ses deux jambes sont repliées sous elle. Le 3 novembre suivant, elle est attaquée physiquement par le démon, qui lui casse deux dents. C'est à partir de cette même année qu'elle ne peut plus absorber aucune nourriture. La Sainte Vierge lui apparaît à nouveau.

Le 2 janvier 1930, elle formule cette prière:

"O Père tendre et bon! O Dieu unique et parfait!

Que ferez-vous de moi cette année?...

Où me mènera votre Amour?...

Quel délai m'imposerez-vous?

Que me demanderez-vous?...

Quels imprévus demanderez-vous encore à votre pauvre petite servante, à votre pauvre petite victime?

Je l'ignore...et ne cherche pas à savoir.

Fiat, ô mon Jésus, mon Dieu, Fiat et toujours Fiat,

dans l'amour et le renoncement de tout.

O Seigneur, de moi, de tous et par tous, soyez glorifié et béni,

maintenant et toujours. Amen.

Magnificat anima mea Dominum!..."(1).

Le consentement

Cette prière doit être prise au pied de la lettre. Marthe, depuis le 15 octobre 1925, accepte incessamment l'épreuve du jour. La maladie, la paralysie, puis l'absence définitive de nourriture et de sommeil ont été successivement acceptées par elle. Elle ne sait pas pour autant où Dieu l'emmène et la phrase: *"Je ne cherche pas à savoir"* témoigne d'une perfection spirituelle -d'une perfection de l'amour- que l'on a peine à concevoir.

A la fin septembre de cette année 1930, Notre-Seigneur lui pose une question dont la signification l'atteint au cœur. Il ne parle pas de "stigmates"... Il demande seulement:

"Veux-tu être comme Moi?"

---

(1) *L'Alouette : loc. cit., p. 18.*

Comment ces mots ont-ils résonné en Marthe? Une chose est certaine: elle les a compris profondément dans le sens où Jésus les disait. Elle a consenti.

Ici, on ne peut que recopier la partie centrale de la méditation du 31 décembre 1930. Marthe y explique que, dans l'un des premiers jours de l'octobre précédent, Jésus se montre en Croix. Un dard de feu partit de son Cœur, puis se divisant en deux, vint frapper les deux mains de Marthe. Sa paralysie cesse momentanément. Puis Jésus l'invita à lui offrir ses pieds.

"Ce que je fis instantanément, comme pour les mains, me plaçant les jambes comme Jésus sur la Croix, les allongeant un peu, parce qu'elles étaient repliées, les étendant comme Jésus sur la Croix. Elles restèrent en partie pliées, comme celles de Jésus. Comme pour les mains, un dard partant du Cœur de Jésus, dard de feu de la même couleur que pour les mains, se divisa en deux à une certaine distance du Cœur de Jésus, tout en restant unique dans son jaillissement du Cœur. Donc ce dard était unique vers le Cœur de Jésus et se divisait, se partageait pour frapper et traverser en même temps les deux pieds. La durée ne se précise pas. Ça s'accomplit sans arrêt. Les deux pieds ont été atteints en même temps et par-dessus et traversés complètement. Même douleur intense que pour les deux mains, qui brûlait les pieds. On ne peut l'exprimer que comme cela: je ne sais pas comment il faudrait dire autrement.

On pourrait dire "une torturante douleur". Une douleur torturante brûlait mes mains et mes pieds, au point que je croyais que la vie s'en allait. Mais néanmoins Jésus m'invita à Lui présenter mon cœur, plutôt ma poitrine. Les bras étaient restés étendus en croix, pendant la stigmatisation des pieds. Les bras toujours étendus en croix et les jambes toujours dans la même position, j'offris mon cœur à Jésus, à la volonté du Bon Dieu. Mon cœur, comme mes mains et mes pieds, fut traversé par un nouveau trait de feu, partant aussi du Cœur de Jésus, mais plus important que celui des mains et des pieds. Ce trait le frappa et le traversa comme de part en part. Ce trait de feu était de la même couleur que les deux précédents. Ces traits se succédèrent sans arrêt. Une douleur mortelle envahit aussitôt mon cœur et tous mes membres. Je succombai comme à un évanouissement. J'étais plus morte que vive et restai dans une sorte d'évanouissement douloureux qui dura longtemps, peut-être plusieurs heures. Je ne puis maintenant le fixer. Un trait s'élance et on ne le voit plus: cela s'explique tout seul. Donc, on n'a pas conscience de sa disparition. Il s'enfonce en quelque sorte dans le cœur.

C'est dans cet état que Jésus m'invita encore alors à recevoir sa couronne d'épines qu'Il avait prise dans ses deux mains. Jésus m'était apparu d'abord en Croix, puis je L'avais vu se détacher presque aussitôt de la Croix, et après je ne L'ai plus vu sur la Croix, mais avec ses plaies divines, car Il se détacha aussitôt de sa Croix. Pendant que partaient de son Cœur les dards de feu, Il était déjà détaché de sa Croix .

Jésus plaça sa couronne d'épines autour de ma tête, en pressant très fort dessus. Un redoublement de souffrances m'envahit alors toute entière et je succombai sous ce fardeau. Les épines brûlaient ma tête, de la même douleur que mon cœur, mes mains et mes pieds. Je restai dans cet état de souffrances et d'amour, remerciant Notre-Seigneur de ce qu'Il venait de faire en moi. Notre-Seigneur avait disparu. Le sang apparut aux mains, aux pieds, au cœur et à la tête. Après le couronnement d'épines, les mains et les pieds avaient repris leur position habituelle, par la volonté de Dieu." (2)

(2) *L'Alouette : loc. cit., p. 20-21.*

Le vendredi suivant, Marthe, pour la première fois, revécut, en extase, dans son âme et dans son corps, la Passion de Notre-Seigneur.

Comment aborder le mystère

Le récit qui précède est celui de Marthe, transcrit par le Père Finet, publié par lui dans *"L'Alouette"* d'août-septembre 1981. Ce même récit, il l'avait fait bien souvent en fin de retraite sans jamais le modifier. Pour ma part, je l'ai entendu pour la première fois en 1946, en conversation privée, puis en 1947, en public, à la fin de ma première retraite à Châteauneuf. Il en fut ainsi à de nombreuses reprises au cours des trente-cinq ans qui ont suivi.

A comprendre ce récit avec l'intelligence de la foi -et sous réserve du jugement de l'Eglise- il rapporte des événements miraculeux. Il repose sur plusieurs apparitions de Notre-Seigneur. Au cours de l'une d'elles, Jésus sollicite de Marthe un consentement: *"Veux-tu être comme Moi?"*

Le jour venu, Marthe reçoit de Lui dans son corps les signes douloureux d'une configuration aux blessures de sa Passion. Sont-elles apparentes? Disparaissent-elles? Ce qui est sûr, c'est qu'à travers divers points de la douleur, le sang coule: il a été observé médicalement, comme nous allons le voir.

Ce qui est sûr aussi, c'est qu'à partir de ce début octobre 1930 et pendant un peu plus de cinquante ans, tous ceux qui ont visité Marthe, vécu au Foyer en permanence, ou pour une semaine, ont constaté que du jeudi soir au dimanche, puis au lundi, il n'était pas possible -sauf, après 1936, invitation particulière de son Père spirituel, le plus souvent faite à des prêtres- d'entrer chez Marthe. Quoique laïc, cela m'a été donné. J'ai dit, précédemment, ce que j'avais vu et entendu: l'extase, le sang séché et le sang frais sur le front et sur le visage, les gémissements réguliers.

Quant aux signes de la Passion sur le corps et sur les membres, ils ont été attestés. Le 11 avril 1942, Mgr Pic, évêque de Valence, avait écrit une lettre à un médecin chirurgien des hôpitaux de Lyon, le docteur Ricard, pour lui demander d'examiner Marthe *"selon les principes de l'art"* qu'il *"pratiquait"*. La visite faite par le docteur Ricard et le professeur Dechaume, médecin psychiatre des hôpitaux de Lyon, eut lieu le mardi 14 avril, de 9 heures à 14 heures, avec une interruption entre 11 h 40 et midi. L'interrogatoire fut conduit en présence de l'évêque du lieu et du Père Finet. L'examen physique, en la présence intermittente de Mademoiselle Germaine Colin et, très exceptionnellement *"dans la pleine lumière donnée par l'ouverture complète des volets"*, à la demande expresse des médecins.

La conclusion nette de cet examen de 1942 est ainsi libellée, à la page 33 d'un rapport de trente-cinq pages :

"Nous affirmons la réalité des stigmates sanglants en dehors de toute simulation et supercherie, stigmates sans lésions cutanées évidentes et que d'aucuns mettront sur le compte de troubles vaso-moteurs d'ordre psychique (?). Nous aimons mieux reconnaître que nous ne voyons ni la cause, ni le mécanisme intime de ces stigmates dans l'état actuel de nos connaissances."

L'examen médical

Aux pages 14 et 15, on peut lire la description suivante:

"La tête, le visage et les mains présentent ce que l'on est convenu d'appeler les stigmates sanglants de la Passion.

Aux mains, ils siègent sur la face dorsale, assez exactement au milieu du dos de la main, sur la région métacarpienne. C'est une tache de sang assez frais, arrondie, à contours irréguliers, plus épaisse au centre qu'à la périphérie, mesurant sur la main droite 35 millimètres sur 30, le stigmate est plus marqué et plus épais à droite qu'à gauche.

Il n'y en a pas sur les pieds, ni sur le thorax. Toutefois, nous avons constaté sur la chemise, au moment du dévêtissement, une large tache de sang, à peu près au milieu du plastron, légèrement à gauche, elle avait environ les dimensions d'une demi-paume de main.

Sur la tête et la face, les taches de sang sont abondantes. C'est du sang coagulé, noirâtre. Tout autour de la tête, sur le front, les tempes, la région occipitale, de larges marques confluentes par endroit forment comme une couronne. On ne peut décrire exactement chaque tache, elles sont irrégulières de forme comme de dimensions, souvent de la dimension d'une pièce de cinq francs, mais leur ensemble forme un tout revêtant exactement l'apparence d'une couronne. Les taches occipitales sont masquées par les cheveux dont quelques-uns y adhèrent.

A la face, les stigmates revêtent ce caractère particulier de couvrir les paupières, les yeux sont donc entièrement entourés de sang; le maximum de largeur de ce "cerne" sanglant est en dessous de l'angle interne de l'œil jusqu'au pli palpébral inférieur. Des paupières, le sang a coulé des deux angles internes et externes par des traînées nettement marquées. En dehors, ces "rigoles" gagnent la région temporale et descendent jusqu'au bord inférieur du maxillaire inférieur, sur le plat de la joue, immédiatement en dehors de la saillie malaire. En dedans, elles descendent au nombre de trois ou quatre en dedans de cette saillie, gagnant le sillon naso-génien où elles descendent plus bas que la commissure labiale; une traînée plus externe suit le pli sous-palpébral, puis descend immédiatement en dedans de la pommette et s'arrête un peu plus haut que la commissure.

Après avoir constaté l'existence de ces stigmates sanglants nous avons soigneusement lavé à l'eau chaude avec un linge fin, le front, le visage et les mains. Toute trace de sang a ainsi disparu et nous avons minutieusement examiné la peau : elle est absolument intacte, strictement normale, garde la même coloration et le même aspect que partout ailleurs, ne présente aucune effraction même la plus minuscule, ni aucune trace de cicatrice ancienne. Nous n'avons du reste trouvé au cours de l'examen en aucun point du corps la moindre exulcération, ni même la moindre lésion qui pût expliquer la provenance de sang et de sang abondant.

Cet examen des stigmates a été fait à 9h 20. Nous avons de nouveau examiné la peau à 14 heures, elle était aussi exactement intacte que quatre heures et demie auparavant.

Nous n'avons pas vu apparaître les stigmates."

Ainsi, lors de cet examen, il est apparu à deux médecins (dont la réputation à Lyon, à l'époque, était grande) que les stigmates étaient une présence de sang, soit frais, soit coagulé, sans lésion apparente. Il semble qu'après la mort de Marthe, il en ait été de même. Nulle lésion, mais du sang séché, apparent sur le visage. La photo (3) prise d'elle sur le lit de son dernier repos le laisse voir.

---

(3) *L'Alouette : loc. cit. p. 77.*

Un récit "crédible"

Les témoignages du professeur Dechaume et du docteur Ricard sont, me semble-t-il, le moyen sûr d'aborder le mystère de la vocation de Marthe par la voie humainement la plus solide. Délégués par l'Ordinaire du lieu, ils ont constaté la présence des stigmates et l'absence de lésions cutanées évidentes. Ils ont éliminé explicitement l'hypothèse de toute simulation ou supercherie. Ils ont éliminé l'explication de phénomènes par des troubles d'ordre psychique, et ont conclu à des faits médicalement inexplicables en l'état actuel de leurs connaissances.

Cela ne suffit évidemment pas à établir la réalité d'un miracle. Toutefois, le témoignage d'un chef de clinique psychiatrique, professeur à la Faculté de médecine, et d'un médecin des hôpitaux, de Lyon, fait sous la foi d'un serment demandé par l'évêque du lieu, permet de considérer que le récit fait par Marthe ne contredit en rien l'examen des médecins.

Cet accord est, au surplus, conforme à une tradition établie dans l'Eglise. Sans affirmer que le mot de saint Paul *"Je porte dans mon corps les stigmates du Seigneur Jésus"* (Gal. VI, 17) évoque autre chose que les persécutions et les coups qu'il avait reçus, il demeure certain que saint François d'Assise, lui, a été "stigmatisé" par un séraphin au cours d'une apparition. Saint Bonaventure, dans sa vie de saint François (chap. XII), rapporte l'événement en détail. Plus tard, saint Jean de la Croix évoquera le ministère d'un séraphin apparu à saint François (Œuvres complètes, D.D.B., 1967, p.746), et saint François de Sales fera de même (Traité de l'amour de Dieu, Blaise édit.1821, Tome I p. 443).

Jean de la Croix souligne que *"d'ordinaire, Dieu ne fait aucune grâce au corps qu'au préalable, il ne le fasse principalement à l'âme"*. François de Sales soutient la même doctrine, précisant que l'âme de François d'Assise par une *"amoureuse douleur, se trouva par ce moyen extrêmement disposée à recevoir les impressions et marques de l'amour et douleur de son souverain Amant."*

Il faut rappeler que saint Bonaventure, saint Jean de la Croix et saint François de Sales ont tous les trois été proclamés "Docteurs de l'Eglise". Le commentaire qu'ils font, dans le même sens, des stigmates de saint François d'Assise ne manque donc pas d'autorité.

La théologie de la Rédemption, celle du Corps mystique, le récit de Marthe elle-même, le témoignage de deux médecins sous la foi du serment, le précédent célèbre de saint François, les commentaires des saints docteurs sur le sujet de sa stigmatisation, tout cela ne suffit pas à "démontrer" l'origine divine de l'apparition crucifiante de Jésus à Marthe.

Mais cela la rend raisonnablement crédible. Affirmer davantage du point de vue de la foi n'appartient qu'à l'Eglise.

.22.

La mission de Marthe

LE 15 octobre 1925, Marthe faisait son acte d'abandon et d'offrande à l'amour et à la volonté de Dieu. Elle était ainsi préparée à recevoir, au début du mois d'octobre 1930, les marques de la Passion du Seigneur. Depuis, elle a éprouvé, en Lui, par Lui, avec Lui, et surtout "comme Lui", les étapes spirituelles et physiques de cette Passion, semaine après semaine. C'était, comme il en va dans tout le corps mystique depuis le Golgotha, pour l'application des mérites de la Rédemption à tous ceux qui ne croient pas, ou n'espèrent pas, ou n'aiment pas, -ou pas assez.

Mais ce dessein d'amour, de salut d'âmes en danger, auquel Jésus a offert à Marthe de collaborer, s'il est immense -mondial- demeure alors de portée très générale. C'est, semble-t-il selon une confidence du Père Finet, seulement en 1931-1932 que Jésus lui laisse entrevoir que personne, si ce n'est la Mère de Dieu, n'a été appelé à souffrir autant ou plus qu'elle. Il lui dit sa volonté d'opérer en elle une œuvre qu'elle ne pourrait ni concevoir ni même comprendre, et pour laquelle Il veut être avec elle, un dans la souffrance et dans l'amour. "*Sache cependant que toutes tes souffrances ne sont qu'une goutte d'eau dans l'océan des miennes*."

Cette œuvre, qu'elle ne pourrait ni concevoir ni même comprendre, c'est à nombre de reprises que Jésus en parle à Marthe. Il la lui présente comme le point de départ d'une régénération du monde. Elle devra s'y consacrer sous la direction d'un prêtre, choisi de son Cœur. C'est là où elle vit, à Châteauneuf, que cette œuvre devra commencer. Réunis dans ce centre d'enseignement religieux, de miséricorde, de rayonnement, les membres de l'œuvre devront vivre dans une charité réciproque dont la Sainte Vierge sera la Mère. De Châteauneuf, ce premier Foyer sera le centre, pour le monde entier, de résurrections spirituelles, et chaque nouveau Foyer, dans les diverses parties du monde, devra rester uni à son centre, tous devant se perfectionner ensemble.

Le monde et l'Eglise en 1931-1932

Pourquoi Marthe, en 1931-1932, ne pouvait-elle ni concevoir ni comprendre l'œuvre divine à laquelle elle devait, plus que personne sur terre, coopérer? C'est que le monde, à l'époque, n'est pas encore celui d'après 1945. Il est celui qui existait sous le pontificat de Pie XI. On ne traverse pas encore les océans en empruntant des lignes aériennes régulières! Cela ne se produira qu'après 1945. La guerre mondiale 1938-1945 est encore inimaginable. Mussolini est au pouvoir en Italie mais Hitler ne succèdera à Hindenburg que le 30 juin 1933. Le communisme de l'U.R.S.S. ne s'étend sur aucun “satellite”. Les pays de l'Est sont indépendants. Rien en apparence ne menace l'Autriche, la Tchécoslovaquie ni la Pologne. Les deux Amériques sont à une ou plusieurs semaines de bateau, l'Asie du Sud-Est plus loin encore. Une entreprise d'apostolat laïc mondiale est “inimaginable”. Les missionnaires qui partent le font alors “sans esprit de retour”.

L'action de l'Eglise, de ce fait, ne s'exerce de façon relativement rapide et directe qu'en Europe. L'Afrique est pays de missions. De même, le Proche, le Moyen et l'Extrême-Orient. La hiérarchie des pays d'Amérique entretient avec Rome des contacts, mais lents et espacés. Le Pape n'est pas sorti du Vatican depuis l'unité italienne! C'est Jean XXIII qui, le premier, prendra le chemin de fer... et pour Assise!

On pourrait continuer! L'idée de "centres" de jaillissement chrétien, fondés par dizaines en liaison permanente avec l'Europe dans le monde entier, est proprement inconcevable. Pie XI a établi, quelques années auparavant, l'Action Catholique, laquelle est encore la seule expression d'un rôle des laïcs dans l'Eglise. Elle en détient le mandat, et, en fait, le monopole. Générale ou spécialisée, elle n'induit pas encore la notion plus large d'apostolat des laïcs que, le premier, Pie XII formulera.

Simultanément, la "chrétienté" comme conception d'ensemble demeure vivante, même dans les pays comme la France, où déjà cependant le laïcisme de l'école et des institutions la mine par la base. Mounier ne publiera *"Feue la chrétienté"* qu'en 1930 et cela fera scandale. Nul encore n'a la possibilité de concevoir que seules, de petites communautés chrétiennes, ferventes, permettront, après 1960, de former, au sein d'un monde matérialiste, des sources de rayonnement surnaturel et d'apostolat laïc.

C'est l'arrière-plan indispensable de cette situation du monde, des divers continents, des transports et des communications qu'il convient d'évoquer si l'on veut découvrir, dans l'étonnement même qui fut celui de Marthe, les paroles par lesquelles le Seigneur lui fit comprendre l'orientation générale de sa mission. Celle-ci, on ne peut le noter qu'après coup, devait durer, en schématisant, de 1931 à 1981. Cinquante années! Au cours de celles-ci, le monde et l'Eglise ont davantage changé que dans nombre de siècles précédents. Mais l'intuition de petites communautés rayonnantes, on a dit parfois de "micro-chrétientés", dont les Foyers de Charité ont été la matrice et le modèle, conditionne désormais, dans la lumière du Concile Vatican II, l'avenir de l'Eglise. Dans nos sociétés, comme on sait, les grandes chrétientés ont fait place à des "sociétés pluralistes". Seules donc, des communautés de prière et d'amitié, ferventes et rayonnantes, peuvent rendre la foi au monde contemporain. Ce qui a fait la puissance apostolique des communautés chrétiennes du premier siècle, c'est que les païens étaient amenés à dire d'eux: *"Voyez comme ils s'aiment!"*

Nul ne songeait à cela en 1931. Aussi, en tenant compte du style mystique des paroles de Jésus à Marthe, peut-on découvrir que le texte ci-dessous est tout autant prophétique que salvateur. Il donne d'avance la réponse du Ciel pour reprendre les erreurs et les fautes des hommes, qui vont s'accumuler et s'amplifier avec le progrès technique tout au long du vingtième siècle. Il n'était effectivement pas possible de le concevoir, ni même de le comprendre au début des années 30.

Le récit fondateur des Foyers

Voici le récit, fait par Marthe, du message de Jésus sur les Foyers de Charité.

"C'est alors qu'Il me parla de l'œuvre splendide qu'Il voulait réaliser ici à la gloire du Père, pour l'extension de son règne dans toute l'Eglise et pour la régénération du monde tout entier, par l'enseignement religieux qui y serait donné et dont l'action surnaturelle et divine s'étendrait dans

tout l'univers. Œuvre à laquelle je devais tout spécialement travailler et me donner, suivant son commandement et ses conseils divins, sous la direction du prêtre que de tout temps Il avait choisi et élu dans son Cœur pour son édification et auquel Il donnerait un jour des collaborateurs fidèles et dévoués, pour l'aider à absoudre, à instruire et à nourrir les âmes et les conduire à son Amour.

Collaborateurs que son prêtre aurait à choisir lui-même dans la lumière et sous l'inspiration de l'Esprit Saint qu'Il lui prodiguerait en surabondance, s'il était docile à ses ordres et avec lesquels il vivrait dans la plus fraternelle union et la plus parfaite harmonie.

Il me dit que le prêtre dont Il me parlait était celui qui serait chargé de me conduire et de me guider selon ses vues éternelles en moi: ajoutant qu'Il me le ferait connaître à son heure pour lui faire savoir sa souveraine volonté pour l'œuvre et l'immensité de ses desseins d'amour sur lui et moi.

Je compris à ce moment ce que je n'avais jamais osé, ou plutôt ce que je m'étais refusé de croire jusqu'alors, c'est-à-dire que c'était dans la paroisse même que devait s'accomplir cette œuvre que le Seigneur appelait: la grande œuvre de son amour dont Il m'avait déjà parlé tant de fois et pour laquelle Il montrait actuellement tant d'insistance, demandant même que l'on fasse sans tarder la première fondation par la création d'une école pour enfants et jeunes filles qu'Il promettait avec la très Sainte Vierge de combler de son amour et de leur divine protection, en disant que l'école serait un jour une des branches de l'œuvre d'un rayonnement efficace.

J'était interdite!... A peine encore si j'osais croire aux divines paroles du Seigneur, tant j'avais peur de me tromper, devinant toute la gravité et les conséquences inouïes d'une telle communication... Et ce que je n'arrivais pas du tout à comprendre, c'était la participation directe qui m'était imposée dans tout cela.

Mais je n'avais pas à discuter les ordres de Dieu, je n'avais plus qu'à m'incliner et à obéir, puisque je devais faire part tout de suite de ce qui m'avait été dit.

Quel martyre et quel supplice était le mien!... Je suffoquais d'angoisse à la seule pensée de ce que j'avais à dire, tellement je redoutais de parler. Mais le Seigneur avait insisté avec une telle autorité cette fois que je ne pouvais attendre davantage.

A ce moment, Jésus ouvrit les bras en un geste glorieux de bénédiction et d'amour, les yeux baissés vers la terre qu'Il couvrait majestueusement de son ombre, en la considérant avec une tendresse et une complaisance ineffables. Après un moment de cette attitude, Il me désigna l'endroit précis où Il désirait son œuvre et qu'il fallait acquérir.

Après un moment, Il continua: "Oui, Je veux faire ici quelque chose de nouveau et de très grand pour notre gloire, à cause de toi... A cause de tout ce que Je fais et veux faire en toi et par toi en qui Je veux me glorifier à l'infini!... Je veux recevoir ici un amour et une gloire infinie!... Je veux y connaître un honneur et un témoignage incomparables...

Je veux que tous les membres de l'œuvre soient des saints! Qu'ils rayonnent par l'exemple d'une vie profondément surnaturelle, par l'exercice incessant de la charité, par leur dévouement à toute épreuve... et enfin par le don de soi à chacun et à tous dans un don total à Dieu.

Je répandrai sur l'œuvre et sur chacun de ses membres <u>des flots de lumière et de grâces !</u> J'y opèrerai des prodiges étonnants! Et ma très Sainte Mère y accomplira Elle-même *des merveilles éclatantes. Je m'y réserve une multitude incomparable de grâces que Je n'ai jamais encore jusqu'à ce jour répandues dans mon Eglise et que Je ne répandrai nulle part ailleurs qu'en ces lieux. Les mêmes merveilles qu'aux premiers jours de mon Eglise s'y reproduiront et de plus grandes encore.*

Ma très Sainte Mère, qui sera la Reine glorieusement aimée et écoutée en ce foyer de mon amour qu'Elle conduira Elle-même par sa présence toute maternelle, y connaîtra un véritable triomphe qui rejaillira au loin et sera reconnu des points les plus reculés de la terre.

Le prêtre que Je me prépare pour son établissement et pour son immense développement sera un apôtre d'une très grande influence. Il y fera du reste de magnifiques conquêtes et des conversions nombreuses et inespérées... Néanmoins, il ne pourra jamais rien faire sans toi, ni loin de toi. C'est par toi que Je veux lui transmettre mes ordres et lui faire connaître ma volonté. C'est par toi, à ta prière et à ton incessant holocauste que Je veux lui communiquer ma lumière et ma grâce. Tu lui diras tout, au fur et à mesure, ce que Je demande. Tu ne pourras de même rien faire sans lui.

Je veux établir entre lui et toi, entre son âme et la tienne l'union la plus parfaite et la plus intime que J'aie jamais conçue dans mon Cœur... Une union semblable à la mienne avec ma très Sainte Mère... Une union semblable à la mienne avec toi. Je la veux si belle et si pure que les anges eux-mêmes en seront émus. Je veux qu'il y ait entre vous une très grande intimité de vie. Je veux vous confondre en Moi pour la mission que Je veux vous confier, pour toutes les âmes que Je veux vous donner et pour la gloire de mon Nom.

Ne tremble pas, c'est Moi qui veux ainsi... C'est Moi qui ferai tout... Je serai la lumière et la force. Je serai l'amour et la vie en chacune de vos âmes en qui Je veux régner en souverain et en maître absolu."

Après cela, Il reparla de l'œuvre: "Sa création" dit-Il, "sera le refuge des grandes détresses humaines qui viendront y puiser la consolation et l'espérance; et l'abri de ses murs, le signe évident de ma volonté et l'appel émouvant de mon Cœur aux pécheurs innombrables qui viendront de toutes parts, attirés par ma Mère et par Moi, y chercher la lumière et la guérison de leurs maux dans mon pardon divin.

Je veux qu'elle soit un Foyer éclatant de lumière, de charité, d'amour, -le centre unique des grandes résurrections spirituelles, après la défaite matérielle des peuples et de leurs erreurs sataniques- l'oasis vivifiante aux âmes de bonne volonté, aux âmes anxieuses et découragées, aux pêcheurs endurcis et sceptiques... la maison de mon Cœur ouvert à tous. Son rayonnement grandira à la mesure de l'Infini et de l'Eternel.

Des prêtres nombreux animés de l'ardent désir de la perfection viendront aussi s'y édifier, s'y instruire et s'y sanctifier. J'y attirerai de même des personnalités de divers peuples qui recevront ici, par tout ce qu'ils verront et apprendront, le sens véritable et la sublime grandeur de la vie et les vraies voies du salut.

Qu'on l'édifie donc sans arrêt, malgré les difficultés de l'heure et les angoisses croissantes...Ma volonté l'exige!... N'est-ce pas aux époques les plus mouvementées et les plus troublées, parmi les batailles, les incendies et les ruines que s'est épanouie l'immense et admirable floraison de mes œuvres divines et de mon amour." (1)

---

(1) *Les principaux extraits de ce texte ont été publiés dans l'Alouette, loc. cit. p. 31-32.*

De ce texte, il résulte, sans doute possible, que la mission de Marthe a été d'obtenir, par son offrande incessante, les grâces surabondantes que le Seigneur entendait faire à chacun des Foyers de Charité qu'Il susciterait.

Lors de ma première retraite, en 1947, alors que je ne connaissais pas ce récit-fondateur de l'œuvre, je découvrais dans une joie bouleversante la charité prévenante, unie à l'absence totale de prévention, qui permettait à tous les membres laïcs du Foyer d'accueillir les arrivants. Je constatais aussi que le dernier jour c'était entre tous les retraitants qu'avait été créée une atmosphère indicible d'amour fraternel. Ce que Jésus a dit à Marthe -et qu'on ignorait- était réalisé sous nos yeux. Les flots de lumière se répandaient pour toujours dans l'intelligence. Les mêmes merveilles qui ont permis qu'aux premiers jours de l'Eglise, les chrétiens n'aient *"qu'un seul cœur et qu'une seule âme"* s'y reproduisaient. On pouvait constater que les membres du Foyer rayonnaient "*par l'exemple d'une vie profondément surnaturelle, par l'exercice incessant de la charité, ... par le don de soi à chacun et à tous dans un don total à Dieu.*"

Bref, quand, beaucoup plus tard, j'ai pu lire les promesses de Jésus à Marthe, je les connaissais déjà. Comme tous les retraitants, j'en avais découvert la réalisation à travers les membres du Foyer.

L'arrivée du Père Finet

Jésus avait donc annoncé à Marthe le prêtre qu'Il avait choisi pour mener à bien avec elle la poursuite de l'œuvre qu'Il lui avait confiée. "*Il ne pourra jamais rien faire sans toi (...) Tu ne pourras de même rien faire sans lui.*"

A de nombreuses reprises, le Père Finet a évoqué son arrivée à Châteauneuf, le 10 février 1936. Ancien vicaire de la cathédrale Saint-Jean, puis à cette époque sous-directeur de l'enseignement libre du diocèse de Lyon, il fut amené à rendre un service. Il accepta d'apporter, dans sa voiture, une lithographie de Marie Médiatrice au curé de Châteauneuf de Galaure, "pour l'une de ses paroissiennes". A son arrivée, l'abbé Faure lui offrit de rencontrer celle-ci.

Le chanoine entra ainsi dans la chambre de Marthe, le tableau entre les bras, en fin de matinée. Après le déjeuner à la cure, il monta de nouveau à la Plaine. Il demeura trois heures avec Marthe.

Elle lui parla d'abord longuement de la Sainte Vierge, lui confiant en quelque façon la profonde intimité qui l'unissait à Elle.

Puis, au long de la deuxième heure, elle évoqua de grands événements qui allaient se produire dans le monde. Des épreuves -la guerre probablement- mais aussi un renouveau de l'Eglise. Dès ce jour, Marthe parla d'une "Nouvelle Pentecôte", effusion renouvelée de l'Esprit Saint, spécialement à travers l'apostolat des laïcs...

Enfin, Marthe, au cours de la troisième heure, ayant évoqué ce que seraient les grâces qui seraient accordées aux Foyers de Charité, communautés de laïcs fervents autour d'un prêtre, Père du Foyer et prédicateur de retraites de cinq jours, adressa au Père Finet- *"une demande de la part de Dieu."* C'était lui qui devait venir à Châteauneuf pour fonder le premier Foyer de Charité.

Il se défendit de son mieux. Il n'était pas du diocèse de Valence! Il n'avait jamais prêché des retraites de cinq jours. Il n'envisageait pas de demander à des femmes et à des jeunes filles le silence complet pendant cinq jours!

Mais c'était la volonté de Dieu!..Et Marthe précisa, sans transition, que la première retraite devait être prêchée -par lui- du 7 au 13 septembre suivant.

"– Mais comment faire connaître ces retraites?"

"– La Sainte Vierge amènera les retraitants."

"– A quel endroit?"

"– A l'école de filles." (Marthe avait demandé à son curé de fonder cette école. Elle avait été ouverte deux années auparavant, le 12 octobre 1934).

"– Elle est préparée pour cela?"

"– Non! Il y a des travaux à faire."

Elle énuméra.

"– Mais qui réalisera ces travaux?"

"– C'est vous-même."

"– Mais... avec quel argent?"

"– La Sainte Vierge y veillera..." (2)

Ce récit simplifie certainement une conversation moins schématique. On ne saurait exclure que le Père Finet ait contribué à inviter des retraitantes! Mais, comme dans l'entretien de Jésus avec Nicodème, le schéma d'ensemble est vraiment fidèle!

---

(2) *L'Alouette, loc. cit. p. 34.*

La fondation du grand Foyer

Le Père Finet ne se défendait plus. Il devait demander l'autorisation. Il en parla à son supérieur, Mgr Bonnet, responsable des écoles chrétiennes du diocèse, puis au vicaire général, Mgr Rouche, puis à son directeur spirituel, le Père Valensin, jésuite... Tous lui répondirent qu'il devait accepter.

Finalement, Mgr Maurin, cardinal-archevêque de Lyon, l'autorisait à partager son temps entre le diocèse de Valence où Mgr Pic l'accueillait les bras ouverts, et la sous-direction diocésaine de l'enseignement à Lyon. Le Père Finet fit exécuter, avec l'aide du Père Faure, les travaux demandés par Marthe. Le 7 septembre 1936, il commençait de prêcher la première retraite à 33 personnes. Parmi celles-ci, Marie-Ange Dumas et Hélène Fagot.

Au début, le Père Finet prêchait sept retraites par an à Châteauneuf. En 1940, il fut remplacé à la direction de l'enseignement mais le cardinal Gerlier, successeur du cardinal Maurin, lui demanda de revenir à Lyon deux jours par semaine. Puis en 1947, cette obligation fut levée. Le Père Finet put se consacrer totalement à Marthe et au Foyer. Mais à la veille de la guerre, en août 1940, Marthe lui avait demandé d'entreprendre la construction, non loin de l'école de filles, de ce qui allait devenir “le Grand Foyer”.

Entre temps, Marie-Ange Dumas et Hélène Fagot, qui enseignaient l'une et l'autre, prenaient en charge l'école du Foyer; la première le cours supérieur, la seconde, le cours moyen, le cours élémentaire, les petits... En même temps que les retraites se succédaient, des vocations de membres de

Foyers se multipliaient, soit pour le service des retraites, soit pour l'école.

La promesse tenue

Le 14 mai 1946, lors de ma première visite, le Père Finet m'avait expliqué ce qu'était un Foyer de Charité. Notre-Seigneur, avait-il assuré, avait promis à Marthe qu'il y aurait des Foyers de Charité dans tous les continents...Mais le "Grand Foyer" n'avait pas encore de fenêtres! Toutefois, en 1960, il y aura déjà en France dix Foyers de Charité.

Fin 1952, à l'initiative de Marie-Hélène Lauverjon, nous entreprîmes une neuvaine pour qu'une école de garçons vienne compléter l'école de filles. En 1953, l'école de garçons ouvrait à Saint Bonnet de Galaure. La même année, une première fondation étrangère de Foyer commence en Colombie. J'ai la joie, quelques années plus tard, de faire connaître Châteauneuf à un Québecois, le Père Jean Girouard, fils de mon ami M. Wilfrid Girouard. Le Père Jean fondera, en 1971, au Québec le Foyer de Sutton, dans les cantons de l'Est. Mais, dix ans auparavant, en 1961, le Père Marcel avait quitté l'école de Saint Bonnet pour fonder le premier Foyer d'Afrique, à Aledjo, au Togo.

Dès lors, c'est chaque année qu'un ou plusieurs Foyers jaillissent dans le monde. Deux au Sénégal, deux au Rwanda, deux au Cameroun, trois en Côte d'Ivoire. Puis il en est au Gabon, en Centrafrique, au Burundi, au Lesotho, en Ouganda.

Il y en aura quatre en Colombie, puis au Mexique, au Brésil, au Chili, en Argentine, à l'Equateur.

Le Père Huyghe-Despointes fonde à la Martinique et rayonne sur la Guadeloupe. Simultanément naissent les Foyers de Maurice, de La Réunion...

Dans les années 70 ouvrent les deux premiers Foyers d'Asie: au Vietnam. Le Père Quennouelle fonde au Japon. Le Père Bradley a fait jaillir un Foyer à Boston.

Au total, il y a aujourd'hui en France au moins seize Foyers. En Europe occidentale, il y en a dans six pays. En Afrique, dans treize pays. Dans les deux Amériques, dans dix pays. En Asie, dans six pays...

Lorsque Marthe est partie pour le Ciel en 1981, il y avait cinquante-neuf Foyers de Charité dans le monde entier.

La promesse de Jésus, dont j'avais eu connaissance en 1946, était tenue. De son vivant, Marthe a été émondée. Dès cette terre, elle a connu les fruits de son sacrifice. Ils ne pouvaient être ni conçus, ni compris, lorsque Jésus lui en donna la ligne d'ensemble en 1931.

.23.

La spiritualité de Marthe

SI la Croix est la voie royale de la perfection de l'amour dans le Christ, et si Marie est la mère de la croissance de Sa vie en nous, peut-on encore parler des "spiritualités", et de l'une plutôt que de l'autre, à propos de Marthe Robin? Ne les transcende-t-elle pas toutes?

Ne s'est-elle pas, toujours, confiée à la Vierge Marie? N'a-t-elle pas été unie à la Croix, de façon audible et visible, pendant plus d'un demi-siècle? Cette dépendance si longue, et semble-t-il, si parfaite, et si complète n'exclut-elle pas de poser la question, dès lors presque incongrue, de savoir à quelle "école" de spiritualité on peut la rattacher?

Plus encore! Marthe n'a-t-elle pas, en commun avec chacune de ces écoles, le désir de n'appartenir qu'à Dieu seul, la volonté de n'avoir d'autre volonté que la Sienne, le souci d'accepter sans réserve, et au jour le jour, une mission qu'elle ne découvrira qu'au long des années? Si l'on songe aux vertus évangéliques, que dire d'une pauvreté qui l'a conduite à renoncer à l'usage de presque tous les membres de son corps? Que dire d'une chasteté qui avait accepté de n'avoir ni la joie de voir, ni celle de goûter en mangeant (1), ni même celle du contact avec les objets, sauf le chapelet ou les draps. Seules ses oreilles percevaient les paroles, et son

---

(1) *Parfois le Père Finet versait un peu de café dans la bouche de Marthe, afin de lui en faire savourer le goût. Mais elle n'avalait pas ce café, le remettant ensuite dans un bol.*

odorat, peut-être, les lointaines effluves du printemps, ou des moissons! Que dire enfin d'une obéissance à son Père spirituel qui fut parfois héroïque, mais ne se démentit point, jusqu'aux extrêmes moments de sa vie terrestre.

C'est vrai. Sous ces rapports, on aurait du mal à évoquer une nuance davantage bénédictine ou franciscaine, ou dominicaine, ou ignatienne... On serait plutôt incliné à dire qu'elle était aussi proche de l'amour de la louange parfaite des fils de saint Benoît que de la dame pauvreté de saint François d'Assise, de la prédication de la Vérité de saint Dominique, ou encore de l'obéissance propre à l'esprit de la Compagnie de Jésus.

S'il fallait néanmoins formuler ce qu'aujourd'hui, en considérant la vie, les écrits et les fruits, on peut dire de sa démarche intime la plus explicite et aussi la plus profonde, on serait sans doute amené à souligner la dévotion à la Sainte Vierge, et à travers elle l'union transformante au Christ.

La "vraie dévotion" à Marie lui a certainement été communiquée par Grignion de Montfort. Son abandon radical à l'union transformante est en accord avec la tradition la plus assurée du Carmel.

L'orientation mariale

Si l'on ne met pas en doute l'intimité de Marthe et de Notre Dame, on peut croire que *"Le secret de Marie"* a été déposé sur le lit de Marthe par la Sainte Vierge Elle-même.

Des visites de la Sainte Vierge à Marthe, j'ai pu tenir dans mes mains une relique. Un soir que j'étais, très tard, dans le bureau du Père et que je conversais avec lui, il me dit:

"-Je ne vous ai jamais montré le mouchoir avec lequel la Sainte Vierge a épongé le sang sur le visage de Marthe?"

"-Non, mon Père!"

"-Je vais vous le montrer."

Il ouvrit un par un plusieurs tiroirs -et je songeai qu'il manquait d'ordre! Puis il trouva et ouvrit un mince paquet de papier fin, en sortit un mouchoir qu'il déploya sous mes yeux.

C'était un mouchoir de Marthe. A l'un des coins était brodée, sobrement, la lettre M. Ouvert en quatre, le linge laissait clairement apparaître les traces, verticales et horizontales, des plis. Les taches de sang qui se distribuaient sur le mouchoir dessinaient assez nettement un visage: le front, les plis sous les pommettes, le menton.

Ce qui me frappa, c'est que les taches de sang, pour irrégulières qu'elles fussent, se répartissaient de façon symétrique, verticalement et horizontalement, de part et d'autre des plis du mouchoir. J'en fis la remarque au Père Finet qui répondit simplement:

"-Tout ce que fait la Sainte Vierge est parfait."

Il me dit que la Sainte Vierge qui visitait Marthe, alors qu'elle avait abondamment saigné du front et du visage, avait pris ce mouchoir dans son armoire et, après avoir essuyé Marthe, l'avait laissé sur son lit.

J'évoque ce souvenir car il peut être comparé à la visite de Notre Dame déposant *"Le secret de Marie"* sur le lit de Marthe. Mais l'intention, cette fois, est nettement directive: *"Voici le livre que je veux voir répandu dans le monde entier"*. Il y avait là incontestablement l'indication d'une spiritualité mariale précise.

Comme, de son côté, le Père Finet avait connu, au séminaire français de Rome, les œuvres de Grignion de Montfort, et qu'il avait donné à Lyon de nombreuses conférences sur elles, il était de longue date préparé à accueillir la demande adressée par la Sainte Vierge à Marthe. De ce fait, la retraite prêchée par le Père Finet à partir d'un schéma de l'Abbé Babolat fut ordonnée dans sa démarche totale à conduire les retraitants à se consacrer à Jésus par Marie selon Grignion de Montfort.

Cette consécration était, traditionnellement, prononcée au soir du samedi, en clôture de la retraite, à la chapelle du Foyer. Elle constituait comme le signe de la communion profonde qui unissait le Père et Marthe dans l'itinéraire spirituel où ils conduisaient les retraitants, elle par son offrande, lui par sa prédication et, souvent, sa direction.

On ne peut donc découvrir l'aspect marial de la vie de Marthe, comme du rayonnement des retraites, qu'en évoquant l'œuvre de saint Louis-Marie Grignion de Montfort.

"Le secret de Marie"

La doctrine mariale de saint Louis-Marie repose sur le principe que, pour que l'âme devienne sainte en cette vie et glorieuse comme Jésus dans l'autre, la grâce lui est absolument nécessaire. Second principe: pour obtenir de Dieu cette grâce, il faut trouver Marie. Elle est "mère de la grâce", *mater gratiae*, trésorière, économe, dispensatrice de toutes grâces.

"Marie est appelée par saint Augustin, et est, en effet, le moule vivant de Dieu, forma Dei (...) Marie est le grand moule de Dieu, fait par le Saint-Esprit, pour former au naturel un Homme-Dieu par l'union hypostatique et pour former un homme-Dieu par la grâce. Il ne manque à ce moule aucun trait de la divinité; quiconque y est jeté et se laisse manier aussi, y reçoit tous les traits de Jésus-Christ, vrai Dieu, d'une manière douce et proportionnée..." (S.M. n° 16-17)

Le terme par lequel Louis-Marie décrit l'attitude de celui (ou de celle) qui désire être formé par ce moule a été souvent critiqué, car cette dévotion *"consiste à se donner à Marie en qualité d'esclave."* Il y a, commente-t-il, trois sortes d'esclavage:

"Le premier est l'esclavage de nature; les hommes bons et mauvais sont esclaves de Dieu en cette manière. Le second, c'est l'esclavage de contrainte; les démons et les damnés sont les esclaves de Dieu en cette manière.

Le troisième, c'est l'esclavage d'amour et de volonté et c'est celui par lequel nous devons nous consacrer à Dieu par Marie, de la manière la plus parfaite dont une créature se puisse servir pour se donner à son Créateur." (S.M. n° 32)

Il est assez courant de prétendre que le langage de Grignion de Montfort serait vieilli, sinon vieillot, et qu'on doit le traduire par des termes moins radicaux. C'est peut-être diminuer la portée du commentaire que l'on vient de lire. L'esclavage d'amour que décrit Grignion de Montfort traduit l'obéissance de Marie tout au long de sa vie, celle de Jésus aussi, particulièrement lorsque, porté par Marie avant sa naissance, Il dépend en tout d'Elle. Le chanoine Osty n'hésite d'ailleurs pas à traduire le texte de l'Annonciation dans Luc I, 38 par cette réponse de Marie à l'ange: *"Je suis l'esclave du Seigneur; qu'il m'advienne selon ta parole."*

On doit ajouter, comme Grignion de Montfort, que *"cette dévotion rend une âme vraiment libre, de la liberté des enfants de Dieu."* (S.M. n° 41)

Que Marthe ait été imprégnée de cette doctrine n'est pas douteux. Comme le demande saint Louis-Marie, elle a remis "même ses bonnes actions" à Marie dans un texte dont l'inspiration montfortaine est évidente:

"O Mère incomparable! Je vous offre mon âme et ma vie, mes biens intérieurs et extérieurs et la valeur même de mes bonnes actions, celles que je n'ai pas su vous offrir et celles qu'il me sera donné d'accomplir dans la suite et veux vous appartenir pour jamais."

Tous ceux à qui Marthe a répondu ont la même expérience: la Sainte Vierge était présente en chacune de ses lettres. On me permettra d'en reproduire une, datée du 27 septembre 1979, -deux ans avant sa mort. La jeune fille qui écrivait de sa part mettait à la troisième personne les phrases que Marthe suggérait, comme aussi les termes qu'elle désirait que l'on employât dans chaque lettre:

"Cher Monsieur,

Marthe vous remercie de votre livre "La soif de la sagesse", *qu'elle vient de recevoir, et que vous lui offrez avec toute votre affection fidèle et délicate. Elle en est très touchée ainsi que de votre dédicace, écrite de votre main, le 8 septembre, en la fête de la Nativité de la Sainte Vierge, à qui Marthe demande de vous exprimer Elle-même sa reconnaissance, et à qui elle confie une large diffusion de votre beau livre,... ainsi que vous-même, cher Monsieur, tout votre travail, et toutes vos intentions".*

Faut-il insister sur le fait que lorsque Marthe faisait écrire qu'elle "demandait"' à la Sainte Vierge *"d'exprimer Elle-*

même sa reconnaissance" et qu'elle *"Lui confiait une large diffusion"*, ce n'était point simples formules de courtoisie. Elle demandait réellement à la Sainte Vierge!.. Les prières de Marthe ont été, après cette lettre aussi, réalisées de manière insigne.

La tradition du Carmel

Passant pour toutes choses par Marie, Mère de Jésus et, de ce fait, *"forma Dei"*, Marthe semble avoir suivi une "voie de perfection" qui réunit en elle les diverses spiritualités, un peu comme la lumière contient et peut réfracter les diverses couleurs qui la composent. Mais cette lumière, elle, est proche, très proche de celle du Carmel...

Marthe elle-même a évoqué son désir de jeunesse d'être carmélite. Elle a dit l'importance que revêtaient, pour elle, les visites de Thérèse de l'Enfant-Jésus. L'inspiration qu'elle a certainement puisée, on le verra, dans les œuvres d'Elisabeth de la Trinité s'ajoute encore pour suggérer qu'il y a entre la spiritualité carmélitaine et celle de Marthe une très grande harmonie. Certes, elle n'en a pas fait le noviciat! Mais ce qu'elle en a perçu à travers la bibliothèque de la paroisse de Châteauneuf à l'époque où elle lisait -ou se faisait lire- nombre d'ouvrages d'auteurs spirituels correspondait approximativement à la soif que l'Esprit Saint éveillait en elle.

Cette remarque ne doit pas faire oublier que les maladies constituent la trame de l'histoire de Marthe depuis les premiers mois de sa vie. A travers ses récits ou ceux de ses familiers, il semble que ces maladies aient joué, depuis l'enfance jusqu'à 1925, le rôle de ce que les spécialistes de la théologie ascétique appellent des "purifications passives". Que Marthe y ait répondu intérieurement par l'obéissance, l'offrande de soi, l'amour de Dieu semble sans doute.

Après l'acte de consécration, la démarche de Marthe est dans la ligne de cette presqu'unique attitude "active"... Cette détermination ne tend, paradoxalement, qu'à demander à Dieu de prendre toutes les initiatives. A partir d'octobre 1930, Jésus vit en elle Sa Passion du jeudi au samedi. Dans les autres jours de la semaine Marthe est, symétriquement, "comme Lui" durant sa vie terrestre: pleinement humaine, équilibrée, le regard fixé sur la Croix. Les récréations, dans un Carmel, tranchent de même avec les heures de prière ou de pénitence. La même joie simple habite les carmélites et, par quelques causeries données à travers la clôture, je sais que le rire soudain, franc, léger et cristallin des filles de sainte Thérèse est de même nature que celui de Marthe. Les purifications, actives et passives, et jusqu'à l'union transformante vont de pair avec l'exercice tout simple de la vertu d'eutrapélie, cette disposition à la gaîté et à une conversation spirituelle -aux deux sens du mot- que Thomas d'Aquin range parmi les signes de la mesure (2).

L'influence de Thérèse

J'ai évoqué, déjà, quelques points qui semblent pleinement "thérésiens" dans la vie intérieure de Marthe. La "petite doctrine" de Thérèse de l'Enfant-Jésus n'a rien de systématique. Si la voie d'enfance spirituelle la désigne adéquatement, elle décrit une attitude permanente de l'âme,

---

(2) *Cf. St Th.* Ia IIae, *Q. 60, art. 5.*

non une succession d'étapes prédéterminées. Rien de semblable aux "exercices" de saint Ignace. Plus encore: Thérèse dit explicitement que Jésus seul est son "directeur", ce qui ne fait que l'enraciner plus profondément dans la pratique rigoureuse de son vœu d'obéissance. On retrouve là le même apparent paradoxe chez Marthe. Il est certain qu'à travers les événements, les maladies, et plus encore, l'intime union du mariage spirituel, Jésus seul est son "directeur". Simultanément, Marthe a été, à l'égard du Père Finet, d'une obéissance rigoureuse, on pourrait presque dire scrupuleuse... Combien de fois, au cours d'une conversation où elle était amenée à donner un conseil, a-t-elle ajouté: *"Mais il faudra demander au Père"*.

Comme Thérèse encore, Marthe a le sentiment d'être spirituellement aimée de l'Epoux comme une épouse. Comme Thérèse, elle est mue par un zèle apostolique qui est l'un des paradoxes de la vie cloîtrée, où l'immobilité devient la condition d'un rayonnement efficace de la grâce. Parlant de la grâce d'amour qu'elle reçoit, Marthe précise: *"Il doit y avoir chaque jour, à chaque instant, dans chaque manifestation de ma vie, le Christ tout entier, comme dans chaque fruit, il y a la sève de tout l'arbre. L'identité et l'union de vie doit entraîner identité et union d'activité et d'action."*

Encore une fois, il ne s'agit pas de rattacher Marthe à une "école de spiritualité", mais de ressemblances dont l'origine ne peut être que Dieu.

L'influence d'Elisabeth de la Trinité

L'influence d'Elisabeth de la Trinité -elle-même marquée par Thérèse de l'Enfant-Jésus- a certainement été reçue par

Marthe et bien connue d'elle. La doctrine de l'inhabitation des Trois Personnes divines dans l'âme qui les adore lui est familière. Elle en a, par ailleurs, l'expérience.

On ne peut pas ne pas rapprocher la prière, composée le 21 novembre 1904, par Elisabeth, de la prière *"O Mère bien-aimée"* formulée par Marthe un jour de Toussaint. On se rappelle le premier paragraphe de la prière d'Elisabeth:

"O mon Dieu, Trinité que j'adore, aidez-moi à m'oublier entièrement pour m'établir en Vous, immobile et paisible, comme si déjà mon âme était dans l'Eternité. Que rien ne puisse troubler ma paix, ni me faire sortir de vous, ô mon Immuable, mais que chaque minute m'emporte plus loin dans la profondeur de votre mystère. Pacifiez mon âme, faites-en votre ciel, votre demeure aimée et le lieu de votre repos. Que je ne vous y laisse jamais seul mais que je sois là tout entière, tout éveillée dans la foi, tout adorante, toute livrée à votre action créatrice."

La prière d'Elisabeth se poursuit à travers deux autres paragraphes et quelques lignes de conclusion. Mais de ce début, on peut rapprocher la prière la plus connue de Marthe:

"O Mère bien aimée, vous qui connaissez si bien les voies de la sainteté et de l'amour, apprenez-nous à élever souvent notre esprit et notre cœur vers la Trinité, à fixer sur Elle notre respectueuse et affectueuse attention. Et puisque vous cheminez avec nous sur le chemin de la vie éternelle, ne demeurez pas étrangère aux faibles pèlerins que votre charité veut bien recueillir; tournez vers nous vos regards miséricordieux, attirez-nous dans vos clartés, inondez-nous de vos douceurs, emportez-nous dans la lumière et dans l'amour, emportez-nous toujours plus loin et très haut dans les splendeurs des cieux. Que rien ne puisse jamais troubler notre paix, ni nous faire sortir de la pensée de Dieu; mais

que chaque minute nous emporte plus avant dans les profondeurs de l'auguste mystère, jusqu'au jour où notre âme pleinement épanouie aux illuminations de l'union divine verra toutes choses dans l'éternel amour et dans l'unité. Ainsi soit-il."

Les spécialistes pourront comparer les deux textes dans leur intégralité. Le thème en est unique: demander la grâce de vivre sans cesse dans l'adoration des Trois Personnes divines. Marthe fait passer cette demande par Marie, "Mère bien-aimée". Elle reprend en écho, presque mot pour mot, la phrase: "*que chaque minute...*" etc. et rassemble en un texte plus court, et comme jeté d'un souffle unique, la pensée d'Elisabeth. L'influence de la doctrine est peu contestable. Le style est nouveau. La théologie a un accent plus marial. La "spiritualité" est identique.

Faut-il remarquer, à cette occasion, que les saints canonisés -et d'innombrables chrétiens-, se sont ainsi "copiés" les uns les autres? Non seulement il convient de découvrir dans cette continuité un signe de fidélité à l'Eglise, mais aussi il importe de se souvenir que ce que l'on demande, en de tels cas, à ceux qui partent pour le Ciel, comme on dit parfois, "en odeur de sainteté", ce sont, non des signes d'originalité, mais uniquement les évidences de la rectitude d'une doctrine pleinement conforme à l'enseignement de l'Eglise.

Cela dit, il n'est pas inopportun de souligner que Marthe, après avoir ardemment lu, ou s'être fait lire des livres de spiritualité, s'en est écartée. Elle l'a dit elle-même: *"Il fut un temps où je pensais que lire les ouvrages de quelques grands saints m'aiderait à m'expliquer plus facilement sur ce que Notre-Seigneur faisait en moi et sur les questions qu'on me posait. Mais le Seigneur me montra que telle n'était pas Sa volonté."*

Et pour tout dire: *"Jésus est pour moi le livre des livres, dans lequel il m'est permis de lire sans relâche et sans épuisement."*

De Jean de la Croix aux deux Thérèse, n'est-ce pas là la tradition même du Carmel?

.24.

La vocation de Marthe

LES plus grands destins peuvent recevoir, au cours d'une vie, plusieurs missions. Ainsi, Jeanne d'Arc a reçu mission de faire lever le siège d'Orléans, puis d'ouvrir la voie de Reims pour que le Dauphin reçoive l'onction du sacre. Elle a enfin été appelée à rendre témoignage, sur le bûcher, que ses voix étaient bien de Dieu.

Mais on peut légitimement soutenir que ces missions, à la fois distinctes et complémentaires, ont déterminé un ensemble complexe d'événements qui ont contribué à rendre une foi plus vivante à nombre de ses contemporains, à façonner le sentiment national, et après des siècles, à faire définir Jeanne comme la sainte de la patrie. N'avait-elle pas annoncé le départ des Anglais de la terre de France? Cela fut réalisé en 1453. De ce fait, lorsqu'Henri VIII rompra avec Rome en 1534, la France demeurera catholique. La vocation de Jeanne, dès lors, élargit sa mission connue. Elle l'éclaire, dans une lumière plus élevée, d'un destin historique plus vaste.

Une méditation, même brève, sur la vie de Thérèse de l'Enfant-Jésus, élargit de même l'ampleur de son rayonnement. Sa mission concrète, précise, fut d'être une carmélite d'une fidélité exemplaire et d'ouvrir cette "petite voie" qui a donné, à la veille du vingtième siècle, un esprit d'enfance dont celui-ci aurait grand besoin. Mais la rapidité, presqu'inexplicable, du rayonnement des écrits qu'elle n'avait rédigés que par obéissance, les innombrables traductions qui en furent faites, la dévotion qui s'éleva vers elle de tous les continents transfigurèrent sa mission, par nature cachée, humble et sans éclat. Elle fut, le 14 décembre 1927, proclamée par l'Eglise, à l'égal de saint François-Xavier, patronne des missions, -elle qui n'avait jamais quitté son carmel. Comme Jeanne, son amour de la France, attesté par d'innombrables témoignages, lui valut d'être déclarée, le 3 mai 1944, patronne secondaire de la France. Ici encore, la vocation, lorsqu'elle est révélée, transfigure la mission de Thérèse, connue d'elle et accomplie par elle.

Ce ne sont que des exemples. Peut-être même peuvent-ils suggérer qu'il est encore trop tôt pour tenter d'élever le regard au-dessus de la mission connue de Marthe Robin vers une hauteur qui nous découvrirait sa vocation. Ce n'est qu'à l'Eglise, et à l'heure de Dieu, qu'il appartient de choisir le sommet d'où l'aigle, d'un regard mystique, pourra découvrir la vocation de Marthe Robin.

Un tout premier balbutiement -celui de l'enfant qui prononce maladroitement les mots qu'on lui apprend- n'est pourtant pas, peut-être, acte de présomption. Jeanne d'Arc n'a pas vécu vingt ans. Thérèse n'a pas vécu vingt-cinq ans. Marthe a empli presque tout le vingtième siècle. Elle a vu de son vivant une partie importante de sa mission réalisée. Aujourd'hui, son rayonnement est mondial. Dans ces conditions, peut-être peut-on tenter de figurer sa vocation, sinon par mode d'esquisse, au moins à la manière d'une très humble conjecture.

La plus unie à sa Passion

Au sens le plus strict, le plus concrètement vérifiable, la mission confiée explicitement par le Seigneur à Marthe sur cette terre, fut de souffrir et d'offrir pour l'application de la Rédemption en vue de la fondation d'une œuvre radicalement nouvelle, celle des Foyers de Charité: à Châteauneuf, en France, de par le monde. A cette mission, dont les fruits sont venus, chacun à son heure, la plupart du vivant de Marthe, celle-ci a été, à vues humaines, fidèle. La question qui se pose au moment d'atteindre le sommet d'une connaissance proportionnée de l'ensemble de la vocation de Marthe peut donc être formulée. La fondation des Foyers, mission évidente de Marthe, poursuivie en union avec le Père Finet, se confond-elle avec la vocation entière de Marthe et, pour mieux dire, la définit-elle en la limitant?

Une première indication, évoquée déjà, permet d'en douter. Selon le numéro spécial de *"l'Alouette"*, approuvé par l'Ordinaire de Valence, Jésus Lui-même a dit à Marthe: *"que c'est elle qui serait la plus unie à sa Passion depuis la Sainte Vierge jusqu'à maintenant et que c'est elle qui vivrait le plus sa Passion jusqu'à la fin du monde."* (loc. cit. p. 24).

Ceux qui ont connu Marthe durant les longues décennies au cours desquelles, chaque semaine, elle a été une humanité de surcroît pour offrir au Père les souffrances du Fils, et cela en union avec la co-rédemption de Marie, peuvent considérer ces paroles comme crédibles. Nous n'avons, bien sûr, pas les moyens de vérifier, même humainement, ce qu'une telle phrase peut signifier. Elle est, par essence, un mystère. Parmi tous ceux, toutes celles qui ont aimé et souffert, dans la sainteté, en union avec Jésus, et cela depuis deux mille ans, les notions de plus et de moins n'ont pas de sens pour notre intelligence. Le Seigneur a employé les mots: *"la plus unie"* et *"qui vivrait le plus"*. Ils sont théologiquement précis. La sainteté ne se mesure pas mathématiquement! Mais le terme le plus adéquat pour la décrire est bien le mot "union". Ici, Jésus le met au superlatif. De même, Jésus est la Vie. En décrivant Marthe comme celle qui *"vivrait le plus"* sa Passion, Il emploie le verbe le plus fort, et ici encore, au superlatif.

Tout le contexte indique qu'il n'y a aucune mesure possible entre l'océan des souffrances du seul Rédempteur, ou encore de la co-rédemption de Marie, d'une part, -et la vocation même très grande de Marthe, d'autre part. La comparaison ainsi suggérée renvoie donc, non à la perfection du Rédempteur et de Marie debout au pied de la Croix, mais à la perfection d'union et de vie de tous ceux qui ont accepté, selon le mot de Jésus, *"d'être comme Lui"*. Marthe aurait été, selon ces paroles, à un degré en quelque manière sublime et unique, et parfaitement indicible, choisie de toute éternité par Jésus pour être, depuis le Calvaire et jusqu'à la fin du monde, la plus parfaitement unie, dans un holocauste incessant, aux souffrances de Celui qui est la Résurrection et la Vie.

Méditer cette phrase, sous condition que l'Eglise en confirme l'authenticité, conduit à entrevoir non plus seulement la mission de fonder les Foyers de Charité mais la dimension, sans analogue depuis le matin de la Résurrection, d'une vocation absolument unique dans l'ordre spirituel. En clair, Marthe, selon cette phrase de Jésus, aurait été comme la "première de cordée" parmi tous ceux et celles à qui Jésus, par Marie, a demandé de contribuer à l'application des mérites de la seule Rédemption dans le cadre de la réversibilité des mérites dans le Corps mystique.

Vocation invisible! Les âmes qui doivent à Marthe d'être entrées dans la joie du Seigneur nous sont, dans leur quasi-totalité, inconnues! Vocation inintelligible! Nos intelligences et nos cœurs sont trop limités pour même en pressentir le mystère. Vocation difficilement croyable! Ceux qui, conversant familièrement avec Marthe, la découvraient tout occupée aux soucis des santés, des études ou des champs ne l'imaginaient point. Plusieurs de ses familiers ont eu le sentiment, après sa mort, "d'être passés à côté". Vocation perceptible à la seule foi théologale... et seulement dans la mesure des décisions encore inconnues de l'Eglise!

Sous toutes ces réserves, et dans le souvenir des fruits déjà connus d'un amour et d'une souffrance incontestés, cette vocation, dans l'Eglise invisible et triomphante, nous demande au moins de prier pour que retombe sur notre monde en danger l'un des signes libres et vivants de la miséricorde de Dieu en notre temps. La première approche de la vocation de Marthe est ainsi d'ordre purement spirituel. Si sa mission visible fut d'"acheter" la fondation des "Foyers", la vocation invisible a peut-être débordé le prix de cette œuvre, si belle, si grande, si magnifique qu'elle ait été conçue par le Seigneur.

La question qui se pose alors est la suivante: au cours de quel siècle, et de quel monde, ces Foyers de Charité ont-ils eu eux-mêmes à servir de modèles, de centres de diffusion à un nouvel élan de la grâce du salut?

Il faut l'évoquer une fois encore: notre siècle finissant a été celui d'un progrès technique croissant, d'une explosion démographique qui a fait passer l'humanité de un à près de six milliards de personnes. Il a été celui de la plus grave entreprise d'athéisme militant de l'histoire, de deux guerres mondiales terrifiantes, et de l'extension puissante du mépris des droits de l'homme, de sa conception à sa sénescence. Que de fautes, que de crimes, que d'horreurs tout au long de ces décennies! Il fallait, pour le salut d'un grand nombre, et à défaut d'une vaste chrétienté mondiale, que des âmes d'élite -c'est peu dire- acceptent d'appliquer les mérites de la seule Rédemption à un monde qui a perdu la foi, l'espérance et, plus encore, dans une très large mesure, la charité théologale.

C'est ici que la prière de Marthe pour le vingtième siècle se présente sous un autre rapport que l'œuvre des Foyers de Charité, même si elle lui demeure liée. Car, on ne peut l'oublier, c'est le jour même où Marthe a exposé au Père Finet le dessein divin sur les Foyers qu'elle a prononcé les mots ainsi rapportés par le Père et qui sont du 10 février 1936: *"Elle m'annonçait une nouvelle Pentecôte d'amour, précédée d'un profond renouveau de l'Eglise, marquée d'un grand élan missionnaire, où de nombreux laïcs s'engageraient dans cet apostolat. Ils seraient formés dans des centres multiples, notamment dans les Foyers de lumière, de charité et d'amour."* (loc. cit. p. 31).

Toujours dans le même numéro spécial de *"l'Alouette"*, et daté du 26 mai 1939, on trouve le début d'une longue prière de Marthe:

"Seigneur, renouvelez votre première Pentecôte (...). Venez Esprit d'Amour, apportez au monde la fraîcheur de votre souffle sanctifiant! Enveloppez tous les hommes du rayonnement de votre grâce! Emportez-les tous dans les splendeurs de votre gloire." (loc. cit. p.55).

Il n'est pas présomptueux de penser que si Marthe Robin a été la première à employer ces deux mots de "nouvelle Pentecôte", et la première aussi à prier pour en obtenir l'effusion des grâces, c'est que celle-ci était, en même temps que les Foyers de Charité, mais sous un autre rapport, un aspect de sa vocation historique.

Ce pourrait n'être que l'élan d'une âme immense, influencée par la lecture récente du chapitre II des *"Actes des Apôtres"*, si Marthe, dans des conversations, n'était revenue sur cette prière, et surtout si, par une invisible correspondance que le hasard seul n'explique point, le Pape Jean XXIII, le 28 avril 1959, n'avait imploré publiquement, à la surprise de tous, *"l'effusion des dons du Paraclet afin qu'une nouvelle Pentecôte vienne réjouir la famille humaine."* (Doc. Cath. 1959, p. 590). Invocation reprise par Paul VI redisant *"qu'une "nouvelle Pentecôte" dépend de la grâce de Dieu et de notre prière"*. (Tables VII-IX, p. 170).

Finalement, Jean-Paul II a donné une date à l'événement. En la vigile du 8 décembre 1985, il affirmait: *"Nous sortons du Synode (extraordinaire) avec le désir intense de diffuser toujours davantage dans le Corps de l'Eglise le climat de cette nouvelle Pentecôte qui nous a animés durant la célébration du Concile et que nous avons expérimenté encore une fois ces deux semaines-ci."* (H.N., 15-XII-1985, p.3).

L'annonce faite par Marthe au Père Finet le 10 février 1936, sa prière, datée du 26 mai 1939 sont donc comme les semences qui, nourries dans le cœur et par la prière de Marthe ont pris la proportion universelle, totalement catholique, de l'imploration puis de l'expérience de trois Papes qui, chacun à sa manière, durent lutter pour maintenir le Concile dans la voie droite de la Tradition de l'Eglise.

Dira-t-on que la "crise de l'Eglise" n'a pas correspondu à ces prières, montées de la Plaine, puis de Saint-Pierre de Rome? Ce serait nier l'évidence. C'est un lundi de Pentecôte, après une agonie terrible de trois jours, que Jean XXIII rendit sa grande âme à Dieu. C'est Paul VI qui, complétant le Concile d'Ephèse, proclama, du sommet de la Croix du Concile, Marie, Mère de l'Eglise: *"Voici ta Mère"* et conduisit à bon port une navigation conciliaire houleuse mais toujours redressée par son intervention déterminante (la "nota praevia"). C'est Jean-Paul II dont la devise est empruntée à Grignion de Montfort, *"Totus Tuus"*, qui semble répandre à travers toutes les nations l'annonce de l'Evangile, soulève la jeunesse de Compostelle à

Czestochowa et à Denver, et avec la collaboration de 3 000 évêques publie le “Catéchisme de l’Eglise catholique” dont les fruits vont apparaître tout au long du troisième millénaire.

Peut-être même faut-il aller plus loin encore! Face aux trahisons, aux défaillances, aux misères morales qui ont provoqué la crise de l’Eglise, peut-être fallait-il l’humilité cachée de l’hostie de la Plaine pour préparer une *“nouvelle Pentecôte d’amour”* dont nous n’entrevoyons, à travers les semailles de Jean-Paul II, que la ligne dorée d’une aube encore incertaine.

Marthe et Marie

Si donc la mission de Marthe fut de coopérer, dans le silence et l’obscurité à la fondation et au rayonnement des Foyers, peut-être ne peut-on pas éliminer l’hypothèse que la mesure de sa vocation spirituelle est aussi en rapport avec la nouvelle Pentecôte et la nouvelle Evangélisation dont nous ne percevons que les prémices.

Car cette nouvelle Pentecôte, si elle est passée dans l’Eglise, comme on l’a vu, à travers Pierre et les Apôtres, lors du Concile Vatican II et du Synode extraordinaire, semble se manifester dans ses innombrables ramifications non plus principalement à travers des “missionnaires”, prêtres ou laïcs, mais à travers ce que les retraites de Châteauneuf ont commencé de façonner dès 1936, et que le Pape Pie XII a consacré dès le 14 octobre 1951.

J’ai évoqué, plus haut, ce qu’avait été pour moi la première retraite que j’ai faite à Châteauneuf: la découverte du fait que l’Amour est un mystère et, simultanément, que cette découverte, je ne pouvais la garder pour moi!

Aussi, alors que je préparais ma thèse de doctorat sur Pie XII, -soutenue en 1953- ai-je été frappé du discours du Pape au 1er congrès de l'apostolat des laïcs, le 14 octobre 1951: *"Le clergé a besoin de se réserver avant tout pour l'exercice de son ministère proprement sacerdotal, où personne ne peut le suppléer. Un appoint fourni par les laïcs à l'apostolat est donc une nécessité indispensable."* (Kothen, 1951, p. 422). Et six ans plus tard, s'adressant au "2ème congrès", Pie XII allait plus loin: *"Si aujourd'hui, cette conscience est éveillée, et si le terme d'apostolat laïc est l'un des plus employés, quand on parle de l'activité de l'Eglise, c'est parce que la collaboration des laïcs avec la hiérarchie ne fut jamais à ce point nécessaire, ni pratiquée de manière aussi systématique."* (Kothen, 1957, p. 585-586). Le décret conciliaire *"Apostolicam actuositatem"* du 18 novembre 1965 devait généraliser l'appel: *"L'apostolat des laïcs, en effet, ne peut jamais manquer à l'Eglise, car il est une conséquence de leur vocation chrétienne."* (A.A. n° 1).

Toutes ces dates sont importantes. Elles permettent d'affirmer que l'un des aspects de la vocation totale de Marthe, en pleine cohérence avec la fondation des Foyers, fut de prier et de souffrir pour que la prise de conscience, par des laïcs, de leur vocation apostolique, soit en quelque façon préparée dès les premières retraites de Châteauneuf, et, pour ce dont je puis porter témoignage, dès 1947, de la façon la plus explicite.

Sous ce rapport, il est peut-être légitime de considérer la vocation de Marthe comme absolument unique. Non pas, encore une fois, qu'on la puisse comparer à Marie, Immaculée dans sa conception, Mère de Dieu, co-rédemptrice, Mère de l'Eglise et présente avec son corps en Assomption dans l'éternité! Marthe est simple fille de Marie qui demeure, au Ciel comme sur la terre, sa "maman chérie" dans la plénitude de maternité et d'affection indicible qu'expriment ces deux mots.

Mais peut-être est-elle, à l'époque où l'on a canonisé saint Louis Grignion de Montfort, et découvert l'annonce qu'il fait des "apôtres des derniers temps", une sorte de reflet très éloigné de ce que fut Marie, à la première Pentecôte, pour les Apôtres des premiers temps, les "Douze", les colonnes de l'Eglise: un soutien, une prière, un conseil.

Les deux sœurs de Lazare, Marthe et Marie, sont devenues, dans la Tradition de l'Eglise, les signes des deux vocations complémentaires: Marie, de la contemplation chrétienne, Marthe, de l'action chrétienne. Je me suis parfois demandé si les deux sœurs ne pourraient pas, depuis Béthanie, signifier ce que Marie, Mère de Dieu et Mère de l'Eglise réalisait depuis les origines comme "forma Dei" et médiatrice de toute grâce, et ce que Marthe, deux mille ans plus tard, si unie après elle à la Passion du Seigneur, avait signifié, en Elle, avec le Concile Vatican II, pour l'"apostolat des laïcs".

Car si le Concile est le plus grand événement de l'Eglise au vingtième siècle et si c'est en fonction de lui que l'on peut comprendre la vocation de Marthe Robin, il reste que la "stratégie" du Concile, si elle est une reprise de l'envoi des témoins de Jésus dès la période apostolique, a mis un accent particulier sur l'apostolat des laïcs.

C'est pour cet envoi qu'au prix d'un holocauste de plus d'un demi-siècle, Marthe a aimé, souffert et offert. C'est cet envoi que sa prière en vue d'une nouvelle Pentecôte a obtenu. C'est cette nouvelle Evangélisation dont Jean-Paul II a chargé des millions de jeunes dans le monde.

Dès lors, en pointillé, peut-être est-il possible d'entrevoir, comme en parallèle aux sœurs de Lazare, Marthe l'active et

Marie la contemplative, et comme aux deux extrêmes des deux Pentecôte et des deux Evangélisations, la Mère du seul Prêtre et de la seule Victime, Marie de Nazareth, et sa fille chérie, notre sœur dans le laïcat, son écho dans l'intimité familière et la confiance sans limite: Marthe de Châteauneuf.

.25.

Le disciple n'est pas au-dessus du maître

LA croix demeura, pendant les premiers siècles de l'ère chrétienne, un signe marqué d'infâmie. Ce n'est que sous l'empereur Constantin que l'évocation d'un supplice déshonorant devint marque de gloire, exposée aux murs des maisons. Les chrétiens lui donnèrent alors le sens qu'il n'a plus cessé de répandre, celui de la victoire de la Résurrection sur la mort, de l'Amour sur la haine.

D'une certaine manière, et précisément parce qu'il évoquait la crucifixion du Seigneur, le sang de Marthe Robin rappelait, non la croix d'infamie, mais la Croix glorieuse. Tous les dépouillements consentis par elle, indicible condition de sa vie quotidienne, conservaient ainsi une sorte d'auréole de résurrection. Il semblait qu'elle ne pouvait, pour ainsi dire, pas tomber plus bas. Peut-être sans trop raisonner, songeait-on qu'ayant connu tant et tant de fois la mort mystique, au terme de chacune des passions revécues en extase, elle devait bénéficier, au terme d'un destin aussi singulier, du privilège d'une mort très douce, à la manière simple d'une lampe qui s'éteint.

On se sentait d'autant plus porté à imaginer que les choses se passeraient ainsi que Marthe, bien souvent, faisait allusion à sa mort et ne dissimulait pas, dans la conversation courante, son désir d'aller au Ciel avec une sorte d'allégresse.

Elle avait, dès 1930, formulé sa pensée sur la mort. Les termes qui exprimaient sa pensée sur ce sujet revêtaient une allure paradoxale:

"J'étonne les gens en leur disant que je vis pour mourir, que la mort est la grande idée, le sens de ma vie.

La mort, c'est la grâce des grâces et le couronnement de notre vie chrétienne. Elle n'est pas une fin comme, hélas, encore trop le pensent, mais le commencement d'une belle naissance. Elle ne marque pas l'heure de la dissolution d'une créature mais son véritable développement, son plein épanouissement dans l'amour. Elle complète notre possession de la vie divine, en supprime les obstacles qui, ici-bas, nous empêchent d'en jouir à notre aise. Elle nous permet enfin de vaquer librement à l'Eternel Amour, d'avoir conscience qu'Il se donne à nous et de demeurer à jamais en Lui."

Ce texte est daté du 3 janvier 1930. L'habitude use tout. On avait, cinquante ans plus tard, perdu l'idée que pouvait se produire la mort soudaine de Marthe! Pour manifester à quel point, cinq mois avant son départ, on était loin d'y songer, il suffit de lire le texte d'une lettre qu'elle me faisait adresser à la suite de l'envoi d'un livre auquel plusieurs membres de l'équipe de *"L'Homme Nouveau"* avaient collaboré:

La dernière lettre

Jeudi 4 septembre 1980

Cher Monsieur,

Marthe vous remercie beaucoup du livre qu'elle vient de recevoir "Questions inévitables". Elle est très touchée de votre si délicate et fidèle attention, de lui adresser, chaque fois, un exemplaire du livre nouveau que vous venez d'écrire, et cette fois, avec toute l'équipe de l'Homme Nouveau.

Marthe exprime sa reconnaissance à toute l'équipe, pour le livre, pour l'affectueuse dédicace, pour votre union de prière... pour toutes vos signatures. Soyez bien sûrs qu'elle prie, avec vous tous, pour que ce livre, qui répond d'une façon simple, vraie, chrétienne, aux nombreuses questions que posent les jeunes... et les moins jeunes... soit largement connu, et "médité", ainsi que vous l'écrivez, "pour être assimilé". Il a été médité par toute votre équipe, il est le fruit de vos "recherches sérieuses", qu'il apporte à chacun de ceux qui le liront, et nous prions pour qu'ils soient très nombreux..., ce que votre travail a apporté à chacun et à chacune d'entre vous, et à tous, "une vision du monde de notre temps, chrétienne, mais pleinement ouverte... un "savoir vivre" et un "savoir aimer".

Encore merci de la part de Marthe, bien fidèlement et cordialement, en union de prière, "en Jésus par Marie".

On demeure aujourd'hui frappé par le soin apporté à préciser les divers aspects du livre et jusqu'aux détails mêmes de sa composition. La rédaction d'ensemble de la lettre montre clairement qu'il ne s'agissait pas d'un pur accusé de réception. En septembre 1980, Marthe a soixante-dix-huit ans. Son intérêt est toujours aussi vif pour tout ce qu'elle reçoit. Elle y répond toujours par sa prière et son espérance. Elle fait sentir qu'elle entend personnellement rejoindre son ou ses correspondants, et qu'elle reprend leurs soucis.

Le noterai-je? Lorsque j'ai relu cette lettre, après la mort de Marthe, une phrase m'a paru singulière: celle où elle évoque, de façon quelque peu insolite, le fait *"de lui envoyer chaque fois un exemplaire du livre nouveau"* que je viens d'écrire. Entre 1947 et 1980, j'en ai envoyé à Marthe et au Père tout autant que j'en ai publié, soit, plus d'une trentaine. De chacun, je fus remercié. Aurais-je, alors, dû pressentir que, très délicatement, cette phrase venait intentionnellement récapituler ces quelques dizaines d'envois parce que cette lettre devait être -et fut réellement- la dernière reçue de Marthe? Cent cinquante jours plus tard, elle nous quittait pour le Ciel.

Nous ne nous en doutions pas. Je songeais plutôt à la prochaine visite à lui faire. Beaucoup parmi nous pensions que Marthe, gravement malade, demanderait à son père spirituel la permission de quitter cette terre, et qu'elle serait alors entourée de tous les membres de sa famille, des membres du Foyer, prêtres et laïcs, de ceux qui l'aimaient, priant au pied de son divan. La courbe de cette vie, physiquement torturée, ne devait-elle pas se terminer dans la dignité morale que la fermeté spirituelle de Marthe laissait prévoir ?

Comme on sait, Dieu permit qu'il en fut autrement, -tout autrement.

La descente de Croix

C'est sur la Croix que Jésus est mort. Il n'en fut descendu qu'après le coup de lance du centurion.

C'est en croix aussi que Pierre, le chef des Apôtres, a rendu le dernier soupir. Mais par humilité, et pour être au-dessous de son maître, c'est la tête en bas, qu'à sa prière, il avait été crucifié.

C'est sur son divan de souffrance que, pendant un demi-siècle, Marthe a revécu les souffrances de la Passion. C'est arrachée à cette croix, malmenée dans le désordre indescriptible de sa chambre, que Marthe a rendu, dans des conditions inconnues, le dernier soupir. Le disciple n'est pas au-dessus du maître. C'est jetée à terre, étendue, raidie, que Marthe a été trouvée morte.

Par cette ineffable descente de croix, elle a été humainement exaucée au plus mystérieux de son humilité.

Cet abaissement ultime, inintelligible, c'est dans la Croix glorieuse qu'il faut en lire la signification.

La date même de cette mort est éloquente.

Chaque année, Marthe nous entraînait à faire, avec une ferveur contagieuse, la neuvaine qui commence le 2 février, fête de la Purification de la Sainte Vierge (où le vieillard Siméon présenta Jésus dans ses bras comme la Lumière des peuples) et se termine le 11 février, anniversaire de la première apparition de la Sainte Vierge à Bernadette. Parfaitement insérée entre les deux fêtes de l'Immaculée, cette neuvaine se terminait aussi le jour anniversaire de la fondation du Foyer de Châteauneuf, le 11 février 1936. Nous étions nombreux à faire cette neuvaine en union avec Marthe, y mettant pêle-mêle toutes les intentions présentes en nos cœurs. Elles furent souvent exaucées.

Il en fut donc, en cette année 1981, comme en tant d'années précédentes. Nombre d'amis de Marthe firent cette neuvaine avec elle.

Le mercredi 4 février, après le dîner, plusieurs membres du Foyer montèrent donc à la Plaine prier avec Marthe, récitèrent des prières, les litanies, le chapelet. Puis, comme à l'accoutumée, le Père Finet donna la communion à Marthe.

La dernière.

Le jeudi, revenue parmi nous, Marthe dicta plusieurs dizaines de lettres. Comme chaque jeudi à la veillée, elle consentit au Sacrific. En extase, elle entra dans la Passion.

Chaque vendredi, le Père Finet avait l'habitude de monter auprès de Marthe vers le moment de la mort apparente, -en décalage horaire avec Jérusalem. Ce 6 février, retardé sans doute contre son gré, il ne monta en auto, avec M. Barrès qui le conduisait d'ordinaire, que pour parvenir un peu avant 17 heures 15 à la Plaine, soit avec un léger quart d'heure de retard.

Je n'ai pas encore eu l'occasion de dire que, si Marthe fut toute sa vie très protégée par la Sainte Vierge, elle fut, simultanément, rudement attaquée par le Démon. Il la menaçait en particulier pour qu'elle ne prenne pas dans sa prière telles âmes en péril. Il tentait de la jeter hors de son lit, et parvenait à précipiter dans le vide sa tête et une partie de son buste. Fréquemment, il bloquait une chaise derrière la porte de la chambre de Marthe et il m'est arrivé, devant cette porte avec le Père Finet, de constater que celui-ci passait son bras derrière la porte, décoinçait la chaise, et nous permettait finalement d'entrer. Il va sans dire que ces moments demeurent redoutables dans le souvenir que l'on en conserve.

Le Père Finet, à plusieurs reprises, m'a dit que jamais le Démon n'avait eu la permission divine de jeter complètement Marthe par terre, entièrement hors de son lit. De ce fait, à chaque fois, le Père avec délicatesse relevait la tête et le buste de Marthe, les replaçant sur l'oreiller.

Lorsqu'il entra, seul, dans la chambre de la Plaine, le 6 février 1981, la porte n'était, semble-t-il, pas obstruée par une chaise. Le Père en a témoigné: il régnait un grand désordre dans la chambre. Tout était sens dessus-dessous. Le Père découvrit cette situation à la lueur de sa petite lampe de poche.

Dans cette pénombre, le corps de Marthe, en chemise de nuit, était étendu par terre. La tête relativement proche du divan, le corps plutôt en diagonale vers l'intérieur de la chambre.

Le Père Finet, pensant d'abord que Marthe était en extase, et victime de la violence du Démon, replaça le corps sur le divan avec l'aide de la jeune fille du Foyer qui se trouvait là. Toujours aidé par elle, il tenta de rétablir la circulation sanguine. Il lui était déjà arrivé d'y parvenir en priant et la faisant ainsi revenir à elle après des extases douloureuses. Mais cette fois, malgré près de deux heures d'efforts, le visage et les bras ne se réchauffaient pas. Une raideur définitive continuait de rendre les membres presque impossibles à mouvoir.

Peu à peu, le Père Finet en vint à imaginer l'irrémédiable. Il se décida à envoyer M. Barrès chercher en voiture, au Foyer, les deux prêtres qui l'assistaient habituellement. L'un d'eux, ancien médecin, ne doutait plus du décès. Peu après, à l'appel du Père Finet, le médecin de Châteauneuf, puis celui de Saint-Uze, confirmèrent définitivement ce diagnostic.

Informé, l'évêque de Valence arriva le soir même. Longuement, il pria auprès du lit de Marthe.

Celle-ci, selon un désir souvent formulé, fut revêtue avec beaucoup de soin d'une robe de première communiante.

Pour éviter une trop grande émotion collective en cette nuit, ce n'est que le lendemain matin, samedi 7 février, qu'un des prêtres assistant du Père Finet annoncera une première fois dès la messe de 7 heures 15 la mort de Marthe.

Toutes les communautés de Châteauneuf, tous les Foyers de Charité, tous les anciens retraitants et amis de Marthe et des Foyers furent, en peu d'heures, informés dans le monde entier.

Les journaux, les radios, les télévisions ont donné à l'événement un écho considérable, qui tranchait avec la discrétion qui avait accompagné toute cette vie. Le mardi 10 février, à 15 heures, le corps de Marthe quittait sa maison natale. Le lendemain, terme de la neuvaine et cinquantième anniversaire, jour pour jour, de la fondation du Foyer, son cercueil était exposé dans le sanctuaire.

Enfin, le 12 février 1981, cinq évêques, plusieurs abbés bénédictins, deux cents concélébrants, quelque six mille cinq cents personnes venues de France, d'Europe, du monde entier, accompagnèrent, en esprit ou en corps, la plus humble, en notre temps, des filles de France, jusqu'au caveau de sa famille.

"A tous les jours"

L'humilité des dernières heures de Marthe sur la terre ne doivent, en aucune manière, assombrir notre connaissance de sa vie, de son cœur, de sa fidélité, de sa vocation. L'ultime abaissement préfigure l'ultime élévation.

A l'heure où l'Eglise nous autorise à prier pour que la béatification de Marthe Robin serve à obtenir chaque jour davantage l'effusion de la nouvelle Pentecôte qui étendra le règne d'Amour du Rédempteur de l'homme, le Christ-Roi jusqu'aux extrémités de la terre, il est réconfortant de méditer, au terme de ces pages, qui voudraient aider à entrer chez Marthe et jusque dans son cœur, la prière composée par elle en 1930, et dont l'actualité demeure:

"Seigneur Jésus, Tu m'as promis que lorsque je quitterai cette terre, j'irai directement auprès de Toi!

Quand je serai auprès de Toi, je m'occuperai des pécheurs du monde entier, jusqu'à la fin du monde.

Mais j'aurai une attention toute particulière pour tous les amis du Foyer de Charité, soit ceux que j'ai connus pendant que j'étais sur cette terre, soit tous ceux qui viendront après dans les Foyers de Charité.

Je veillerai sur eux tous d'une manière particulière, mais très discrète. Si bien que je les aiderai constamment, sans même qu'ils s'en aperçoivent, mais je serai tout le temps avec eux!"

Faut-il en conclure que, plutôt que par d'éclatants miracles, Marthe agit, à travers l'événement humain, pour faire sans cesse avancer, *"sans même qu'on s'en aperçoive"* l'avènement du Règne de Dieu?

Il doit en être ainsi, à moins que des circonstances soudaines ne nous montrent que cette présence efficace, mais silencieuse, se fasse lumière soudaine, si rare soit-elle ?

De toute façon, le moment est venu d'entendre ce qu'elle lançait avec tant d'amour de son oreiller, à qui s'apprêtait à la quitter:

"Alors! A tous les jours!"

Tous les jours, jusqu'à la fin du monde.

Marcel CLÉMENT

TABLE DES CHAPITRES

Remerciements

Cet ouvrage a été réalisé selon une maquette
et une couverture d'Hélène Esquier.
Sa compostion a été assurée par
Damien Guidigan Zinsou.
Je les remercie vivement ainsi qu'Hélène Chavanne-Devos
et Geneviève Puiseux qui ont bien voulu assurer la correction
des épreuves de ce livre, qui a été tiré à 15 000 exemplaires dont
100 numérotés de 1 à 100 constituent l'édition originale.

Ce livre a été achevé d'imprimer
sur les presses de
l'Atelier Graphique Saint-Jean à Albi
le 19 mars 1993,
en la Solennité de Saint Joseph.

35.28.9091.01.6.

Imprimé en France

Dépôt légal : Avril 1993
N° d'impression : 291
ISBN : 2-213-03133-9

35.9091.6